DE HOOG

Van Steinar Bragi is verschenen:

De hoogvlakte◈

◈ Ook als e-book verkrijgbaar

Steinar Bragi

DE HOOGVLAKTE

Vertaald door Kim Liebrand

UITGEVERIJ LUITINGH-SIJTHOFF

De vertaler ontving voor deze vertaling een projectsubsidie van het Nederlands Letterenfonds

Nederlands
letterenfonds
dutch foundation
for literature

The translation of this book was supported financially by:

MIÐSTÖÐ ÍSLENSKRA BÓKMENNT
ICELANDIC LITERATURE CENTER

MIX
Papier van
verantwoorde herkomst
FSC® C004472
FSC
www.fsc.org

Uitgeverij Luitingh-Sijthoff en Bariet printing & binding vinden het belangrijk om op milieuvriendelijke en verantwoorde wijze met natuurlijke bronnen om te gaan.

Oorspronkelijke titel: *Hálendið*
Omslagontwerp: Studio Jan de Boer
Typografie: Wim ten Brinke

ISBN 978 90 245 6774 4
NUR 332

www.lsamsterdam.nl
www.boekenwereld.com

DE WOESTIJN

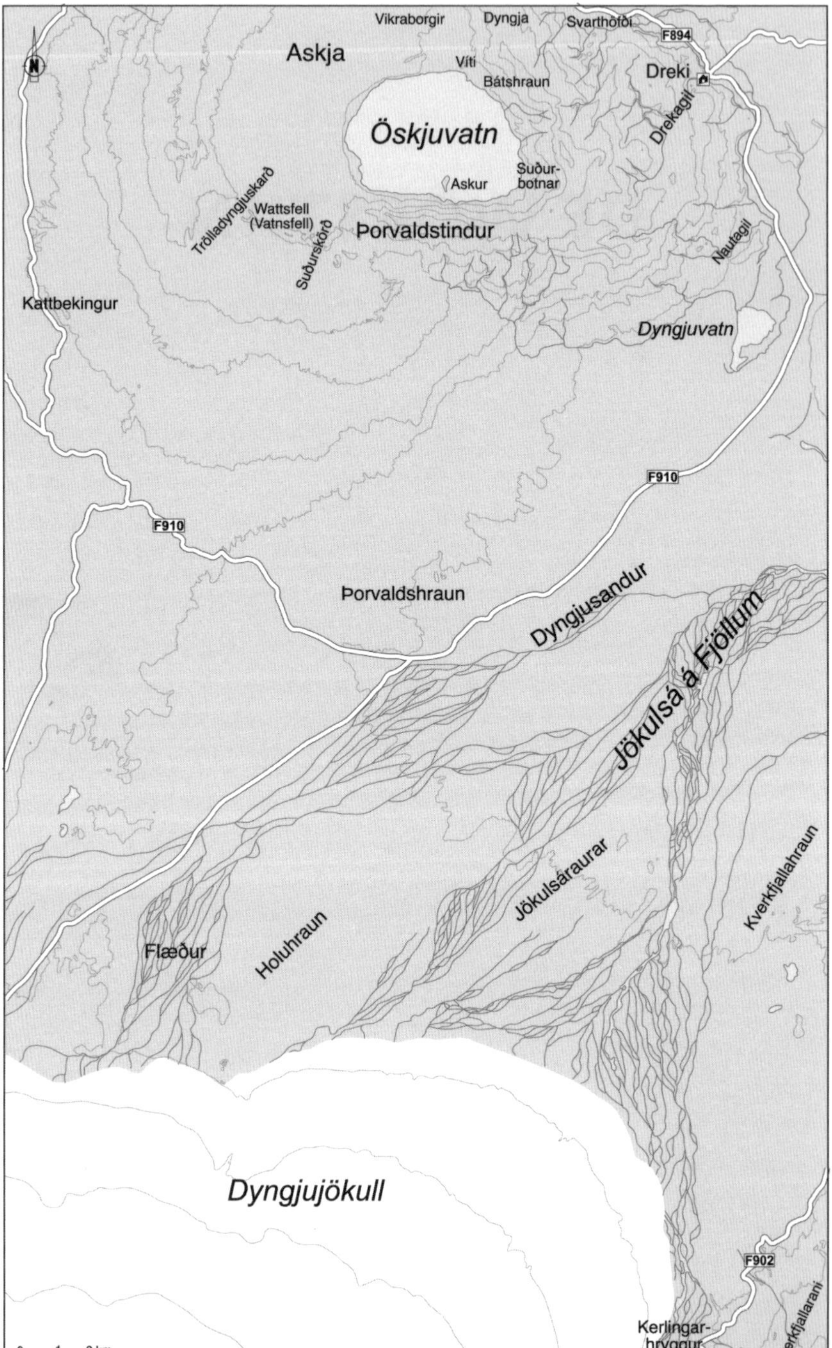

Víkraborgir
Dyngja
Svarthöfði
F894
Askja
Víti
Dreki
Bátshraun
Drekagil
Öskjuvatn
Suður-
botnar
Askur
Trölladyngjuskarð
Wattsfell
(Vatnsfell)
Suðurskörð
Þorvaldstindur
Nautagil
Kattbekingur
Dyngjuvatn
F910
F910
Þorvaldshraun
Dyngjusandur
Jökulsá á Fjöllum
Jökulsáraurar
Kverkfjallahraun
Flæður
Holuhraun
Dyngjujökull
F902
Kverkfjallarani
Kerlingar-
hryggur
Virkisfell
0 1 2 km

HRAFN

1

De flora van IJsland

Overal in de natuur heerste stilte. De schaduwen aan de horizon werden donkerder, tekenden zich af tegen de hemel en gingen vervolgens op in de nacht.

Ze zwegen alle vier. Op een zacht gemompel op de radio na was er niets te horen. Op de achterbank zat Vigdís een boek te lezen. Anna had net een dutje gedaan en daarna een biertje opengemaakt. Tussen hen in lag Anna's hond, een IJslandse herdershond die ze sinds een paar maanden had.

'Laten we een spelletje doen,' zei Anna en ze verbrak daarmee de stilte. 'Ik denk aan een ding, iets wat zich in of buiten de auto bevindt, op de weg of in het zand...'

'Ja, dat was ik helemaal vergeten,' onderbrak Egill haar, met een stem vol kinderlijke verwachting na zijn derde biertje en een tiende slok uit zijn heupflesje.

'Interessant,' zei Hrafn en hij negeerde Egill. Hij keek naar Anna in de achteruitkijkspiegel, haar donkere silhouet en de doffe glans in haar ogen. 'Wat bedoel je met "ding"? Als ik denk aan het geweten van je vent hier of aan bloed, telt dat dan ook?'

'Dat is echt walgelijk,' zei ze schamper. Egill keek door het raampje naar buiten en Hrafn kreeg het idee dat hij in de zijspiegel keek, naar Vigdís, die achter hem zat. 'Nee, bloed telt niet. Alles wat je niet om je heen kunt zien, mag niet.'

'Waar hebben jullie het over?' vroeg Vigdís en ze sloeg *De flora van IJsland*, waar ze in verdiept had gezeten, dicht. Anna legde haar het spel uit en zei dat ze wilde beginnen.

'*Do it!*' zei Egill en het spel begon. Hrafn hield zijn blik op de weg, die naarmate het donkerder werd steeds moeilijker te zien was. De avonden waren niet meer zo licht, het werd 's nachts een paar uur donker en de gedachte aan de winter drong zich weer op, verrees als een stortzee aan de horizon en voedde zijn gevoel van angst dat de afgelopen dagen was gegroeid. Sinds het begin van de middag had hij sterk de neiging om zo snel mogelijk terug naar de stad te rijden.

'De ogen van onze chauffeur?' vroeg Vigdís en de jeep reed verder tussen de reflectorpaaltjes, die opvlamden in het donker. Hrafn drukte op het knopje om het raampje naar beneden te laten gaan, stak zijn hoofd naar buiten en zag een dicht wolkendek aan de hemel, opvallend dichtbij, maar ja, ze waren ook op de hoogvlakte.

'Denk je dat je het antwoord in de wolken zult vinden?' zei Anna achter hem en ze lachte.

'Jullie zullen me moeten helpen, jongens,' zei Vigdís. 'Er schiet me niks meer te binnen.'

'Reflectorpaaltjes,' zei Hrafn en hij liet het raampje weer omhoogkomen. Anna zei nee. De poolwinter, dacht hij. Was dat een ding? Er waren in elk geval overal om hen heen sporen van te zien, rotsen, aangetast door vorst, geen groen, geen kleuren, geen planten. Alleen maar zand, gruis, allerlei tinten zwart en grijs.

Plotseling zakten de wolken naar beneden en ze reden de mist in. De koplampen van de auto sneden twee lichtkegels in de nevel, die wit oplichtte, maar die aan de zijkanten, boven het zwarte zand, donkergrijs was. Het zicht was maar een meter of tien, twintig en Hrafn kreeg al snel pijn aan zijn ogen van het staren in de mist. Hij had best even willen pauzeren, maar Egill was te dronken om achter het stuur te zitten en de vrouwen vertrouwde hij sowieso niet, in de bewoonde wereld al niet, laat staan hier op de zandvlakte.

Hij zette de auto stil om even te pissen en een frisse neus te halen, en hij staarde in de mist, die in rap tempo dichter werd en hem koud en vochtig in het gezicht sloeg. Niemand van hen had ook maar een greintje ervaring met bergtochten of wist wat te doen bij motorpech. Vigdís had dit ter sprake gebracht toen ze hun reis aan het plannen waren, maar Egill en hij hadden haar gerustgesteld met wat loze praatjes die nergens toe verplichtten; ze installeerden weliswaar een gps-ontvanger, maar al snel nadat ze bij de Askja waren vertrokken had die de geest gegeven – hoewel ze daar niet helemaal zeker van waren, aangezien niemand echt verstand had van het apparaat.

Hij vroeg zich af hoelang een mens het alleen op de zandvlakte kon redden. Een paar dagen in de zomer, gesteld dat je water hebt en je tegen de wind kunt beschermen, maar in de winter maar een paar uur, een paar minuten zelfs; de angst bij de gedachte verloren te zijn maakt dat het bloed naar de huid stroomt, waardoor je lichaam afkoelt, je weet niet meer wat je moet doen, de spanning wordt te groot en je hele systeem valt uit, louter uit angst.

Hij ging weer in de auto zitten en reed weg. De reflectorpaaltjes lichtten dof op in de mist als de ogen van diepzeevissen. Vanuit zijn ooghoek zag hij Egill een sigaret opsteken en zijn flesje nog eens aan zijn mond zetten, en hij hoorde hem lachen. De andere twee waren nog steeds dat spelletje aan het spelen en ineens werd hij overvallen door het besef dat de hele situatie absurd was, dat ze met z’n vieren over de zandvlakte ten noorden van de Vatnajökull reden, in het donker en de mist, alsof het de normaalste zaak van de wereld was; Mexicaans bier drinkend, luchtig gekleed vanwege de temperatuur, die ze instelden door aan een knop op het dashboard te draaien, onder het genot van een muziekje; ze werden zonder horten of stoten door het landschap gedragen, hoorden geen geknars en gekraak van de banden die de stenen vermaalden, trokken zich nergens wat van aan waar het de reis betrof, maar wel van heel andere dingen, van hun relaties, van iets wat iemand eerder tegen iemand anders had gezegd, gisteren of twintig jaar geleden, bij- en afschrijvingen op iemands rekening, terwijl ze buiten de natuur voorbij zagen trekken...

Hij schrok op uit zijn gepeins en probeerde zich weer op de weg te concentreren, maar hij realiseerde zich tegelijk dat er iets was veranderd. Na een paar minuten rijden stuurde hij eerst de ene kant op en daarna de andere, hij minderde vaart en bleef ten slotte stilstaan.

'Wat is er?' vroeg Egill.

'Zien jullie ergens reflectorpaaltjes?' Hrafn probeerde zich te herinneren wanneer hij voor het laatst een paaltje had gezien, maar dat lukte niet. De afstand tussen de paaltjes was langzaam maar zeker groter geworden en ze werden meteen door de mist opgeslokt.

'Verdomme,' zei Egill. Hij ging rechtop in zijn stoel zitten en keek uit het raam. Anna stak haar hoofd tussen de stoelen door en vroeg of ze verdwaald waren.

'Dat zou ik niet erg vinden,' voegde ze eraan toe. 'Verdwaald in de mist, net als in sprookjes.'

'Wanneer hebben we voor het laatst een paaltje gezien?' vroeg Hrafn en hij keek Vigdís aan in de spiegel. Ze trok een wenkbrauw op.

'Geen idee,' zei ze. 'Ik zat met mijn hoofd bij het spelletje.'

Hrafn keek naar het licht, naar de witte mistsluiers voor zich, duwde het gaspedaal in en reed langzaam verder.

'Hoe kun je nou de weg kwijtraken?' vroeg Egill.

'We moeten dit oplossen,' zei Anna en ze stak haar hoofd weer tussen de stoelen door. Er kwam een scherpe, bedwelmende alcohollucht uit haar mond. Het kon niet lang geleden zijn dat ze van de weg waren geraakt. Hij had vaag het idee dat hij vooral links had aangehouden, wat betekende dat de weg rechts van hen moest zijn.

Hij stuurde naar rechts en probeerde die richting aan te

houden. Vigdís vroeg wat hij aan het doen was en hij legde het uit. 'Dan mogen we hopen dat de weg niet ook naar rechts afbuigt,' zei ze en Anna giechelde.

Hrafn hield rechts aan tot hij zeker dacht te weten dat de weg niet aan de rechterkant kon zijn. Bovendien had hij waarschijnlijk zo'n scherpe bocht gemaakt dat ze een rondje hadden gereden, een relatief klein rondje ook nog, en misschien wel meer dan een. De rest had te veel gedronken om het te merken, of het kon ze niet schelen.

Hij stopte weer, zette de radio uit om zich beter te kunnen concentreren en haalde het kompas uit het handschoenenvakje.

'Zo is dat,' zei Egill met dikke tong. 'Geen halve maatregelen.'

Hrafn opende het kompas, legde het op zijn schoot en reed verder in oostelijke richting.

'Waarom doe je dat?' vroeg Anna.

'Zodat we niet in een rondje rijden,' zei hij en hij keek beurtelings naar het kompas en naar het zand voor hen.

'Maar rijden we de goede kant op?' vroeg Vigdís.

'De weg die we aan het volgen waren, loopt van noord naar zuid,' zei hij. 'Ik weet zeker dat we niet links van de weg af zijn geraakt. Dat betekent dat we ten westen van de weg zitten, en nu rijden we naar het oosten om hem terug te vinden. Bezwaren?'

Vigdís fronste weer en hij kreeg het idee dat ze geïrriteerd was.

'Klinkt goed,' zei ze. 'Behalve natuurlijk als we de weg dwars oversteken, tussen de paaltjes door, waardoor we hem niet opmerken...'

'Dan moeten we gewoon goed opletten, toch? Degenen die rechts in de auto zitten kijken die kant op, de rest de andere kant op.' Het gevoel van wanhoop dat hij eerder had gehad stak weer de kop op, het gevoel opgesloten te zitten. Hij liet het raampje naar beneden gaan en zag dat de mist nog dichter werd, rook dat de geur van alcohol steeds sterker werd...

'Hoe kon je in godsnaam de weg kwijtraken?' hoorde hij Egill naast zich jammeren en hij had geen zin meer hem nog langer te negeren.

'Hoe kon jíj de weg kwijtraken! Je zit toch godverdomme naast me uit datzelfde raam te kijken?'

'Maar ik zit niet achter het stuur, of wel soms?'

'Jongens,' zei Vigdís en ze raakte Hrafns schouder aan, 'kunnen we niet beter een beetje rustig aan doen, even diep ademhalen en zo. Het komt allemaal goed, misschien wel veel sneller dan je denkt.'

Ze zwegen. De hond was rechtop gaan zitten, af en toe jankte hij zachtjes, en door het open raam hoorden ze het geknars van het zand onder de banden. Hrafn speurde aan zijn kant het donker af, maar zag niets. Na tien minuten in oostelijke richting te hebben gereden wist hij niet meer wat ze het beste konden doen. Hij dacht terug aan zijn eerste reactie, kreeg het idee dat hij niet ver genoeg naar het westen was gereden, en wierp een blik op het kompas om zich ervan te verzekeren dat ze de goede richting op gingen. Als ze die aanhielden moesten ze uiteindelijk weer op de weg uitkomen.

'Zijn er hier ravijnen of spleten?' vroeg Anna. 'Egill, wil je alsjeblieft je gordel omdoen?'

'Of drijfzand,' zei Vigdís.

'Hè, bah. Waar we in kunnen zakken, bedoel je?'

'Ja, net als in een moeras. Er zijn hier paarden uit de middeleeuwen gevonden, goed geconserveerd in de modder. En mensen.'

'Dan zou een jeep echt een sensatie zijn. Met vier passagiers, een hond, mobieltjes, sms'jes en tandvullingen. De eenentwintigste eeuw meldt zich voor toekomstig archeologisch onderzoek!' Ze lachten.

Van de reflectorpaaltjes en de weg was geen spoor te bekennen. In plaats van om te draaien en zich daarvoor te moeten verantwoorden, besloot Hrafn verder naar het oosten te rijden. Het was ongetwijfeld beter geweest om te stoppen en te wachten tot het na een paar uur lichter zou worden of tot de mist optrok, maar het zou ontzettend suf zijn als de weg maar een paar meter verderop was. Hij reed verder, wilde niet te snel opgeven, maar misschien raakte hij gewoon zijn gevoel voor tijd kwijt, verzonk hij in gedachten of misschien kon het hem niet meer schelen; misschien kon het hun allemaal niet meer schelen, ze staarden zwijgend in de mist, die grijs was aan de zijkanten en oplichtte in het midden, waar Hrafn een verblindend witte opening in dacht te rijden, een gang die steeds verder naar binnen leidde.

Op een gegeven moment zag hij licht in de mist, zwak en geel. Onwillekeurig reed hij in de richting van het licht en hij hield het stuur met beide handen stevig vast. Het donker trok aan hen voorbij en hij mompelde zachtjes in zichzelf, tuurde met half dichtgeknepen ogen naar het licht, maar ineens verdween het, er kwam iets uit de mist tevoorschijn razen wat tegen de auto aan ramde.

2

Op handen en voeten

De voorruit brak, het hele oppervlak verbrijzelde en er kwam een witte zak tevoorschijn waardoor zijn hoofd werd opgeslokt. In de zak zwommen lichtgevende vissen, hele scholen visjes met priemende rode oogjes die iets van hem wilden. De airbag spuugde hem weer uit en hij zag Egill, die aan zijn kant tegen de ruit werd gesmeten, er stroomde iets roods over zijn gezicht terwijl hij met een spottend lachje om zijn lippen uit zijn stoel omhoogkwam.

Nu telt bloed ook mee, dacht Hrafn, en hij voelde hoe de auto overhelde en op zijn schokdempers schudde, en toen werd alles stil. Hij haalde diep adem, knipperde met zijn ogen en voelde pijn waar de gordel in zijn borstkas sneed. De airbag was weer leeggelopen. De auto vulde zich met grijze rook die naar olie rook en er zweefden witte vlokjes door de lucht. Hij bracht zijn handen naar zijn gezicht om te voelen of er glasscherven in zaten, maar hij voelde er geen, maakte zijn gordel los, kroop daarna uit de auto en voelde hoe zijn longen zich met frisse lucht vulden.

Het eerste wat hij deed, was achter in de auto duiken om Vigdís eruit te helpen. Ze zei dat ze in orde was. Anna schreeuwde tegen Egill, die half over de bestuurdersstoel hing. Het raam aan zijn kant was gebroken.

Vóór de auto was het duister van de nacht nog donkerder, als een rots die naar de hemel reikte en hen overschaduwde, zwart en bewegingloos. Hrafn vroeg zich af wanneer de zon opkwam, of die boven die zwarte kolos uit zou komen, trok Egill uit de auto en legde hem plat in het zand. De hond rende jankend om hen heen.

Vigdís knielde bij Egill neer en riep naar Hrafn dat hij de EHBO-kist uit de achterbak moest halen. Ergens boven in de rots ging licht aan, eerst één lamp, daarna twee.

'Hij is alleen maar bewusteloos,' hoorde hij Vigdís zeggen. Hij gaf haar een flesje desinfecteermiddel aan dat hij in de kist had gevonden. Anna ondersteunde Egills hoofd terwijl Vigdís er gaasverband om bond en de bloeding stelpte.

De koplampen van de auto waren gebroken en deden het niet meer. Er hing geen damp meer in de auto, maar er steeg nog wel rook op uit de motorkap, die helemaal in elkaar zat. Hrafn knielde neer bij een voorband – de band die niet door het donker werd verborgen, en hij hoorde een zacht, regelmatig gejank, als van een dier dat onder de auto was gekropen om zich te verbergen.

De mist in zijn hoofd begon op te trekken. Hij zag de contouren van een huis, een zwart huis in het zwarte zand, waar ze tegenaan gereden waren. Hij bewoog zijn gevoelloze, trillende voeten en zag een lichtbundel over het zand flitsen. De hond blafte. Iemand kwam de hoek van het huis om en richtte een zaklamp op hen.

'Wie is daar?' vroeg een vrouwenstem in het donker. Vigdís antwoordde en zei dat ze hulp nodig hadden, het licht werd op het bebloede hoofd van Egill gericht en er verscheen nog een zaklamp in het donker. De vrouwenstem jammerde en Hrafn zag het silhouet van een vrouw in het licht, een gebogen rug, dun haar, en achter haar een magere oude man, met net zo'n glimlach op zijn gezicht als Egill toen die tegen de ruit aan smakte.

'Naar binnen,' zei iemand.

'Naar binnen,' herhaalde de oude vrouw, en ze zei hun op te schieten, zwaaide met de lamp en snoerde de oude man de mond. Anna was in tranen. Hrafn greep Egill onder zijn oksels en Vigdís pakte hem bij zijn enkels vast. Ze droegen hem tussen zich in de hoek om, een steile stenen trap op en het huis in.

De oude vrouw wees hun de huiskamer, waar ze Egill op de grond legden. Hij kwam weer bij kennis, mompelde wat onsamenhangends en glimlachte zonder zijn ogen open te doen. Anna riep zijn naam.

Vigdís dook vlak bij Hrafns gezicht op, bijna alsof de wereld geen diepte kende, en ze vroeg of hij in orde was.

'Ik geloof het wel, ben alleen een beetje in de war,' zei hij en ze omhelsden elkaar. Over haar schouder zag hij de oude vrouw scharrelen door een ruimte die hem de keuken leek.

'En jij?' Vigdís zei dat ze ook in orde was, liet hem los en zei dat ze naar de auto wilde om de EHBO-kist te halen en whisky, om Egill erbovenop te helpen.

Even later klonk er lawaai en toen Hrafn in het halletje kwam, waren Vigdís en de oude vrouw ruzie aan het maken. De vrouw stond voor de deur en weigerde Vigdís naar buiten te laten.

'Ik moet wat spullen uit de auto halen,' zei Vigdís.

'Bent u soms van plan ons op te sluiten?' vroeg Hrafn. 'Waar bent u mee bezig?' De vrouw gaf geen antwoord, schudde haar hoofd en keek hen met opengesperde, smekende ogen aan.

'Rustig maar,' zei Vigdís en ze pakte Hrafns hand vast. 'Uw man en u zijn geschrokken, ik snap het wel. We zijn midden in de nacht tegen uw huis aan gereden, er is een hoop kabaal en u bent geschrokken...'

'Maak eens snel die deur open!' zei Hrafn en hij hoorde dat hij op het punt stond om in lachen uit te barsten. Er hing daar iets in de lucht, een vreemd soort agressie. Hij wist niet waar die vandaan kwam of waar het aan lag.

'Laten we allemaal rustig blijven,' zei Vigdís en Hrafn zag tot zijn verbazing dat ze naar hem keek in plaats van naar de vrouw.

Toen stond hij weer in de kamer. Anna zat over Egill gebogen, praatte zachtjes tegen hem en keek als een verliefde bakvis op hem neer. Bah, misselijkmakend stel, dacht Hrafn. Ergens in huis hoorde hij iemand met een hamer timmeren.

Vigdís kwam de kamer binnen, trok de hond achter zich aan, die natuurlijk weer naar buiten wilde, en gaf Anna een plastic zak met daarin een deken en een fles whisky. Anna legde de deken over Egill heen, die zijn ogen weer open had, en schonk whisky in de schroefdop, die ze aan zijn lippen zette.

Hrafn voelde hoe hij door verlangen werd overmand, hoorde hoe Egill begon te jammeren, zag hoe die naar hem wees en woedend uitriep: 'Je hebt dit met opzet gedaan! Maar je had niet aan de airbag gedacht!' en meer onsamenhangende dingen, wartaal waar Hrafn niet naar luisterde. Anna boog zich over Egill heen om te voorkomen dat de mannen elkaar konden aankijken. Vigdís kwam weer binnen en ze vroeg: 'Alles oké met je? Je ziet een beetje bleek.'

Hij knikte. 'Natuurlijk. Het was een ongeluk, domme pech.' Hij stak een sigaret op, inhaleerde diep en keek toe hoe Anna Egill meer whisky voerde en nam toen zelf ook een paar slokken uit de fles. 'Maar het is natuurlijk ongelofelijk, echt absurd, om hierbinnen te zijn, in een woonkamer.' Hij moest ineens aan zijn mobiel denken, pakte hem uit de zak van zijn shirt en controleerde of er bereik was.

'Heb je ontvangst?' vroeg Vigdís. Hij schudde zijn hoofd en iets zei hem dat wat 'ontvangst' wordt genoemd niet meer belangrijk zou zijn, vanaf dat moment niet meer – het maakte deel uit van zijn oude leven, het was een zorg uit een ander bestaan. Hij begreep zijn eigen gedachten niet, merkte dat ze door de nicotinerush in elkaar verstrikt raakten en besloot te gaan zitten om uit te rusten. Hij liet zich op de bank vallen en hoorde Tryggur, de hond, ergens in huis janken.

Vigdís kwam hem een glas water brengen en hij dronk het

gretig leeg, keek haar na terwijl ze naar de keuken terugliep, waar ze met de oude vrouw praatte. Hij liet zijn ogen door de woonkamer gaan, het bruine linoleum op de vloer en de rode deken die over Egill lag. In de kamer stond een kast vol boeken en aan de muur hing een ingelijste foto. Op de salontafel stond een schaal van gekleurd glas, rood, groen en blauw in een patroon waarvan hij niet meer wist waar hij het eerder had gezien.

Ze waren er niet te gast, dacht hij bij zichzelf, terwijl de as van zijn sigaret op de deken viel. De vrouw wilde zo snel mogelijk van hen af, hoe zorgvuldig ze hen ook achter slot en grendel had gezet. Ze waren niet welkom.

Hij had een asbak nodig, liep de kamer uit en zag dat de voordeur met een balk was vergrendeld.

'Ze heeft ons aangeboden om hier te overnachten,' zei Vigdís toen hij in de deuropening van de keuken bleef staan. De vrouwen zaten aan tafel. 'We blijven hier vannacht slapen, zodat Egill kan uitrusten. We hebben ook daglicht nodig om naar de jeep te kijken.'

'Dat is vriendelijk van u,' zei Hrafn en hij glimlachte naar de oude vrouw. Hij stelde zich voor en ze mompelde iets terug wat volgens hem als 'Ása' klonk. Hij vroeg of het een afkorting was van een langere naam, maar daar gaf ze geen antwoord op. De man was nergens te bekennen. 'Ik verzeker u dat we niet lang zullen blijven, Ása,' zei hij. 'Het is belangrijk dat we hier zo snel mogelijk weggaan, dat begrijp ik.'

'Jullie zijn welkom,' zei Ása met de licht krakende stem van een oude vrouw, maar ondanks die stem vond hij het moeilijk haar leeftijd in te schatten. Ze had rimpels en haar gezicht was leerachtig, haar haar was zwart met hier en daar een grijze streng en het hing in een eenvoudige paardenstaart op haar rug. Ze zag eruit alsof ze een jaar of zestig was, maar ze had iets oplettends, iets sluws in haar blik wat bij een veel jonger iemand paste. 'Vannacht blijven jullie hier,' ging ze verder en ze knikte alsof ze dat daarmee voor zichzelf bevestigde. 'Dat is voor iedereen het beste. Het is niet anders. Ik laat jullie de kamers zien en dan is alles morgen weer in orde en dan gaan jullie weg.'

'Het moet wel vervelend voor jullie zijn,' zei Vigdís, 'om zulk onverwacht bezoek te krijgen. Jullie zijn vast geschrokken?'

'Nou,' zei Ása en ze stond op van tafel. 'Het was een behoorlijke klap.' In haar ooghoeken had ze een soort eczeem, rood en gezwollen, dat via haar neus naar haar mondhoeken liep.

De kamers die ze mochten gebruiken waren op de bovenverdieping, ze lagen tegenover elkaar aan het eind van een lange gang. Hrafn en Vigdís vonden op Ása's aanwijzing een matras in een kast en legden dat in hun kamer, die op een tafeltje met een petroleumlamp na leeg was. In de kamer van Anna en Egill stonden een stoel, een tafel en een tweepersoonsbed, zodat de gewonde goed kon slapen.

Terwijl de vrouwen Egill de trap op hielpen, wachtte Hrafn in de keuken. De ergste duizeligheid trok eindelijk weg. Ása zei dat er een jeep in de schuur stond die ze de volgende dag konden gebruiken om naar de bewoonde wereld te rijden, mochten ze die van hen niet meer aan de praat krijgen, en toen voelde hij zich nog beter. Het zou allemaal in orde komen.

Ása gaf hun dekens en kussens, stak de lamp in de kamer van Hrafn en Vigdís aan en Anna mocht Tryggur van haar die nacht bij zich houden. De oude vrouw zei dat ze in de keuken was, mochten ze nog iets nodig hebben.

Hrafn ging op het matras op de grond liggen, stak een sigaret op en staarde naar het plafond. Het matras rook bedompt, maar de lamp wierp een warm schijnsel op de muur. In de gang overlegden Anna en Vigdís over de vraag of het niet gevaarlijk was voor Egill om te gaan slapen na bewusteloos te zijn geweest en waarom de voordeur zo zorgvuldig was afgesloten.

'Vier sloten, het is net of ze verwachtte...' begon Anna, maar daarna dempte ze haar stem. Hrafn sloot zijn ogen en hoorde Vigdís de kamer in komen. Ze liep over de krakende houten vloer en ging naast hem op het matras liggen, sloeg haar armen om hem heen en legde haar hoofd op zijn borst. Hij drukte zijn sigaret uit in een schroefdop op de grond en draaide zich naar haar om.

'Je mag best wat drinken als je wilt,' zei hij.

'Ik weet het, ik hoef niet, ik ben te moe,' zei ze na een korte stilte. 'Natuurlijk weet ik dat dat mag. Heb jij zin?' Hij schudde zijn hoofd. Nu hij erover nadacht was het raar dat de vrouw niet naar de oorzaak van het ongeluk had geïnformeerd, of had gevraagd of ze niet iets wilden eten of drinken, koffie, koekjes, misschien wel een boterham. Wat was er met die goeie ouwe boerengastvrijheid gebeurd? Aan de andere kant had ze hun wel aangeboden om te blijven slapen, maar de vrouw had iets op haar kerfstok, dat zag hij in haar ogen. Ze verborg iets, ze wilde hen eigenlijk niet onder haar dak hebben, maar zag zich er door de omstandigheden toe gedwongen.

Hij deed zijn mond open om het er met Vigdís over te hebben, maar hield zich in. Ze kleedde zich uit, trok de deken over hen heen en kroop tegen hem aan. Ze kusten elkaar, hij zei dat hij van haar hield, maar ze gaf geen antwoord. Ze zuchtte, en zonder dat hij het van plan was geweest trok hij zijn broek uit en drong bij haar naar binnen. Na een tijdje draaide ze zich op haar buik en hij ging op zijn knieën zitten en hield zich vast aan de vensterbank.

Hij keek toevallig uit het raam en zag dat de mist was opgetrokken. Nu en dan kwam de maan achter de wolken tevoorschijn en wierp zijn bleke schijnsel op het zand. Aan de horizon verhief de gletsjer zich op de vlakte, zwaar, onbeweeglijk en wit, als een foto die nog niet is ontwikkeld.

Ze bewogen sneller, Vigdís kreunde ergens ver onder hem en toen hij klaarkwam, zag hij buiten op de zandvlakte iets voorbijflitsen: iemand die gebukt van het huis wegrende, zich voorover liet vallen en op een draf in het donker verdween, op handen en voeten.

Hij ging op zijn rug op het matras liggen, de kamer draaide voor zijn ogen en zijn hart ging tekeer. Op handen en voeten, dacht hij, en even later viel hij in slaap.

3
Het kadaver

Toen hij wakker werd, was hij alleen in de kamer. Hij bleef even onbeweeglijk liggen, probeerde de gebeurtenissen van die nacht, die waren vertroebeld en hem deden denken aan de tijd dat hij dronk, op een rijtje te zetten.

Beneden in de keuken zat Vigdís kaarten te bestuderen. Er stonden brood, beleg en een paar vuile borden op tafel. Vigdís zei dat iedereen wakker was en gegeten had. 'Egill en Anna zijn gaan wandelen om rond te kijken... De jeep is total loss.'

'Wie zegt dat? Egill?'

'Ga zelf maar kijken.'

Hrafn ging naar buiten, liep de trap af, die hoger was dan hij zich herinnerde, en liep om de hoek van het huis, waar de jeep stond. Aan de passagierszijde was de motorkap in de gevel verdwenen, en allebei de voorbanden waren lek. Waarschijnlijk hadden ze geluk gehad dat de muur niet boven op hen was gevallen. Hrafn boog zich over de bestuurdersstoel, draaide de sleutel om en probeerde te starten, maar er gebeurde niks. De voorruit was gebarsten en het raampje aan passagierszijde ook; één airbag hing leeg over het stuur en de andere over het handschoenenvakje. Op de stoel van Egill zat geronnen bloed.

De motor zat onder de olie, die ook in het zand onder de auto was gelekt. De slaapzakken, de tent en het visgerei lagen nog op hun plek op de dakdragers.

Hij liep weer naar binnen, ging aan tafel zitten en smeerde een boterham met kaas.

'Ása wil ons de jeep lenen,' zei Vigdís. 'Er moet hier ergens een weg naar het noorden liggen, richting de Askja.'

'Dan weet je waar we zijn.' Hij knikte naar de kaart en ze antwoordde bevestigend.

'Ongeveer... Ze waren net allebei hier. Volgens mij lijdt die man aan alzheimer in een vergevorderd stadium. Wat zouden ze hier doen?'

'Geen idee, het zijn boeren, neem ik aan.' Om de een of andere reden moest hij ineens aan het eczeem in het gezicht van de oude vrouw denken. Iemand had hem eens verteld dat mensen op het platteland er ouder uitzien dan ze eigenlijk zijn, hun huid heeft door zon, vorst en regen meer te lijden.

'Ik had geen zin om het te vragen.' Vigdís schudde haar hoofd. 'Maar het lijkt me vreemd om hier op de zandvlakte dieren te houden, toch?'

Hij schonk zichzelf een kop koffie in uit de kan op tafel. 'Hadden we al nagevraagd of ze telefoon hebben?'

'Heb ik gevraagd. Ze zei dat de lijn kapot is.'

'Kapot!' Hij vloekte. 'Hoe ver is het naar een doorgaande weg?'

'Geen idee... Dat hangt ervan af hoe ver we gisteren van de weg af zijn geraakt. Ik vind dat moeilijk in te schatten. We zijn rond twee uur bij Mývatn vertrokken. Toen hebben we twee uur gereden, twee uur gepauzeerd om wat te eten en een uur of drie, vier richting het zuiden gereden, schat ik.'

'Eerder iets van vier, denk ik. En we hebben ongeveer een uur rondgedwaald. We konden de afslag naar de Askja niet vinden, die we richting het oosten hadden moeten nemen. Ik schat dat we een uur of twee ten zuiden ervan zijn. Dan zouden we de gletsjer moeten kunnen zien.'

'Ik heb Ása de kaart laten zien. Ze leek niet zeker te zijn

van de precieze locatie, niet die van haar en niet die van ons.' Vigdís glimlachte. 'Of ze heeft nog nooit een kaart gezien, zo keek ze tenminste.'

Hrafn schoof zijn bord van zich af, nam zijn koffie mee naar het raam en stak een sigaret op. Dat was het voordeel van het platteland: de mensen rookten nog binnen, ze waren niet bang dat de muren na een paar decennia geel zouden worden. Hij was de dag nadat ze waren vertrokken begonnen met roken en had onmiddellijk spijt gehad van elke dag dat hij niet had gerookt.

Buiten was het helder weer. Hij voelde hoe het zware gevoel van de nicotine zich door zijn lichaam verspreidde. De keuken was aan dezelfde kant van het huis als de slaapkamer, desondanks was de gletsjer nergens te bekennen.

Egill en Anna kwamen het erf op lopen, de hond scharrelde om hen heen. Hrafn liep de trap af om hen te begroeten. Ze waren aan het lachen om iets waar ze het over hadden gehad.

'Wat is er zo grappig?' zei Hrafn. 'Heb ik iets gemist?'

'We worden verwacht,' zei Anna. 'In de schuur.'

'De auto staat klaar,' zei Egill. 'En een vat met zeshonderd liter sterkedrank waarmee die vrouw haar man volgiet.'

Anna liep het huis in om naar de wc te gaan en om in te pakken, en de twee mannen bleven buiten staan. Egill had nog steeds verband om zijn hoofd.

'Hoe gaat het met je?' vroeg Hrafn. Hij ging op de trap zitten en stak nog een sigaret op.

'Beetje hoofdpijn... Sorry dat ik me zo heb misdragen. Anna zei dat ik tegen je heb geschreeuwd. Ik weet niet wat er is gebeurd, misschien een combinatie van die klap op mijn hoofd en iets anders, het bier... Ik had mijn gordel om moeten doen, Anna had me dat ook gevraagd, zei ze. Ik weet dat je een goede chauffeur bent, het was natuurlijk mistig en je had slecht zicht...'

'Maakt niet uit. Zand erover.' Ze gaven elkaar een hand, voor de grap, dacht hij, maar het kwam gênant over, schijnheilig en onnozel.

Ze liepen naar de jeep en Hrafn stopte wat kleren en sigaretten in een rugzak. Daarna ging hij op zijn knieën bij het gat in de muur zitten, maar hij kon niet in het huis kijken, omdat het er donker was. Hij ging in de auto zitten en zette de gps-ontvanger aan, probeerde hem aan de praat te krijgen, maar net als eerst kon hij alleen maar een kaart van het centrum van Reykjavík opvragen.

Egill pakte uit de kofferruimte zijn spullen bij elkaar, maar verscheen daarna achter de gebroken ruit en boog voorover met een fles bier in zijn hand.

'En, hoe gaat het, waar ben je mee bezig?'

'Ben met die gps aan het prutsen. Ik heb het al honderd keer geprobeerd, ik heb de instructies opgevolgd en alles gedaan wat je moet doen. Volgens de ontvanger zijn we op het Austervöllur.'

'Net wat ik dacht.' Egill wees met zijn bierflesje naar het huis. 'Voor Hotel Borg.'

'Nu al aan de zuip?' Hrafn had zin om Egill op diens bloed op de stoel en boven het dashboard te wijzen – dat Egill niet leek op te merken of negeerde –, maar hield zich in en klom weer uit de auto.

'We moeten allemaal ons steentje bijdragen om lichter te kunnen reizen,' zei Egill en hij grijnsde naar hem.

De vrouwen stonden klaar op het erf. Ze deden hun rugzak om en begonnen te lopen in de richting van een paar bijgebouwen een paar honderd meter verderop, een schuur van golfplaat en hout waar de verf van afbladderde en een groter gebouw, dat dan waarschijnlijk de hooischuur was.

Het weer was kalm, het zicht was prima en het bleef Hrafn verbazen dat de gletsjer nergens te zien was. Het zou toch niet zoveel uit moeten maken of je nou beneden stond of twee verdiepingen hoger.

'Zouden ze koeien of schapen hebben?' vroeg hij aan niemand in het bijzonder.

'Ik heb hier echt nul dieren gezien,' zei Egill. 'Maar ze moeten toch iets met het hooi doen. Ze eten het vast niet zelf.'

'In de zomer staan de stallen leeg, of niet? De dieren lopen 's zomers toch los om dikker te worden?'

'Als er hier tenminste ergens gras is. Nee, verdomme, op deze hoogte zijn er geen weiden. Moeten ze dan niet hooi van andere boeren kopen?'

'Jullie hebben er duidelijk niet veel verstand van, of wel?' zei Anna op die pesterige manier waarvan Hrafn had geweten dat die, naarmate de reis vorderde, ofwel onuitstaanbaar, ofwel steeds charmanter zou worden. Hij had nooit precies begrepen wat deze vrouw dreef of zelfs maar wie ze was. Ze leek een vat vol tegenstrijdigheden; bij hun eerste ontmoeting maakte ze een ongecompliceerde en charmante, bijna naïeve indruk, en leek ze zich louter door haar emoties te laten leiden. Maar toen ze merkte dat haar lichtzinnigheid niet serieus werd genomen of niet genoeg werd gerespecteerd, naar haar smaak, kreeg ze de neiging om sarcastisch te doen en zo agressief en ijzig rationeel te worden dat hij haar nauwelijks terug kende.

'Wat is dat?' Vigdís wees naar de horizon. Ze weken af en na een paar minuten kwamen ze bij een lantaarnpaal die in het zand stond.

'Een lantaarnpaal! De telefoon werkt hier op de boerderij niet, maar lantaarnpalen hebben ze genoeg,' zei Anna lachend. De paal stond daar maar in het zand, stak kaarsrecht de lucht in tot op het punt waar hij zich over de aarde boog, schijnbaar zonder doel.

Ze gingen om de paal heen staan en keken omhoog. De lamp was uit.

'Zou hij ook aangaan?' vroeg Vigdís. 'Is dit het licht dat we gisteren hebben gezien, voordat we tegen het huis aan reden?'

'Hij staat te ver weg,' zei Hrafn. 'Waarom zouden ze hem ook 's avonds aanzetten?'

'Misschien staat hij er zodat de honden iets hebben om tegenaan te pissen,' zei Anna en op dat moment rende Tryggur naar de paal, tilde zijn achterpoot op en sprietste een paar druppels urine tegen de paal. Ze barstten in lachen uit en de hond blafte en keek dom om zich heen tot Egill hem het zwijgen oplegde.

'We zijn misschien wel verder van de weg geraakt dan we dachten,' zei Hrafn na een korte stilte. 'Ik weet nog wel een andere lantaarnpaal op een afgelegen plek – in *Narnia*. Toen ze uit die kast stapten, kwamen ze samen bij een lantaarnpaal in de sneeuw...'

'Zij waren ook met z'n vieren,' zei Vigdís. 'Twee jongens en twee meisjes.'

Anna was een eind doorgeslenterd en riep nu dat ze naar haar toe moesten komen. Ze stond over een kadaver in het zand gebogen; er hingen bloederige repen vlees aan de grove, zware botten. Blauwgroene ingewanden puilden uit de buik en plukken lichtbruine vacht lagen her en der om het kreng heen. Het had korte hoorns op zijn kop.

'Walgelijk,' zei Anna, maar ze verroerde zich niet.

'Een rendier,' zei Hrafn en hij had het gevoel dat het kadaver nog niet zo oud was, misschien zelfs wel van afgelopen nacht. De ogen van het dier zaten er nog in en het stonk nog niet. Hij boog zich over het dode dier heen en zag dat er nog veel vlees aan de botten zat. Op een paar botten zaten krassen die op tandafdrukken leken. Hij voelde aan het lijf, dat koud was, bekeek de borst en de rug op zoek naar tekens die erop wezen dat het dier neergeschoten was, maar hij zag er geen. Toen hij nog klein was en in Sudurnes woonde, had hij wel honderden meeuwen, een paar ganzen en een enkele zwaan geschoten. Hij was nooit in de buurt van een rendier geweest.

'Het is verscheurd,' zei Vigdís. 'Het dier is vast gedood en daarna zijn een paar vossen het op het spoor gekomen. Het is toch niet door vossen gedood, of wel?'

'Er zijn geen sporen die erop wijzen dat het neergeschoten is,' zei Hrafn. Hij stond op en keek om zich heen. 'Heb je iemand weg zien rennen?' vroeg hij aan Anna, maar ze schudde haar hoofd.

'"Iemand"? Dat klinkt alsof je een mens bedoelt...'

'Iets, bedoel ik.' Hij glimlachte. 'Misschien hebben we iets gestoord wat net aan het eten was... Maar wel vreemd dat het dier zo dicht bij de boerderij is gekomen om te sterven, als het tenminste een natuurlijke dood is gestorven.'

Ze liepen weer verder.

VIGDÍS

4
Lammetje klein

Door de open deur van de schuur waren stapels hooibalen in plastic te zien, groene en witte. Op het erf ervoor stond een aftandse, gezandstraalde jeep. De oude vrouw knielde neer bij een van de wielen, gekleed in een vuile overall, en stak een stuk gereedschap onder de auto. Het was duidelijk dat ze op de boerderij voor meer dan alleen maar het huishouden zorgde.

Al snel kwam er blauwe rook uit de uitlaatpijp en het kwam Vigdís voor alsof de auto schudde van inspanning om zichzelf aan de praat te houden. Ooit had men hem ongetwijfeld als een goede auto beschouwd, maar nu zaten er overal roestvlekken en zelfs gaten in, er zat mos langs de randen van de ramen, er was een koplamp gebroken en de banden waren zo versleten dat je op sommige plekken het canvas erdoorheen zag.

Vlak bij de deur stond een groot, grijs, metalen vat dat naar brandewijn rook, en aan het deksel zat een slot: de sterkedrank waar Anna en Egill het over hadden gehad.

De oude vrouw ging weer rechtop zitten, en Hrafn vroeg of zij en haar man vaak een ritje over de zandvlakte maakten.

‘Het komt er de laatste jaren steeds minder van,’ zei ze.

‘Heel erg bedankt dat we de jeep mogen lenen,’ zei Egill luid. ‘Het gaat hier natuurlijk niet om normale afstanden, je moet vast een paar jaar moed verzamelen voor je fut hebt om weg te...'

'Hebt u schapen?' onderbrak Anna Egill, waarmee ze hem zo discreet mogelijk het zwijgen oplegde.

Ása bevestigde dat. 'Koeien en schapen,' zei ze en ze sloeg haar blik neer. 'Saaie beesten, die schapen, dom en traag.'

'Ik heb ooit een man gekend die op de hoogvlakte was opgegroeid,' zei Anna. 'Zijn vader werkte als landmeter en controleerde elektriciteitsleidingen, repareerde omheiningen – die moesten ervoor zorgen dat er geen schapenziektes werden verspreid, volgens mij. Er zijn veel soorten boeren, neem ik aan. Woont u hier al lang?'

'Jazeker, al heel lang,' zei Ása en ze knikte, maar keek niet op.

'We hebben de lantaarnpaal gezien. Er lag een kadaver bij in de buurt. Van een rendier, of tenminste, het leek ons een rendier.'

Ása gaf geen antwoord, liep naar de auto, maakte de motorkap open en boog zich over de motor.

'Totaal niet verbaasd,' zei Egill en hij lachte. 'Een dood rendier, zo dicht bij de boerderij!'

Anna siste en trok hem mee naar de andere kant van de auto, waar Vigdís haar hoorde eisen dat hij zou stoppen met drinken, ze was bang en verdroeg het niet hem al tegen de middag dronken en sloom te zien. Even later rende hij de schuur in en waarschijnlijk zouden ze de komende tijd niet meer met elkaar praten, wat verder trouwens niet zoveel te betekenen had; ze kregen snel ruzie, maar maakten het net zo snel weer goed, iets wat meestal begon met dat Anna zich als een hulpeloos klein meisje gedroeg – wat ze niet was – en Egill om hulp vroeg bij iets onbeduidends, een blik of een fles openmaken, en voordat je het wist waren ze aan het zoenen.

Tot op zekere hoogte bewonderde Vigdís dat spel, maar ze voelde zich daardoor ook een aseksuele, frigide oude vrouw, omdat dat trucje op beide mannen werd toegepast, en tevens werd ingezet als lichte flirt – om de mannen zich zo goed over zichzelf te laten voelen dat ze haar gehoorzaamden zonder het in de gaten te hebben; een snellere variant hiervan was om een fractie van een seconde sneller met je ogen te knipperen dan normaal, nauwelijks zichtbaar je mond te tuiten. Al die dingen waren ongetwijfeld haar tweede natuur geworden, iets wat Vigdís beter kon imiteren dan bekritiseren, maar het irriteerde haar hoe snel Hrafn – al vanaf het begin van de reis – bereid was om Anna met zijn mannelijkheid, vriendelijkheid en bescherming te omhullen, hoe blij hij was als hij in haar buurt was, zonder zich zelf van die verandering bewust te zijn.

Tryggur begon weer te blaffen. Aan de horizon zagen ze iets bewegen, twee roestkleurige gedaantes kwamen dichterbij en bleven niet ver van de schuur staan.

'Vossen?' riep Vigdís uit en ze kon haar verbazing niet verbergen. Anna pakte Tryggur vast, haalde een leren riem uit haar rugzak en maakte die aan zijn halsband vast. De vossen zaten hen stil te bekijken, hun pelzen glansden in de zon, hun staarten waren lang en ruig en hun oren waren gespitst. Af en toe dacht Vigdís te zien dat ze grommend hun tanden toonden, maar ze wist het niet zeker.

'Wat is er aan de hand? Komen ze zo dichtbij?' zei Hrafn tegen de oude vrouw. Ze leek niet verbaasd om de vossen te zien. 'Hebben ze een paar meter van de boerderij van een dood dier gegeten en komen ze nu hierheen? Hebt u ze misschien eerder gezien? Hoe is het rendier gestorven?'

'Voert u de vossen?' vroeg Vigdís, maar de vrouw gaf geen antwoord. Ze keken zwijgend naar de vossen tot Egill fluitend de schuur uit kwam lopen en een blikje bier openmaakte, waarna het schuim eruit liep. De vossen schrokken op en liepen over de zandvlakte weg. Egill en Anna begonnen weer te ruziën en Vigdís besloot zich even terug te trekken om naar de wc te gaan voordat ze op weg gingen. Ze liep de hoek van de schuur om en zag dat een ander gebouw, lager en langer, eraan vastzat. De stal. Een roestige tractor met een aanhanger met zand stond ervoor.

De deuren in het midden van het gebouw stonden open en ondanks de stank, die Vigdís in gedachten 'een landelijk geurtje' noemde, liep ze naar binnen. Haar ogen wenden aan het donker en ze zag rijen lege hokken. De vloer lag vol drek, waarschijnlijk koeienstront, en ergens in de stal klonk geloei. De mest was glad en zacht, het leek wel vloerbedekking, en hier en daar zag je de plankenvloer erdoorheen schemeren.

Ze liep voorzichtig verder de stal in en tot haar verbazing zag ze in een van de hokken een wc-pot. Het porselein glansde wit en de bril was relatief schoon. Vigdís keek in de pot en zag dat er geen water in stond, maar dat die rechtstreeks uitkwam op de ingedroogde drek op de vloer. Het kan vast geen kwaad als er nog een beetje plas bij komt, dacht ze bij zichzelf en ze voelde de spanning stijgen. Het zou zo gepiept zijn, de wc stond op een beschut plekje en zo deden ze dat vast op de boerderij als ze nodig moesten.

Ze trok resoluut haar broek naar beneden, hield zich vast aan het tussenschot, ging op de wc zitten, plaste zachtjes op de grond en werd toen vlakbij het silhouet van een mens gewaar, in de schaduw. Ze kneep af, sprong op en trok haar broek omhoog. Bij de muur stond de oude man haar glimlachend aan te kijken.

'Hallo,' zei ze, en op dat moment ging er een deur open die schijnbaar naar de schuur leidde. De oude vrouw verscheen in de deuropening en vroeg bars wat Vigdís daar aan het doen was.

'Ik moest naar de wc,' zei Vigdís en ze bood haar excuses aan. De vrouw liep naar haar toe en de oude man kwam op een afstandje achter haar aan. Hij was fijngebouwd en hij trilde, glimlachte veel, maar leek niet in staat iets te zeggen. Hij had zulke dikke wallen onder zijn ogen dat het roze, glanzende vlees onder zijn oogbollen te zien was, alsof ze uit hun kassen zouden rollen als hij te ver vooroverboog.

'Heeft hij je lastiggevallen?' vroeg de oude vrouw. De man ging dicht bij hen in de buurt staan en staarde Vigdís aan. 'Hij is ziek en kan soms verward zijn. Ik hoop dat je je het niet aantrekt. We krijgen hier niet zoveel bezoek.'

'Nee, hoor. Geen probleem,' zei Vigdís en ze probeerde de man te negeren zonder dat het onbeleefd werd. De vrouw was relatief groot, maar leek zichzelf te hebben aangewend om gebogen te lopen; haar rug was krom en ze had een bochel, het leek wel de bult van een kameel. 'Komen er hier dan geen toeristen langs?'

De vrouw schudde haar hoofd. 'Dat gebeurt niet zo vaak. In de lente en de herfst krijgen we levensmiddelen en hooi voor de dieren. En zijn medicijnen' – ze maakte een hoofdbeweging in de richting van de man – 'komen ze met een vliegtuigje brengen... Maar ik noem het geen bezoek als de mensen niet lang blijven.' Ze maakte een geluid dat deed denken aan een deur met piepende scharnieren die langzaam opengaat.

Vigdís zag iets bewegen en keek naar beneden op het moment dat de man zijn handpalm hard tegen haar buik drukte, vlak boven haar kruis. Ze siste even van afschuw en deinsde terug, maar de vrouw vloog naar voren, pakte de hand van de man vast en praatte zachtjes tegen hem.

Ze bood Vigdís haar excuses aan. 'Je hoeft niet bang te zijn. Hij wilde alleen maar even gedag zeggen,' zei ze. De man stak zijn hand weer uit en Vigdís lachte gegeneerd, pakte hem toen aan en schudde hem. De handpalm van de man was ruw, hij had rouwranden aan zijn nagels en zijn handdruk was stevig en onprettig. Vigdís stelde zich voor, maar de man bleef haar aanstaren en probeerde uit alle macht iets te zeggen, zo leek het. Hij fronste van inspanning en liet haar hand niet los.

'Wat zegt hij?'

'Hij wil voor je zingen,' zei de vrouw. De man rechtte zijn rug, kreeg een vredige uitdrukking op zijn gezicht en zong met heldere, kinderlijke stem:

Lammetje lief, lammetje klein,
je hoeft heus niet bang te zijn.
Eet zoveel gras als je kan,
morgen ga je in de pan.

Hij zweeg, bleef Vigdís aankijken en glimlachte. Zijn ogen stonden afwezig, niet op een vriendelijke manier, zoals bij andere oude mensen die ze had gekend, maar boosaardig. Ze trok haar hand terug, wilde hem bijna losrukken, maar op dat moment verloor de man zijn interesse in haar en liep weg.

5
De tuin

Ze reden langzaam over de zandvlakte, over een weg die soms te zien was en soms niet. Hrafn keek recht vooruit, maar wierp af en toe ook een blik opzij, door de open raampjes, en bleef voornamelijk in de tweede versnelling rijden, hoe de motor ook sputterde. Tryggur lag op Anna's schoot te janken, alsof hij niet in deze roestbak wilde zitten.

'Absurd... alles gewoon. En dan dat huis,' zei Anna. 'Dat dat hier überhaupt staat. Als het tenminste geen oud zomerhuisje is. Ik heb ooit in een stenen huis gelogeerd, het had hier wel wat van weg, op een heuvel midden in een moeras in Borgarfjördur. De overgrootvader van een jongen met wie ik toen samen was, was daar districtshoofd en liet het bouwen als zomerhuisje. Vroeger waren zomerhuisjes bedoeld voor de gegoede klasse en niet voor het gepeupel.'

'Dit was tenminste een echt huis. Gebouwd van stenen gehouwen uit rotsen hier in de buurt,' zei Hrafn en hij keek in de achteruitkijkspiegel naar de vrouwen op de achterbank.

'Misschien heeft het ooit een functie gehad,' zei Anna. 'Voor het in gebruik werd genomen als zomerhuis.

'Bedoel je als leprozengesticht?' vroeg Egill ironisch vanaf de passagiersstoel, maar ze negeerden hem.

'Zoals Mödrudalur,' vulde Vigdís aan. 'Was dat niet een of andere pleisterplaats?'

'In Mödrudalur wordt tenminste aan landbouw gedaan,'

zei Hrafn. 'Het landschap is daar ook anders, heide en weiden, geen woestijn.'

'Woestijn?' vroeg Anna en ze trok een gezicht alsof ze zich erop voorbereidde het bange vrouwtje te spelen. 'Waarom zeg je "woestijn"?'

'Natuurlijk is dit een woestijn. Wat moet het anders zijn? De hoogvlakte is een onbegroeide, of in elk geval zo goed als onbegroeide, winderige zandvlakte. Hier kun je alleen een boerenbedrijf runnen als je ergens anders voer inkoopt. Wat betekent dat ze geld zat hebben.'

'Gegoede burgers in een zomerhuis, dus?' zei Egill. 'Het klopt helemaal. Die oudjes zijn naar dat zomerhuis gekomen en zijn er blijven hangen – al een jaar of vijftig.'

'Toch vind ik dat een ander woord beter zou passen,' zei Anna.

'"Wildernis"? Vind je dat beter klinken?' vroeg Egill.

'Een derde van IJsland wordt als woestijn aangemerkt,' zei Vigdís. 'Het is even wennen aan die gedachte, maar wat moet het anders zijn?'

'Waarom vindt dit land zichzelf altijd zo speciaal?' vroeg Egill geïrriteerd, misschien omdat hij nog niet zover was dat hij een van de biertjes durfde open te maken die hij in zijn rugzak had gestopt. 'Alles moet altijd een beetje anders zijn dan op andere plekken. Ook de woestijnen.'

'Dat zei ik niet,' zei Vigdís. 'Natuurlijk, dit is woestijn. Maar er is ook veel bijzonders aan deze omgeving. Het zand op de vlaktes hier is bijvoorbeeld afkomstig uit het binnenste van de aarde, door vulkaanuitbarstingen. Astronauten kwamen hier om te trainen voor hun reis naar de maan, maar er is ook onderzoek gedaan naar dit zand, waaruit is gebleken dat er geen bodemsoort ter wereld zo fijn is of zo gemakkelijk opwaait als deze – op maanstof na.'

'We hebben dus woestijnen van stof,' zei Egill. 'En het verschil tussen de woestijnen in het buitenland en hier is dat de onze fijner zijn!'

‘Wie wil er anders hier een zomerhuisje?’ vroeg Anna en ze hief haar handen vragend ten hemel.

‘Je hebt toch gezien hoe relaxed die oude man was?’ zei Hrafn. Behalve dan toen ze afscheid namen en de man hem een hand gaf en schijnbaar iets oprechts en belangrijks probeerde te zeggen, en er alleen maar gebrabbel over zijn lippen kwam.

‘Maak die man niet belachelijk,’ zei Vigdís. ‘Hij is ziek.’

‘Volgens mij zijn ze allebei ziek,’ zei Hrafn. ‘Ziek in hun hoofd. Neem die vossen. Welke boer lokt nou vossen naar zijn boerderij? En ik snap ook niet hoe dat rendier is doodgegaan.’

‘Ze zijn mooi,’ zei Anna. ‘En er is hier vast en zeker maar weinig te eten te vinden. Als er midden in de winter een paar bij mijn boerderij rondslopen, mager en ellendig, zou ik denk ik hetzelfde doen.’

‘Ze zijn te wild om als huisdier of als een soort schoothondje te houden. Ze zijn puur natuur. Niemand lokt die beesten vrijwillig naar zich toe!’ zei Hrafn lachend. ‘En waarom zou je ze in leven proberen te houden als je zelf boer bent! Of je houdt vee, of je begint een vossenfarm en dan leef je daarvan, maar niet allebei tegelijk.’

‘Ja, dat is vreemd… Misschien zijn ze niet afhankelijk van de boerderij. Ik word echt nieuwsgierig naar die mensen,’ ging Anna verder. ‘Iemand die op zo’n manier leeft, heeft geld genoeg, en als ze hooi en voer en zo moeten kopen, moet dat betekenen dat ze goed bij kas zitten. Ik vraag me af wat ze daarvóór deden.’

‘Iets met ruimtevaart, natuurlijk,’ zei Egill. Hrafn en hij raakten verwikkeld in een discussie over vossen en het fokken ervan, iets waarin Hrafns vader in de jaren tachtig had geïnvesteerd, maar de vrouwen zwegen. Het schrijnde tussen Vigdís’ benen van de druppels urine die er in de stal op waren gespat en ze voelde dat ze niet in balans was, ze voelde het met heel haar lijf, in haar hartslag, aan haar oppervlakkige en jachtige ademhaling; ze voelde zich al zo sinds ze die ochtend wakker was geworden.

Ze wilde graag met Anna praten. Al hun pogingen tot een gesprek waren al aan het begin van de reis gestrand. De weinige keren dat ze elkaar tijdens etentjes hadden gezien, was de situatie niet zo deprimerend geweest, en ze wisten dan allebei dat hun samenzijn niet langer dan een paar uur zou duren. Maar vlak nadat ze op reis waren gegaan was het net of ze zich ineens realiseerden dat vanaf dat moment alles anders was en sindsdien waren ze niet verder gekomen dan wat pogingen tot een gesprek; alles wat ze tegen elkaar zeiden, leidde tot misverstanden, was overdreven beleefd, had te lange of juist te korte tussenpozen. Met Egill kon ze beter opschieten, maar dat was ook niet zo dringend vereist, want natuurlijk lag het in de lijn der verwachting dat Anna en zij naar elkaar toe zouden trekken, als vrouwen onder elkaar; ze kon het niet maken om het gezellig te hebben met de man van de ander.

Misschien lag het aan het feit dat Anna jonger was dan zij en dat ze een zekere arrogantie bij haar bespeurde; soms vermoedde ze dat Anna vond dat ze te gewoontjes was, niet losjes genoeg, alles wat ze zei niet uitgesproken genoeg was. Ze beeldde het zich vast alleen maar in. De hond drukte zich hijgend tegen haar aan, zijn tong hing uit zijn bek en hij keek opgewekt.

Ze besloot het eerste te zeggen wat haar te binnen viel.

'Ik vind je aardig,' zei ze en ze krabde Tryggur achter zijn oren.

'Wat zei je?' Anna leunde voorover en glimlachte.

'Je hoorde het goed!' Ze lachte. 'Ik zei dat ik je aardig vind, dat wilde ik alleen maar even zeggen.'

'Dank je wel, dat is lief van je. Ik zat net aan minder leuke dingen te denken, aan wat er allemaal aan de hand is... Wat er mis met me is.'

'Ik heb vaak zin om dieper met je op dingen in te gaan, ik

weet alleen niet hoe. Sorry dat ik zo raar doe. Ik ben niet dronken, maar er is hierboven natuurlijk wel weinig zuurstof…'

'Je hoeft geen sorry te zeggen… Ik zal je iets bekennen, nu we toch bezig zijn: ik word verlegen van je.'

'Waarom zou je verlegen worden van mij?'

'Ik weet het niet. Misschien omdat ik een paar maanden geleden bij een psycholoog in therapie ben gegaan. Ik heb het gevoel dat jullie mij proberen te doorzien, denken dat ik iets te verbergen heb.'

'Dat snap ik. En, heb je inderdaad iets te verbergen?' Ze keken elkaar aan en Anna grijnsde.

'Jij hebt er verstand van. Nee, waarschijnlijk is het gewoon schuldgevoel in het algemeen, voor niks in het bijzonder. Ik weet het niet. Als ik bij die psycholoog wegga, schaam ik me, als een kerel die bij een hoer de deur uit sluipt, stel ik me voor. Ik vind het ook moeilijk om af te rekenen, ik vind het eigenlijk onbetaalbaar. Het geld lijkt ook de illusie te verstoren dat ik iemand heb gevonden die in mij geïnteresseerd is. Ik wil eigenlijk dat die hoer zegt dat ze van me houdt of liever nog dat ze echt van me houdt. Triest… Maar vergelijk ik je nu met een hoer?' Vigdís knikte en ze begonnen te lachen. 'Ik denk niet dat ik zoiets zou kunnen doen, het soort werk dat je mee naar huis neemt, of zo.'

'Alles valt te leren,' zei Vigdís. 'Ook dingen op een professionele afstand houden. Maar om het werk aan te kunnen moet je ook andere dingen doen, je eigen leven onder de loep nemen, problemen uit het verleden aanpakken en oude wonden openrijten. Zoals ik heb gedaan, wil ik daaraan toevoegen.' Terwijl ze dit zei, wist ze dat het niet waar was, het voelde net of in haar hoofd iets open zou barsten, een gat vol chaos en pijn. 'En verder wen je er natuurlijk ook gewoon aan,' voegde ze eraan toe en ze keek uit het raam, naar de zandvlakte die aan hen voorbijtrok. 'Dat is denk ik nog de simpelste verklaring.'

Vigdís wist niet meer waar of in welke context ze voor het eerst het woord 'volksvertegenwoordiger' had gehoord, maar sindsdien had ze altijd het gevoel gehad dat het op haar ouders sloeg. Haar moeder was de dochter van een zeeman en een huisvrouw, die in Akureyri was opgegroeid en als tiener naar Hafnarfjördur was verhuisd. Op een schoolfeest had ze Vigdís' vader leren kennen, die ouder was dan zij, op de grote vaart naar de Verenigde Staten en Hamburg zat en dan altijd ham in blik, kauwgum en nylonkousen als cadeau mee naar huis nam. Na een korte verloving gingen ze samenwonen in een flatje op de Framnesvegur in Reykjavík, waar ze sindsdien woonden.

Haar moeder begon aan de lerarenopleiding, maar stopte er wegens ziekte al snel mee, wat, zo begreep Vigdís na lang aandringen later van haar vader, iets met de 'zenuwen' te maken had gehad. Daarbij mompelde hij iets over miskramen, zware tijden, en hij voegde eraan toe dat haar moeder altijd al gevoelig was geweest.

Misschien lag het aan de angst voor verandering, of gewoon aan de onverschilligheid van haar ouders, dat Vigdís pas ter wereld kwam toen haar moeder al bijna veertig was en haar vader tegen de vijftig liep. Ze was niet gepland, maar ook geen 'ongelukje', had ze begrepen, en toen ze vervolgens vroeg waar het dan door gekomen was, antwoordde haar moeder met ongebruikelijk veel inlevingsvermogen: 'Het kwam door jou. Jíj besloot om te komen.' Dat was tevens het moment dat Vigdís het gevoel had haar moeder en haar moeders levensfilosofie te begrijpen, maar waarschijnlijk was 'filosofie' een te groot woord.

Haar geboorte gooide het leven van haar ouders niet overhoop; ze hadden tijd genoeg gehad om hun leven op orde te brengen. Haar vader voer nog altijd zijn rondjes, naar Hamburg, door een kanaal in de Oostzee, naar Noorwegen en daarna weer naar huis, maar hij ging niet vaak aan land in de havens die hij aandeed, want tegenwoordig kon je overal in IJsland ham in blik krijgen, zoals hij het zelf zei. Na haar ziekte had haar moeder een schriftelijke cursus typen en stenografie gedaan, en na een korte periode als invalster kreeg ze uiteindelijk een vaste baan als secretaresse van een econoom bij de Sedlabank, die destijds gevestigd was aan de Austurstraeti.

Vigdís begon op de Vesturbaejarschool, kreeg een eigen kamer en de eerste en enige woedeaanval van haar leven toen ze een kat wilde en pas ophield met brullen toen haar moeder bij een van de buren een jong katje had gehaald. Daarna gebeurde er niet veel bijzonders meer; Vigdís deed het uitstekend op school, ze was rustig, plichtsgetrouw en kreeg niet veel, maar wel betrouwbare vrienden. Ze zag haar vader maar een paar weken per jaar, en later kreeg ze het vermoeden dat hij zo vaak mogelijk aanmonsterde, maar ze vroeg er nooit naar.

Haar moeder praatte niet veel, maar ze zorgde des te beter voor haar, ze was meer als een geduldige oma die alles voor haar wilde doen, wat die vreemde afstand tussen hen, die Vigdís nooit in een andere moeder-dochterrelatie had gezien, benadrukte, maar wat ook een poging was die afstand te overbruggen. De oorzaak daarvan was misschien niets meer of minder dan de leeftijd van haar ouders en het feit dat ze haar zo laat hadden gekregen. Haar grootouders die in het noorden woonden, kwamen zelden op bezoek; haar andere oma was dood en haar opa zat ‘ziek’ in een bejaardentehuis in Kjalarnes, dat, zo ontdekte ze later, een kliniek voor bejaarde alcoholisten was. De weinige keren dat haar leeftijdsgenoten bij hen thuis kwamen, noemden ze haar moeder ‘je oma’ en over het algemeen verbeterde ze hen dan niet.

Als tiener probeerde Vigdís zich los te maken van die onbegrijpelijke stilte en de passiviteit die als een nachtmerrie in haar ouderlijk huis hingen, of liever gezegd leek het net of de flat zich diep in de maag van een zwijgend monster bevond dat die lang geleden had verzwolgen, zoals haar vriendin Gudlaug het verwoordde. Met hulp van Gudlaug hield ze op de dochter van haar opa en oma te zijn, leerde ze ten minste één keer per maand uit haar bol te gaan, experimenteerde ze met roken en drinken en op haar vijftiende werd ze ontmaagd door een jongen die drie jaar ouder was dan zij. Hij was alleen thuis in een groot vrijstaand huis in Skerjafjördur, en voor ze het wist had hij haar uitgekleed en haar lachend een bubbelbad in de achtertuin in gejaagd. Ze was niet direct teleurgesteld over de gebeurtenis, maar in haar dagboek schreef ze dat ze verdrietig was over het feit dat ze zich seks niet meer als een bevrijding kon voorstellen, iets wat haar van zichzelf los zou maken. Misschien vond ze het gewoon moeilijk om mensen te vertrouwen, om zich over te geven aan iemand die ze niet kende.

Toen ze net in het tweede jaar van de bovenbouw was begonnen, werd haar moeder doodgereden. Ze was op een vrijdag lopend onderweg van haar werk naar huis toen er een auto de hoek om kwam, vlak bij de Landakotskerk, en haar met zoveel kracht aanreed dat ze over het hek vloog en op het grasveld bij de kerk terechtkwam. Ze had een plastic tas bij zich met spullen die ze voor hun avondeten had gekocht. Een paar dagen later vond Vigdís een chocoladereep op het grasveld, vlak bij de plek waar haar moeder had gelegen. Een paar maanden eerder had ze de gewoonte opgevat om chocolade voor hen te kopen voor vrijdags na het eten, en Vigdís was ervan overtuigd dat deze reep voor haar was bedoeld. Ze nam de chocolade mee naar huis, waar haar vader net was gearriveerd om de begrafenis te regelen, ze bleef zichzelf in slaap huilen en probeerde zich netjes te gedragen, waarna ze zich in een langdurig delirium verloor – toen haar vader weer op zee zat.

Ze begon aan een in memoriam, omdat ze dacht dat niemand anders dat zou doen, een gedachte die te verdrietig was om te verdragen. Er moesten sporen zijn van het feit dat haar moeder had geleefd. Ze schreef alles op wat ze zich kon herinneren, maar kreeg het gevoel dat het allemaal leugens waren, misschien op een klein stukje na, dat ze er met veel moeite uit wist te persen, over hun momenten samen in de achtertuin. Hun tuin was klein en ze deelden hem met een paar buren, maar haar moeder had toestemming gekregen om een hoekje voor zichzelf te maken, ze pootte er aardappelen, zaaide wortelen en kool en plantte er bomen. In de lente hielp Vigdís haar met bloembollen planten, zaad zaaien en onkruid, paardenbloemen en boterbloemen wieden. In een zomer had haar vader een schuurtje voor het gereedschap in elkaar getimmerd, dat ze groen verfden, ze hingen gordijntjes voor het vierkante raampje dat op de tuin uitkeek en maakten een plank waar haar moeder stekjes op kweekte. Door de jaren heen verzamelde ze er gereedschap, dat ze aan de muren hing, zakken vol zaad dat ze door ruimtegebrek nog niet kon zaaien, en ze zette er twee krukjes en een tafel in, waaraan Vigdís en zij soms zaten te kletsen.

Nu ze erover nadacht, vond Vigdís het bijna absurd dat ze daar zo met haar moeder had gezeten, omdat die zich daar minder goed achter huishoudelijke taken kon verbergen, zoals ze binnenshuis deed, en dan waren ze gedwongen om met elkaar te praten. Het was niets voor haar om zich kwetsbaar op te stellen en ook al hadden ze nooit veel tegen elkaar gezegd, Vigdís zag daar een kant van haar moeder die gecompliceerder was dan ze met het verstand en de levenservaring die ze toen had kon begrijpen. Ze dacht terug aan hoe haar moeder zat te roken, hoe ze zwijgend uit het raam keek, en wist dat iets in haar leven haar was ontgaan; het was groter en hield zoveel meer in dan waar ze weet van had, het zat 'm niet in wat je zag, maar in wat er werd achtergehouden. Dat hoopte Vigdís althans.

Na de begrafenis ging haar vader weer naar zee en hij kwam nog minder vaak thuis dan eerst. Gudlaug noemde haar Pippi Langkous en bleef steeds vaker bij haar slapen, tot ze uiteindelijk samenwoonden. Haar vader schonk hun de flat, weigerde huur van hen aan te nemen, en kwam de weinige keren dat hij aan land was op bezoek en verbleef dan in een pension.

Vigdís deed eindexamen en schreef zich in bij de universiteit om psychologie te gaan studeren. Af en toe werd ze dronken en had ze een paar onenightstands, vooral met haar studiegenoten van psychologie, maar verder was ze altijd in de bibliotheek te vinden. Ze had een goed geheugen voor theorieën en behoorde tot de besten van haar jaar toen ze afstudeerde, verhuisde naar Denemarken en deed een MA aan de Universiteit van Kopenhagen, waar ze haar scriptie schreef over de interactie tussen depressie en diabetes.

Een deel van de studie bestond uit therapie, waarbij ze in zekere zin haar leven probeerde op te maken, probeerde te breken met zichzelf en met de stilte; soms leek het haar allemaal onmogelijk, ze leek te veel op haar moeder en binnen in haar hield zich iets verborgen wat binnenkort haar leven over zou nemen en het mee de stilte in zou sleuren, als het dat al niet had gedaan. Na thuiskomst in Reykjavík opende ze haar eigen praktijk aan de Klapparstígur, waar ze patiënten ontving, ze behandelde hen met cognitieve gedragstherapie en maakte geen gebruik van jungiaanse droomanalyse, ook al voelde ze af en toe de neiging. Ze begon, net als duizenden andere IJslanders, met World Class en ontdekte de middagmeditatie van de zenboeddhisten op de Grensávegur, waar ze een nieuw soort, meer 'open' stilte bereikte.

Het leven was goed. Samen met Gudlaug, die assistent van een van de afdelingsmanagers van Kaupthing was geworden, werd ze lid van een vereniging die als doel had het netwerk van vrouwen te vergroten, wat inhield: elke week naar een restaurant, elke maand een reisje om te gaan golfen, vissen of zwemmen en elk jaar een reis naar het buitenland, vaak van het luxere soort. Op een reis naar Milaan liet ze zich in een discotheek door een Italiaanse man verleiden, na een heel jaar met niemand naar bed te zijn geweest, en ze hoorde mensen voor het eerst over Hrafn praten – als een van de grootste uitzuigers van IJsland. Kort daarna liep hij in hoogsteigen persoon haar praktijk binnen, zijn leven was een onbegrijpelijke warboel, die ze met haar cognitieve gedragstherapie meteen begon te ontwarren.

Ze kreeg al snel het gevoel dat hij haar leuk vond. Op een middag, na een gesprek in de praktijk, liepen ze samen een rondje om de Tjörnin, stapten een restaurant binnen en belandden bij hem thuis in bed – in zijn grote villa in Seltjarnarnes, die wel wat weg had van het huis waar ze haar onschuld was verloren: een bubbelbad op de veranda op de eerste verdieping met uitzicht op de Esja, alleen stond er voor de garage geen rode sportauto maar een zwarte. De volgende dag zei hij dat hij van haar hield en dat hij de rest van zijn leven met haar wilde delen, hij overlaadde haar met cadeaus en leek te menen wat hij zei. Ze liet hem beloven niemand over hun verhouding te vertellen – dat was niet gunstig met het oog op haar beroep – maar het duurde niet lang of ze sliep elke nacht bij hem. Alles ging snel bij Hrafn, bovendien was hij grappig, zei hij meer tijdens het ontbijt dan haar ouders in hun hele leven, en kende hij de eerste bladzijde van *De klok van IJsland* van Halldór Laxness uit zijn hoofd.

In het begin had ze niet zo'n goed beeld van wat hij precies deed, maar ze las op internet over zijn bedrijf, ontmoette zijn ouders op de Laufásvegur en bracht een week met hen door in een villa op het strand in Florida, zag zijn vader met een opgeblazen gezicht en een glas in zijn hand glimlachen, ernstig knikken bij de anekdotes van zijn zoon over zijn oude vader, die een beeld schetsten van een vrolijke sociopaat die voor de lunch vakbonden ophief, na de lunch rolstoelen uitdeelde aan gehandicapten en bij het diner een serveerster in Hotel Holt probeerde aan te randen. Het familiekapitaal groeide in zee en werd bij volmacht van de staat gevangen, legaal, maar misschien lag er ergens op de bodem wel iets wat niet deugde – het hing ervan af wie je het vroeg.

Nadat Hrafn een meerderheidsbelang in zijn bedrijf aan zijn broer had verkocht, begon hij te investeren, verplaatste geld van de ene plek op de wereld naar de andere, van de ene rekening naar de andere en keek toe hoe het verveelvoudigde. Hij zei dat het moeilijk en riskant werk was, maar op haar kwam het niet over alsof hij zich veel zorgen maakte of hard werkte. Soms gingen ze naar een receptie op een ambassade, of naar een cocktailparty van een bank, waar ook Hrafns vrienden en bekenden van zijn partij waren. Hij zei dat hij niet politiek actief was, maar een pragmaticus was. Zijn ambitie was niet groter of kleiner dan die van een ander, maar hij beschouwde zichzelf, en zijn broer, als beheerder van het familiekapitaal, die ervoor moest zorgen dat het minstens even groot op de volgende generatie overging. In de toekomst wilde hij kinderen en hij wenste hun een liefdevollere opvoeding toe dan hij zelf had gehad. Voor zijn oude dag nam hij genoegen met een huis aan het Gran Canal, waar hij op de veranda kon aquarelleren en boeken kon lezen. Hij wist zelf ook niet of hij een grapje maakte als hij dat zei, maar meestal glimlachte hij erbij.

Vigdís had geen idee wat ze er zelf van vond. Ze had niet veel relaties gehad in haar leven en maakte zich eigenlijk meer zorgen over de vraag wat een man als Hrafn in haar zag. Hoewel ze zichzelf aantrekkelijk en ontwikkeld genoeg voor Hrafn vond, voelde ze soms dat volkse in zich, dat onderdrukte, dat stille binnen in zich, dat niet kon of durfde los te breken om alles op te eisen wat mensen als Hrafn en zijn familie vanzelfsprekend leken te vinden. Problemen bleven hun niet bespaard, maar geen ervan was het gevolg van gebrek of extreme bescheidenheid; ze aarzelden niet om aan hun verlangens toe te geven, verontschuldigden zich nooit voor zichzelf. Ze leken zelfs te denken dat ze een soort aangeboren recht hadden dat het mogelijk maakte om meer van anderen te eisen dan van zichzelf, en dat kon je vast als een soort schaamteloosheid beschouwen. Maar Vigdís hield zich op de vlakte; het lag aan het 'standsverschil' tussen hen, dacht ze, en op een avond formuleerde Hrafn het op zijn manier door te verklaren dat hij meer van haar hield dan van zichzelf, ze was zelfstandig, ze had een rust over zich die uit haar ogen straalde en die haar hele omgeving sublimeerde; ze was bovendien heel erg mooi, vriendelijk en niet in staat tot valsheid – alles wat zijn familie niet was.

Ze zag haar vader drie keer per jaar, ze aten samen en praatten dan over het verleden of over wat er die week actueel was. Haar vader was een 'goed mens', natuurlijk, maar zo afwezig dat ze soms het gevoel had dat ze alleen aan tafel zat, hij zweeg zo ongelofelijk diep dat ze het niet eens pijnlijk vond. Geen lieve opa maar meer een welwillende oom. Soms gaf ze haar ouders de schuld van haar problemen, maar nooit serieus. Haar jeugd had ongetwijfeld wat warmer kunnen zijn, maar als dat de enige misstand was geweest in haar leven, moest dat wel een minimaal vergrijp worden genoemd. Over het algemeen waren het prima mensen, rustig, bang, en het enige ongewone aan hun leven was dat ze nooit waren getrouwd, wat vermoedelijk te maken had met hun passiviteit en hun angst voor gedoe met een feest.

Misschien was het helemaal niet zo, of zat het heel anders dan ze dacht; sommige dingen, vermoedde ze, waren gissingen gebaseerd op de foto's in het enige familiealbum waar haar moeder kiekjes in had geplakt en waarin Vigdís na haar dood had zitten bladeren. Ze had geen broers of zussen en niet zoveel mensen om het aan te vragen, en toen haar vader helemaal niets meer zei, was er niemand meer over.

Soms droomde ze van haar moeder, hoorde de bons toen ze door de auto werd geraakt en zag haar als Mary Poppins de lucht in vliegen, maar dan zonder paraplu en gezang, met verwrongen ledematen, zwevend over het grasveld bij de

Landakotskerk, met een welwillende, vrolijke glimlach op haar gezicht.

Ze greep de rugleuning van de stoel vast. De weg was slechter geworden, harder, hobbeliger en met meer kuilen. Het zand om hen heen was heuvelachtiger en hier en daar lagen grote keien.

De jeep schudde heviger dan eerst en Vigdís beet haar tanden op elkaar om ze te laten stoppen met klapperen. Door het raam zag ze dat de weg door het gedeelte liep waar de meeste stenen en het meeste gruis lagen, maar om zandduinen en heuvels heen zigzagde, die de weg nu aan alle kanten omgaven. Ze reden over een slecht stuk weg, over twee, drie diepe gaten, tot ze een heftige dreun voelden. Er klonk een klap, de motor sloeg af en de auto bleef stilstaan.

'Shit,' zei Anna, die met haar hoofd tegen de voorbank was geknald. 'Wat gebeurt er?'

Hrafn gaf geen antwoord, stapte uit de auto en de anderen volgden snel zijn voorbeeld.

De auto stond scheef, de band van het voorwiel aan passagierszijde leek te zijn geklapt.

EGILL

6

Tussen de zandkorrels

'Godver,' zei Egill. Hij liep om de auto heen en schudde zijn hoofd.

Hrafn ging op zijn buik op de grond liggen om onder de auto te kijken en Egill deed hetzelfde aan de andere kant. Onder de auto, aan passagierszijde, zat een diepe kuil waar ze in waren gereden, maar waaruit ze weer terug waren gestuiterd. De voorste rand van de kuil was zo scherp dat ze een klapband hadden gekregen.

'Klotekar,' mompelde Egill bij zichzelf. Hij stond op en klopte het stof van zijn kleren. De weg lag tussen twee steenachtige heuvels in, en waarschijnlijk was dit de enige plek waar je niet kon uitwijken voor gaten in de weg. Tryggur staarde naar een van de heuvels, jankte een beetje en hield zijn staart tussen zijn poten.

'De as is gebroken, volgens mij,' zei Hrafn en hij stond op. 'Of hoe heet zo'n ding, die stang die in het wiel steekt... Maar het is in ieder geval goed nieuws dat we weer uit de kuil zijn gekomen.' Anna zat vlakbij in het zand te roken en plukte aan haar oorlel. Egill had geen zin om met haar te praten.

'Dit kunnen we fiksen, toch?' zei Egill.

'Als die oudjes een lasapparaat hebben wel, ja,' zei Hrafn. 'En nog een reservewiel. Allebei de voorbanden zijn plat.' De band die niet geklapt was, maakte een zacht sissend geluid en liep langzaam leeg.

Hrafn liep naar de vrouwen en vroeg ze terug naar de boerderij te lopen. In de tussentijd deed Egill net alsof hij iets aan de andere kant van de auto aan het maken was. De vrouwen deden hun rugzak om en gingen op weg, en Egill was blij om van ze af te zijn. Hij hoorde hoe Vigdís Anna probeerde op te vrolijken, die – natuurlijk – doodsbang was dat ze hier nooit meer weg zouden komen.

'Dit was nog maar de eerste poging,' zei Vigdís. De hond rende voor hen uit, blafte en deed gek, en toen liepen ze de vlakte op.

Hrafn rommelde in de achterbak, pakte wat gereedschap en ging weer onder de auto liggen, terwijl Egill op een van de heuvels ging zitten, een biertje openmaakte en een slok whisky nam. Hij had een voorgedraaide joint in het borstzakje van zijn overhemd.

Het weer werd steeds beter en al snel werd het windstil en zo warm dat ze hun shirts uittrokken en Egill rolde zijn broekspijpen omhoog.

Hij stak een sigaret op. Anna bemoeide zich te veel met hem. Ze kende zichzelf niet zo goed, tenminste niet zo goed als hij haar kende. Soms hoefde hij niets bijzonders te doen, alleen maar met een uitdrukkingsloos gezicht te gaan zitten, zijn hoofd leeg te maken en toe te kijken hoe zij zich in allerlei bochten wrong in een poging contact met hem te maken, alsof ze langs alle zenders zapte op zoek naar iets om zich mee bezig te houden, de angst van zich af te zetten die weer boven kwam drijven als ze niet wist hoe ze de mensen in haar omgeving moest interpreteren, als ze met zichzelf werd geconfronteerd.

Na nog geen vijf minuten onder de auto te hebben liggen prutsen had Hrafn er blijkbaar genoeg van, veegde de roest en de olie van zijn handen en gooide het gereedschap achter in de auto. Daarna kwam hij naast Egill staan, dronk gulzig uit de fles water en keek naar de horizon. Onder zijn arm hield hij een rode plastic doos, afkomstig uit de bagage.

'Ging het goed?' vroeg Egill. 'Wat heb je gedaan?'
'Kijken of ik de as weer vast kon zetten.'
'Heb je verstand van auto's?'
'In ieder geval meer dan jij... Die kuil is recent.'
'Wat bedoel je?'
'Die kuil waar we doorheen gereden zijn. Ik denk dat die nog niet zo lang geleden is gegraven. Of dieper gemaakt. De aarde in het gat is donkerder dan het zand eromheen.'
'We zijn erin gereden, dan is het toch logisch dat het zand is verplaatst. Wat maakt het uit?'
Hrafn haalde zijn schouders op. 'Ik heb een paar handfakkels in de achterbak gevonden,' zei hij en hij liet de doos zien. 'Kan van pas komen.' In de doos zaten een stuk of vijf, zes rode plastic staven met een houten handgreep en de gebruiksaanwijzing erop gedrukt.
'Fijn,' zei Egill. 'Die zijn tenminste nieuwer dan de auto.'

Ze begonnen terug te lopen. Hrafn zei dat de as waarschijnlijk te roestig was om te kunnen worden gerepareerd, ongeacht wat voor gereedschap het oude stel nog ergens in een hoek had liggen.
'Zeg jij nou dat die kuil door iemand gegraven is?' vroeg Egill.
'Ik weet het niet... Wie doet nou zoiets?' Hrafn schudde zijn hoofd. 'Zeg het maar niet tegen de meisjes. Ik wil ze niet bang maken.'
'Wat gebeurt er als we de auto niet meer aan de praat krijgen?'
'Geen idee. Dan gaan we gewoon liggen wegrotten,' zei Hrafn en hij leek geïrriteerd.
Uit het zuiden kwam een zwakke wind opzetten. De zandvlakte werd steeds weidser om hen heen en de horizon werd nergens meer door bergen of heuvels onderbroken. Egill moest plotseling denken aan het feit dat er weinig plekken in de wereld waren waar het net zo onwaarschijnlijk is

dat je iemand anders tegenkomt: Siberië, de Sahara, de Canadese wildernis, de Noord- en de Zuidpool...

'We zijn zo klein,' zei hij, terwijl hij van plan was geweest iets heel anders te zeggen.

'Waar heb je het over? Ben je bang, wil je naar je mammie toe?' Hrafn sloeg zijn ogen ten hemel. Zijn humeur sloeg steeds om, de hele reis al.

'Ik weet het niet.' Egill nam een slok uit zijn heupflesje en trok een grimas. 'Je bent veranderd,' zei hij en hij besloot zich niet door Hrafn op zijn kop te laten zitten. 'Het afgelopen jaar. Laatst, toen ik terug zat te denken, werd het me ineens glashelder. Je bent stiller, maar tegelijkertijd zeg je meer. Je bent oppervlakkiger, alsof je...' Hij stond bijna op het punt om te vragen of het niet goed ging met de zaak, of hij alles kwijt was geraakt, maar dat zou stom zijn, te doorzichtig. 'Soms bekruipt me het gevoel dat het een geheim is, iets waar je niet over wilt praten... Je weet toch dat je me kunt vertrouwen?'

'Wat wil je dat ik zeg? Dat ik mijn hele leven in één zin samenvat...'

'Gaat alles goed tussen Vigdís en jou?'

'Natuurlijk gaat het goed tussen ons. Ze is het beste wat me is overkomen, geen twijfel mogelijk. Waarom vraag je naar háár?'

'Ik vraag het maar, kerel. Omdat je blijkbaar zorgen hebt.' Ze liepen verder, zagen de vrouwen nergens, maar volgden het spoor van de auto.

Hrafn bleef staan en bood zijn excuses aan voor zijn uitbarsting. 'Laatst zei Vigdís tegen me dat ik maar weer moest gaan drinken. Liever dat dan dat ik zo prikkelbaar ben.' Hij lachte, voegde eraan toe dat ze kortgeleden door een moeilijke periode waren gegaan, maar wuifde het daarna weg, zei dat het niet zo ernstig was; hij vertelde hoe zwaar het was om tegenwoordig een bedrijf te runnen – onder moeilijke omstandigheden – en Egill kreeg de indruk dat hij op het punt stond om in huilen uit te barsten maar zich wist in te houden.

'Ik weet niet,' begon Egill en ze liepen weer verder. 'Anna en ik, onze relatie is in ieder geval naar de knoppen. Ons seksleven is dood, het is over. Ze wil dat we in relatietherapie gaan... Iedereen die ik ken zit gewoon helemaal aan de grond. Het is net of deze samenleving een grote machine is die mensen opvreet en weer uitspuugt, ondersteboven aan elkaar geplakt, zeg maar – met hun anus in hun mond en hun ogen in hun kruis.'

Ze liepen een zandduin op, een klein rimpeltje in een verder spiegelgladde zee, maar het huis zagen ze niet, ze zagen alleen maar de weg, die in een loodrechte lijn liep. Hrafn baalde ervan dat ze de verrekijker waren vergeten, hij ging in het zand zitten en goot wat water uit de fles over zich heen.

Egill nam een slok uit zijn heupflesje en smeet het in het zand tussen hen in, haalde de joint uit zijn borstzakje, bracht hem naar zijn neus en hield Hrafn vanuit zijn ooghoek in de gaten.

'Denk je nog wel eens aan Árbaeinn?' zei Egill. 'Toen hadden we het echt leuk. Verdomde leuk. Is het ooit nog net zo leuk geweest als toen? Maar jij leefde toen misschien in een heel andere wereld dan ik, in Selás?' Egill lachte. 'Het vogeltje in het gouden kooitje.'

Hrafn was niet opgegroeid in een arme wijk, maar in Selás, waar de rijkeluiskinderen woonden. Zijn ouders resideerden in een van de grootste villa's aan de Fjardarás, waar Egill voor het eerst een zonnebank zag, en een koelkast met ijsmachine, en draadloze telefoon. In de hobbyruimte, naast de Pac-manspeelautomaat, hing een levensgrote poster van Val-d'Isère in de Franse Alpen, waar Hrafn en zijn ouders al sinds hij klein kind was gingen skiën. Voor de rest leken de gezinsleden zich niet veel met elkaar te bemoeien, in tegenstelling tot bij Egill thuis, maar in de flat van zijn ouders was ook minder plek om je terug te trekken.

Ze ontdekten de alcohol via Hrafns broer en diens vrienden, die in de villa een feest hielden dat drie weken duurde, tegen de zin van hun ouders, die in Val-d'Isère aan het skiën waren. Ze begonnen al drinkend op de bank in de woonkamer, en ze zopen zich een weg via de hobbykamer, de pingpongtafel en de biljarttafel naar het roeiapparaat, waarop ze wedstrijdjes hielden, en eindigden in de sauna, waar Hrafn zichzelf onderkotste en Egill de kachel, ze bezwoeren elkaar dat ze dat nooit meer zouden doen en vielen in coma op hun bed. Het duurde maanden voor de kotslucht uit de kelder was verdwenen, maar de volgende dag al dreef die lucht een paar meisjes van het feest naar de bovenverdieping, met als gevolg dat ze zich onverwachts toch weer klem zopen en Hrafn met een ouder meisje in een bed in Ártúnsholt belandde, waar hij ontmaagd werd, maar het enige wat hij ervan had onthouden was dat ze Valdís heette. Egill wees hem erop dat die naam verdacht veel leek op 'Val-d'Isère' en was er sindsdien van overtuigd dat Hrafn het hele verhaal bij elkaar had verzonnen om er zeker van te zijn dat híj de eerste was.

Toen Egills ouders naar Vesturbaer verhuisden, kreeg hij de beschikking over zijn eigen kelder, waar Hrafn bleef slapen als hij langskwam. Ze hielden op met de kruimeldiefstal en de rottigheid die ze in Árbaer en in het winkelcentrum Kringlan hadden uitgehaald en begonnen zelf drank te stoken in een garage vlak bij het schiereilandje Grandi en ze fietsten rond met jerrycans in een gebied dat zich uitstrekte van Raudarárstígur in het oosten tot Nes in het westen. Het laatste jaar van de onderbouw begonnen ze wiet te roken bij de visloodsen bij Aegisída en algauw, bijna alsof het voorbestemd was, had Hrafn zichzelf niet meer in de hand. Alles wat ze samen voor het eerst hadden gedaan – drinken, drugs gebruiken, lantaarnpalen, bushokjes en mensen de vernieling in helpen – was iets wat Egill leerde beheersen, terwijl

Hrafn helemaal losging, gedreven door iets wat Egill niet begreep. Nadat Hrafn met de bovenbouw was gestopt en uit huis was gegaan begon hij het spul dat hij gebruikte zelf te verkopen en zonk zo diep dat het hem niet eens opviel dat er iets was veranderd. Egill trok het niet langer om met hem om te gaan en toen de mogelijkheid zich voordeed, vlak voordat ze achttien werden, verbrak hij de vriendschap met hulp van een meisje op wie Hrafn verliefd was; op die manier verdween hij uit Egills leven en hij keek nooit meer om – tot ze elkaar tien jaar later toevallig tegenkwamen op een cocktailparty.

Egill draaide de joint een paar keer rond tussen zijn vingers, maar stak hem toen op. Hij nam een hijs en hield zijn adem in, en even later gaf hij de joint door aan Hrafn, die hem aannam, alsof hij nooit iets anders van plan was geweest. Egill blies de rook uit, keek Hrafn niet aan, maar zag dat die een hijs nam, een, twee keer. Ze rookten om beurten van de joint.

'Wist jij dat anderhalf procent van de oppervlakte van Noord-Amerika geasfalteerd is?' zei Egill en hij keek uit over de zandvlakte.

'Is dat veel?'

Egill grijnsde, had het gevoel dat zijn hoofd werd opgeblazen en elk moment kon exploderen doordat de hoeveelheid lucht daarbinnen toenam elke keer dat hij zijn mond opendeed om iets te zeggen.

Hij pakte zijn telefoon en zette hem aan.

'Heb je bereik?'

Egill zei 'nee' en stak zijn telefoon weer in zijn zak; hij pakte de joint aan, nam een hijs en hield die lang binnen, voelde hoe zijn hele lichaam zich ontspande, de rook kringelde in zijn longen rond en toen hij een lichtgrijs wolkje uitblies, voelde hij elke cel in zijn lichaam – alles zat op de juiste plek en alles was precies goed. Toen ze jong waren noemde Hrafn dat 'je roes een handje helpen' – niet te veel, alleen om jezelf te stimuleren. Hij gaf de joint terug aan Hrafn en zei: 'Ik was een keer op een feest met een schrijver die aan een boek over koeien werkte. Hij beweerde dat op bepaalde plaatsen in het land, waar geen bereik is of elektromagnetische straling of meer van die rommel die in de stad in de lucht hangt, alle spoken samenkomen, en alle duiveltjes en geesten van doodgemaakte kinderen, het verborgen volk, elfen, landwichtels en monsters. Omdat er nergens anders meer plek voor ze is.'

'Klinkt logisch.'

Egill knikte. 'Als er andere dimensies bestaan en daar wezens wonen, is het natuurlijk zo dat ze op een andere frequentie, andere golflengtes leven, en sommige kunnen door onze signalen worden gestoord – die in hun wereld waarschijnlijk lijken op een machinegeweer dat de hele tijd kogels de lucht in jaagt, een exploderende spijkerbom. Natuurlijk vluchten ze de bergen in. En gaan ze hier op de zandvlakte zitten, tussen de zandkorrels.'

Egill stak zijn hand uit naar de heupfles en goot het laatste restje naar binnen, spoelde zijn mond. In zijn andere hand hield hij de joint, hij kon zich niet herinneren wanneer hij die had aangenomen, maar zag dat hij bijna op was. Hij wilde hem aan Hrafn geven, die bedankte, hij verkruimelde hem tussen zijn vingers en keek naar de gloeiende resten in het zand, als een priemend, rood oog of een hellebloem. Voordat Anna hem leerde kennen had ze een onbevredigend, triest leven geleid. Haar seksleven was belabberd. Hij vond het vermoeiend om altijd het initiatief te moeten nemen om met haar te neuken, om afgewezen te worden, om zich soms gedwongen te zien andere uitlaatkleppen te zoeken, dat zou niet nodig moeten zijn. Hij had behoefte aan meer warmte, innerlijk vuur dat door zijn hele lichaam stroomde. Of aan geld.

'Anna was nog nooit klaargekomen toen ze mij leerde kennen.'

'Je voorhoofd bloedt.'

Egill bracht zijn hand naar zijn voorhoofd, voelde aan het verband en iets vochtigs wat eronderuit lekte en zag bloed aan zijn vingertoppen zitten.

'Komt door de warmte, neem ik aan.' Hij deed niets, begreep ook niet wat het was – er schoten hem onsamenhangende herinneringen te binnen aan de oogdruppels die hij altijd gebruikte om de rode adertjes in zijn ogen te verbergen als hij had geblowd.

'... op handen en voeten het duister in rende,' zei Hrafn, die iets aan het omschrijven was wat hij de avond daarvoor door het raam had gezien.

'Aha... Al zenuwachtig?'

'Ik heb het me niet ingebeeld. Het rende op handen en voeten de zandvlakte op en verdween toen.'

Ze zaten zwijgend naast elkaar. Egill probeerde zich voor te stellen hoe het zou zijn om daar op de zandvlakte op te groeien. In de negentiende eeuw. Of de achttiende, de zeventiende of de zestiende. 'Ik begrijp niet hoe mensen hier vroeger konden wonen. Stel je voor, die stilte, dat duister. Geen kleuren, geen geluiden, eten dat nergens naar smaakt, geen verlichting, op hoogstens een kaarsstompje of een traanlampje na; niks om naar te kijken, niks om te lezen, niks lekkers. Niks... Elke dag, je hele leven. Duizend jaar lang. Uitgemergelde lichamen, opgedroogde zieltjes, als rozijnen in het zand.'

'Ze hadden in ieder geval hun verhalen,' zei Hrafn. 'Over andere dimensies, bovennatuurlijke wezens, elfen, spoken en de geesten van gedode kinderen. Dezelfde als waar je het net over had, toch?'

'Verhalen over hun eigen gekte.' Egill kreeg de kriebels van hun gesprek.

'We moeten zien dat we snel thuiskomen, dat we dit onderweg van ons afschudden.'

'Komt goed, we redden ons wel...' Hij wilde er nog iets

aan toevoegen, maar vergat wat, keek naar de horizon en dacht te zien dat het donker begon te worden, hoewel het daar nog veel te vroeg voor was. 'Monsters, trollen,' mompelde hij en hij zag het prototype van de IJslandse cultuur voor zich: het grote en lege kantoor van een reder in de haven in een gebouw met wanden van golfplaat; de zwakke stank van visafval, afgewisseld met de dennengeur van de luchtverfrisser op de wc, een zoemende computer op het bureau, een telefoon in een houder die je tussen hoofd en schouder kunt klemmen; aan de muur het bewijs van lidmaatschap van de conservatieve Zelfstandigheidspartij, hét diploma voor iedereen die de mond vol heeft van de 'school des levens', de beste rechtvaardiging voor mensen die voor zelfstandigheid en vrijheid knokken; in de kasten mappen met vangststatistieken, bouwquota en loonkosten, en achter het bureau zit het genie zelf te ploeteren; een verachtelijke kerel met een groot libido, een geweldige eetlust, een fervent lezer van de boeken van Arnaldur Indridason, iemand die min of meer een abonnement heeft op Arnaldurs boeken en erg chagrijnig wordt als iemand zich negatief over Arnaldur uitlaat, iemand die graag rondbazuint dat Arnaldur zo fantastisch is, die slaafs de markt volgt en de opties en de deugden die de markt biedt, iemand die zijn ego en zijn lul enthousiast achternaloopt en die – als het hem zo uitkomt – van alles en nog wat op één lijn stelt, cultuur en geld, seks en eetlust, iemand die zich snurkend van vrouwen af laat rollen, die zichzelf als een geschikte, geraffineerde, slimme vent ziet, maar die macht krijgt en zich daaraan vastklampt, lang, ja, de hele geschiedenis van de republiek lang, louter door middel van smoezen, schimpscheuten en sneren en door alle discussies te polariseren, te bagatelliseren en te banaliseren.

'Mijn vader, dus,' zei Hrafn. Egill realiseerde zich dat hij dit allemaal hardop had gezegd en dat Hrafn gelijk had. Hij had het over Hrafns vader, Halldór van visexportbedrijf Andri.

'Sorry,' zei Egill, maar hij meende het niet, begreep niet waarom hij het had gezegd. Hij stak een sigaret op. 'Ik wilde alleen maar zeggen dat er geen ziel in zit... Er zit geen ziel in, snap je?' Waarom konden ze niet normaal, fatsoenlijk met elkaar praten als ze met z'n vieren waren? Al hun gesprekken vielen dood, waren zouteloos en geen ervan ontsteeg ooit de kleinste gemene deler, ze bleven beleefd en ongeïnspireerd. Waren ze wel echt vrienden? Vond iemand van hen het eigenlijk wel leuk om samen met de anderen te zijn? Waarom deelden ze de groep niet op om de indeling om te gooien? Als hij bijvoorbeeld alleen met Vigdís daar zou zitten, die aardige Vigdís, zou hij eerlijk kunnen zijn, contact kunnen leggen, hij verlangde naar vriendelijkheid en tederheid.

'Leuke vrouw, die Vigdís,' zei hij. Hij leunde met zijn ellebogen op zijn knieën en keek op naar de wolken die voorbijjoegen. 'Ze is aardig en vriendelijk, niet geforceerd, ik begrijp best wat je in haar ziet... Ze is genereus, niet egoïstisch, niet bloeddorstig of competitief in alles wat ze doet.' Hij wilde het eigenlijk niet hardop zeggen, maar kon zich blijkbaar niet inhouden. 'Moederlijk misschien... Wat zij heeft, is tegenwoordig zeldzaam. Ze heeft een ziel. Ik zou er alles voor geven om te hebben wat jij hebt. Je weet gewoon niet hoe goed je het hebt, dat heb je nooit geweten.'

'... tuurlijk,' zei Hrafn en hij klonk alsof hij op een afstand stond, ver weg in een soort koude die zich over hen had uitgestort. Zijn stem was scherp als een ijspegel.

'Wat wij missen,' begon Egill, maar toen voelde hij zich plotseling doezelig worden, eindelijk, en hij besloot heel even zijn ogen dicht te doen, even alle gedachten, zorgen, alle golven van emotie, alles waar hij uit bestond, los te laten.

'... lopen,' zei Hrafn en Egill wapperde met zijn hand, die sliep. Maar zijn hart klopte zoals het hoorde, het kwam in orde.

'Het is mooi hier,' zei hij en hij zuchtte hardop, voelde de onzichtbare gletsjer in zijn gezicht stralen, hoe die zich koud boven het land verhief, zijn verleden en toekomst, hoe hij zich in elke gletsjerspleet liet glijden en er weer uit sprong, hoorde hoe Hrafns voetstappen zich verwijderden, hoe de zandkorrels bij elke beweging die hij maakte vermalen werden, verdwenen.

ANNA

7

De foto van de mooie mensen

Anna werd wakker toen Egill in bed tegen haar aankroop. Na de wandeling waren Vigdís en zij gaan slapen in de kamers die ze de avond ervoor toegewezen hadden gekregen. Hij ging dicht tegen haar aan liggen en plotseling hadden ze het bijgelegd zonder dat ze het echt hadden uitgepraat.

Ze maakten allebei een biertje open en liepen naar buiten, waar Hrafn en Vigdís druk bezig waren alles klaar te zetten voor het avondeten; ze hadden een tafel en stoelen in het zand vlak bij het huis gezet en Vigdís zei zachtjes tegen Anna dat ze geen moment langer dan nodig in het huis wilde zijn.

'Ik begrijp wat je bedoelt,' zei Anna. Flarden uit de droom die ze net had gehad kwamen weer boven: een gletsjer die wegsmolt en drie grafstenen in de vorm van flatgebouwen blootlegde; uit de ramen scheen een donkerrood licht en er rende een roedel vossen de zandvlakte op, ze verspreidden zich als vloeibaar vuur over het zand.

Ze verdeelden de taken onderling. Hrafn zette de campingbarbecue neer en vulde hem met kolen, wikkelde de paddenstoelen gevuld met roquefort in aluminiumfolie en bestreek de ossenhaas; Vigdís sneed de knoflook en de groenten, onder het wakend oog van Ása, die achter het keukenraam stond, en Anna haalde de aardappelen uit de auto. Egill had een nieuw verband om zijn hoofd gekregen, dronk bier en hielp niet mee tenzij het hem tig keer gevraagd werd. Hij speelde met Tryggur, aaide hem en gooide een bal naar hem toe, wat Anna verraste; meestal kon hij 'die hond' niet uitstaan, klaagde over de ronde, bedelende ogen als ze aan tafel zaten en wilde dat het dier in de hal bleef, zodat er niet overal haren kwamen te liggen.

Ze hadden flink inkopen gedaan voor ze uit Mývatn vertrokken, want ze hielden er rekening mee dat ze een hele tijd niet meer in de bewoonde wereld zouden komen. In de achterbak had Hrafn plaats laten maken voor een koelbox, zodat het vlees niet zou bederven, en ook de kreeft niet die Egill wilde grillen wanneer ze precies op het middelpunt van het land zouden arriveren; het leek wel of het een soort overwinning van hem op de natuur moest worden.

Ze kon zich niet herinneren hoelang ze al onderweg waren. De reis had al haar aandacht opgeëist, of juist niet. Ze was veel te gemakkelijk te beïnvloeden; na een paar dagen van alles en nog wat te hebben ondernomen, had ze het gevoel nooit anders te hebben gedaan. Waarschijnlijk waren ze nu een week onderweg; ze waren op een zondag op pad gegaan, hadden de eerste nacht in Thingvellir doorgebracht en de nacht daarop in het hotel bij Geysir, omdat ze geen zin hadden om de tent op te zetten. Daarna reden ze naar Hvítarvatn, waar ze twee nachten bleven, vandaar naar Kerlingarfjöll, de mooiste ryolietberg van IJsland, zo had ze voor zichzelf opgeschreven, ze wandelden op Hánýpur, zwommen in Hveradalir, reden toen via Kjöl naar Mývatn in het oosten, waar ze in een hotel sliepen, twee dagen relaxten en proviand insloegen.

Ze liep de keuken in om de oude vrouw te vragen of ze de aardappelen binnen mochten koken, zodat het sneller ging, maar ze was nergens te bekennen. In de woonkamer bleef Anna naar een foto staan kijken die haar eerder was opgevallen, en ze besefte dat die al sinds hun aankomst in het huis in haar gedachten was. Het was een zwart-witfoto, ingelijst en niet erg duidelijk. Eerst dacht Anna dat het een foto was van het oude echtpaar in hun jonge jaren, maar nu raakte ze ervan overtuigd dat de vrouw niet Ása was, maar een heel andere, mooiere vrouw. De vrouw op de foto hield haar hoofd schuin en glimlachte dromerig; ze was een jaar of dertig, jonger dan de man, die brede schouders en een rechte rug had en er als een filmster uitzag, donkere lokken op zijn voorhoofd, grote ogen en krachtige kaken, zonder dat zijn gezicht grof werd. Hij droeg een pak dat perfect paste, keek ernstig maar niet onvriendelijk door een bril met zo'n dun montuur dat het bijna niet te zien was op de foto. Als Anna niet beter had geweten had ze gedacht dat hij een ontwikkelde man was uit een goede familie, geen boer, en eigenlijk gold hetzelfde voor de vrouw naast hem.

Er was iets met de foto wat haar dwarszat; de manier waarop de vrouw tegen de man aan leunde en een schouder optrok, alsof ze iets vasthield wat niet te zien was; of misschien lag het aan de compositie van de foto – de onnatuurlijke proporties van de achtergrond.

Was er overigens iets wat uitsloot dat de man ontwikkeld of van goede afkomst was? Anna vond het lastiger om zich voor te stellen dat de oude vrouw iets anders was dan... ja, dan wat eigenlijk? Huismoeder was waarschijnlijk het woord dat ze zocht. Maar ze moesten toch iets dóén om de kost te verdienen, of hadden dat in ieder geval ooit moeten hebben gedaan.

Ze hoorde de vloer op de bovenverdieping kraken, besloot niet meer te vragen of ze de aardappelen mocht koken, en haastte zich naar buiten.

Ze gingen aan de gedekte tafel zitten en hieven hun glazen met witte wijn, iedereen behalve Hrafn, die een slok van een of ander sap nam. Anna had medelijden met hem, omdat hij niet kon drinken, maar vond het ook nogal kinderachtig. Vigdís pakte de polaroidcamera, die ze van haar moeder geërfd had, en nam een foto van hen.

‘Op de natuur!’ riep Anna en ze proostten voor de camera. De foto werd in minder dan een minuut ontwikkeld. Anna had rode ogen en haar mond in een grimas die een bruine tand onthulde die ze binnenkort zou laten bleken. Tijdens de reis had Vigdís de camera gebruikt om bloemen en planten te fotograferen en grapte dat ze de eerste zou zijn die een nieuwe soort zou ontdekken die via de schoenzolen van buitenlanders op de hoogvlakte terecht was gekomen; ze zou een nieuwe bloem naar zich vernoemd krijgen: de Vigdísbloem.

‘Zo hengelen vrouwen,’ had Anna voor een artikel opgeschreven, maar waarschijnlijk wilde Vigdís vooral haar moeder eren, van wie ze duidelijk veel had gehouden, door de camera die ze van haar had geërfd te gebruiken en erachter te komen hoe de planten heetten, schijnbaar was haar moeder daar erg in geïnteresseerd geweest.

Egill sloeg nog een glas achterover en Anna zou willen dat hij het wat rustiger aan deed, zodat hij zich die avond koest zou houden. Het huis stond vlak achter hen, maar verder hadden ze vrij uitzicht over de zandvlakte.

Tryggur lag aan haar voeten onder de tafel. Af en toe jankte hij zachtjes en streek hij langs haar benen, tot ze hem een van de botten gaf die ze uit de stad had meegenomen. Vast moe van al dat geren, dacht ze. Onderweg van de auto naar het huis was hij ervandoor gegaan, maar op het moment dat Vigdís en zij bij het huis aankwamen, dook hij weer op, zwaar hijgend alsof hij de hele tijd gerend had.

Na een tijdje over het weer te hebben gepraat, zei Hrafn dat hij het met de oude vrouw over de auto had gehad.

‘Ze hebben geen gereedschap waarmee we de as kunnen maken. Bovendien zijn allebei de voorbanden lek en er is maar één reservewiel. En geen solutie, geen plakkers. Maar ze zei dat we de handfakkels mochten hebben.’

‘Die kunnen van pas komen,’ zei Vigdís.

‘Nou dan,’ zei Anna. ‘Dan gaan we hier toch niet langer

blijven, als we nergens op hoeven wachten, toch? Hoe komen we hier weg?' Ze had geen honger meer, pakte haar wijnglas en draaide het rond tussen haar vingers.

'We gaan lopend,' zei Vigdís. 'We proberen of we ergens bereik hebben op onze telefoons. Als we geluk hebben vinden we ergens een noodtelefoon. Anders volgen we de weg naar het noorden, richting de Askja, die is hier niet zo ver vandaan.'

'Hoe ver dan?' vroeg Anna.

'Een halve dag lopen, schat ik,' zei Vigdís. 'Dat hangt ervan af waar we ons precies bevinden. Maar afgaand op hoelang we met de auto hebben rondgedwaald kan het niet meer dan een paar uur meer of minder zijn. We moeten een paar oriëntatiepunten in de omgeving zoeken en het kompas en de kaart gebruiken.'

De duisternis viel en ze praatten over de verzamel-cd met ambientmuziek die in de stereo zat. Egill probeerde hun het verschil tussen ambient en minimal uit te leggen, maar dat lukte niet echt. Vigdís stak een paar waxinelichtjes aan die ze midden op tafel op een rijtje zette, en toen leek het net of het nog donkerder werd om hen heen. Hrafn pakte Vigdís beet en kuste haar teder op haar voorhoofd.

Anna probeerde tot Egill door te dringen, maar dat lukte niet. Hij bleef maar drinken en keek met een ondoorgrondelijke blik het donker in. De eerste keer dat ze elkaar hadden ontmoet was hij dronken, niet vervelend, niet als een dikke kater, zoals hij zich later ging gedragen, maar stralend van levenskracht en zelfvertrouwen. Zijn gezicht was bruinverbrand, zijn overhemd wit met de bovenste knoopjes open, zijn jasje getailleerd. Ze waren op een receptie bij Kaupthing aan de Borgartún toen ze aan een groot interview werkte over de vrouwen van IJslandse zakenlui. Hij stelde zich voor en zei dat hij haar herkende van de middelbare school, wat voor haar niet gold, maar na een korte babbel was het alsof ze zich vaag een afstandelijke jongen in een IJslandse wollen trui herinnerde, die zich ergens in het eerste semester kandidaat had gesteld voor een of andere bestuursfunctie – waarschijnlijk penningmeester – bij de scholierenvereniging Framtídinn, en die je meestal met zijn neus in de economieboeken zag zitten en die een of twee jaar jonger was dan zij.

'Ik zie er nu beter uit, zeg het maar eerlijk,' zei hij met een glimlach, maar zijn ogen lachten niet mee. Toen ze elkaar beter leerden kennen zag ze dat zijn ogen zelden meededen met de rest van zijn gezicht. Op dat moment had hij nog niet zo lang geleden een kantoor aan de Sudurgata geopend, en hij zei dat hij nog niet rijk genoeg was om zich geen zorgen meer om geld te hoeven maken. Hij had een appartement in het centrum, twee auto's, een sneeuwscooter, een zomerhuisje op Snaefellsnes, investeerde elke maand in goud, bezat een grote aandelenportefeuille en een speedboot om snel naar de landtong te kunnen – hij was nog geen dertig en vond dat weinig.

Zelf zei ze alleen maar gelukkig te willen worden, en ze hoopte half dat ze hem zou irriteren, van zich af zou schudden, maar tegelijkertijd voelde iets in haar zich aangetrokken tot zijn meedogenloosheid, zedeloosheid en zijn ongegeneerde pogingen om hogerop te komen. Ze vroeg niets, maar in tegenstelling tot zijn ouders verbeeldde ze zich niet dat 'er geen verliezers waren' of dat zijn geheime plannen veilig waren, maar ze verlangde er vurig naar nader tot hem te komen, te begrijpen wat hem dreef. Toen dat leek te mislukken, probeerde ze het zich gemakkelijk te maken in zijn leventje, zich onmisbaar te maken, maar begon tegelijkertijd naar zwakheden te zoeken – wat pijnlijk voor hem was, wat hij verdrongen had – maar halfhartig, met half toegeknepen ogen. En toen ze die ten slotte vond, kwam dat niet door haar scherpzinnigheid, maar door zijn eigen fout.

Anna voelde zich weer onrustig worden, dronk haar glas in één teug leeg en zette wat snellere muziek op. Voor ze het wist, waren Hrafn en Vigdís opgestaan om aan hun kant van de tafel te gaan dansen, ze zwierden rond in het zand en Anna bleef aandringen tot Egill ook haar giebelend in het rond zwierde. Ze zag dat hij de andere twee, of liever gezegd Vigdís, in de gaten hield. Nu ze erover nadacht was het niet voor het eerst die avond dat hij op die manier naar Vigdís keek. En Anna was niet de enige die het was opgevallen, Hrafn had het ook gezien – over de rand van zijn glas sap heen; maar dat concludeerde ze niet uit de manier waarop hij naar Egill keek, nee – die keken elkaar niet eens meer aan – maar uit de manier waarop hij naar Vigdís keek. Anna was gevoelig voor dat soort dingen, te gevoelig, dat was ze altijd al geweest.

Ze besloot om het van zich af te zetten, voelde liefde in zich opwellen en al snel had ze alleen nog maar aandacht voor het krachtige, regelmatige kloppen in haar borst en de sterren die een voor een begonnen te schijnen aan de hemel, die over hen heen welfde.

8

De kroon van Skimmi Stokkur

Nadien zaten ze aan tafel te roken. De muziek was afgelopen en de stilte werd slechts onderbroken door het gejank van Tryggur.

'Hij is bang voor de vossen, als die hier in de buurt rondsluipen,' zei Hrafn. Egill zat zich net zo te ergeren tot Anna er genoeg van had. Ze ging met Tryggur naar binnen en sloot hem met zijn bot op in een kamer. Toen ze terug was, stelde Vigdís voor om spookverhalen te vertellen. 'Toepasselijk als je aan het kamperen bent, toch? Hebben we geen kampvuur nodig?'

'Vigdís is specialist op het gebied van spookverhalen,' zei Hrafn.

'Ze is ook psycholoog,' zei Egill.

Ze wilden wel een spookverhaal horen en Vigdís zei dat ze er veel gelezen had toen ze nog jong was. 'En horror en volksverhalen. Ik weet er nog een dat ik nog niet zo lang geleden heb gehoord. Het speelt zich af in een studentencomplex. Ik weet niet of ik het wel moet vertellen...'

'Ga vooral door,' zei Anna en ze rilde. 'Ik vind het heerlijk om te griezelen.'

'Waarschijnlijk valt het eigenlijk onder de categorie volksverhalen, maar toch ook niet; het is waargebeurd. Het is allemaal echt gebeurd en het gebeurt waarschijnlijk nog steeds. Ik heb jullie in ieder geval gewaarschuwd. Jullie hebben me gedwongen om door te gaan...'

'Hou op! En begin nou maar,' zei Anna lachend en ze zag Vigdís op scoutingkamp voor zich, een meisje met een rood dasje om haar hals, samen met haar vriendjes rond een kampvuur in Skorradalur, na een lange dag vol knopen leggen en EHBO oefenen.

'Oké,' zei Vigdís en ze begon te vertellen: 'Er was eens een echtpaar met twee kinderen, drie en zeven jaar oud. Toen de ouders aan de universiteit gingen studeren, verhuisden ze naar een van de studentencomplexen aan de Eggertsgata, naar een gezinswoning. Veel van deze flats zijn op de begane grond, kijken uit op het zuiden, waar het vliegveld ligt, en staan maar een paar meter verwijderd van de rotsen, die volgens sommigen zwaar zijn beschadigd bij de bouw van het complex. Het gezinnetje installeerde zich in een van die flats en na een paar weken merkten ze dat hun dochtertje zich raar begon te gedragen. Ze leek een onzichtbaar vriendje te hebben gemaakt, dat het liefst opdook als ze aan het spelen was. Haar ouders kwamen erachter toen ze naar de open terrasdeuren in de woonkamer liep om naar iemand te zwaaien die buiten stond. Haar moeder vroeg wie daar was en het meisje antwoordde onmiddellijk: "Skimmi Stokkur", haar nieuwe vriendje, dat in een van de rotsen bij het terras woonde.

Daarna kwam Skimmi Stokkur steeds vaker langs, maar haar ouders reageerden er nauwelijks op, hun dochter was op een leeftijd waarop kinderen wel vaker onzichtbare vriendjes hebben en als Skimmi er was, was ze minder druk. Haar kleine broertje leek niets te zien, maar op een dag zei het meisje dat Skimmi een kroon voor hem gemaakt had, stralend blauw als de lucht en met rode bolletjes van voren, en dat dat niet goed was. Het meisje raakte van streek toen ze erover praatte en haar ouders werden ongerust. Ze vroegen door naar Skimmi en het meisje omschreef hem als mager en "knokig" en net zo groot als zijzelf; zijn kleren waren kleurig, zijn ogen stralend licht, maar ze hadden niet een bepaalde kleur, hij fluisterde altijd, niet met zijn mond maar met zijn ogen. Bovendien had hij een rare neus, en uit haar beschrijving maakten de ouders op dat hij geen tussenschot had.'

'Wat wil dat zeggen?' vroeg Egill.

'Hij had niet twee neusgaten, maar één,' zei Anna ongeduldig. 'En toen?'

'Nou, op een dag staat haar moeder af te wassen als haar dochter uit de slaapkamer komt, aan haar begint te trekken, iets zegt over een kroon en haar kleine broertje en dat ze meteen naar de slaapkamer moeten om hem te helpen. Haar moeder zegt dat ze eerst de afwas af wil maken en begrijpt pas waarom het meisje zo'n haast heeft als de lampen in de flat beginnen te flikkeren. Op dat moment weet ze dat er iets mis is, rent naar de slaapkamer, waar haar zoon op de grond naast zijn bed zit, zijn hele lichaam beeft en schokt en er stijgt zwarte rook op van zijn hoofd. De stoppen in de flat slaan door, een brandlucht verspreidt zich door de kamer en de moeder grist het jongetje van de grond en rent de hal door met die arme jongen, waar nog steeds rook vanaf komt, tot de ambulance arriveert. Maar dan is hij al dood.

Toen ze naderhand met het meisje praatten, beschreef ze de gebeurtenissen als volgt: ze was alleen in de kamer toen Skimmi Stokkur door de terrasdeuren naar binnen kwam en naast haar ging zitten. Ze begonnen te spelen en al snel kwam haar kleine broertje ook en ging erbij zitten; toen zette Skimmi de kroon op het hoofd van haar broertje, fluisterde heel snel iets raars in zijn oor en gaf hem een sleutel die hij in de muur van de slaapkamer moest steken. Toen werd zijn zusje bang, liep de kamer uit en probeerde haar moeders aandacht te trekken, maar Skimmi bond een betoverde sjaal voor haar mond, daarom duurde het zo lang. Toen haar moeder en zij uiteindelijk de slaapkamer in kwamen, scheen de kroon op het hoofd van haar broertje zo fel dat ze er niet naar kon kijken, en toen werd alles donker en was Skimmi verdwenen.'

Na de begrafenis stopten de ouders met hun studie en verhuisden naar Noorwegen, maar de verhalen over Skimmi Stokkur doen nog steeds de ronde. Meestal komt hij binnen via het terras van de flats op de begane grond, die op het zuiden uitkijken en vlak bij de rotsen liggen, maar hij gaat ook naar andere flats als daar kinderen wonen; als er twee kinderen zijn, wordt hij vriendjes met het oudste kind en het jongste krijgt dan een ongeluk; als het maar één kind is, wordt het langzamerhand steeds onhandelbaarder en wordt het ernstig ziek, of de ouders krijgen een ongeluk.'

'Jezus!' zei Anna. 'Het is net of er een logica achter zit. Hoe weet je dit allemaal?'

'Ik heb een paar jaar later met de zus van die vrouw samengewerkt. Ze was gestopt met studeren en werkte als schoonmaakster in een hotel in Bergen. Haar man en zij zijn gescheiden na wat er is gebeurd, maar het meisje was Skimmi Stokkur helemaal vergeten... De zus had zelf twee kleine kinderen en de moraal van het verhaal, zei ze, was: Luister naar je kinderen, en als ze iets zien wat jij niet ziet, dan moet je bang zijn.'

9
'Don't feed the troll'

Anna giechelde, en toen begon iedereen te lachen zonder te weten waarom. Hrafn stond op en liep het donker in om te pissen, en Anna stak een sigaret op. Ze stond op het punt om te vragen of iemand het ruimtestation dat om de aarde cirkelde had gezien, toen Hrafn weer aan tafel ging zitten en zei: 'Vinden jullie ook niet dat er iets geks is met dit huis?' Ze keken naar het huis, dat donker was, op het keukenraam na.

'Iemand heeft de ramen van de benedenverdieping dichtgemetseld,' ging hij verder, 'maar je kunt de contouren ervan nog steeds zien. En ik ben er vrij zeker van dat de ingang vroeger daarbeneden heeft gezeten, waar de trap nu zit. Die is voor de oude voordeur geplaatst, omdat de ingang hoger moest komen.'

'Zitten er geen ramen op de begane grond?' vroeg Vigdís.

'Ik ben om het huis heen gelopen, er zit er geen een op de begane grond, behalve waar de jeep tegen de muur is gereden. Het lijkt wel of die oudjes hun eigen kasteeltje hebben gebouwd. Alleen een slotgracht ontbreekt nog... Maar dan vraag je je af: waarom? Wat zijn er op deze zandvlakte voor vreselijke dingen gebeurd die deze beste mensen ertoe gedwongen hebben om zich tot de tanden te wapenen en die ze dat kasteel in hebben gejaagd?' Hij zweeg en ze keken afwisselend naar elkaar en naar het huis.

'Jezus...' zei Anna; het nare gevoel in haar maag verdween en er kwam weer leven in haar ledematen. 'Was dit jouw verhaal?' Hrafn glimlachte.

Ze begonnen opnieuw te lachen, iedereen behalve Egill, die geïrriteerd leek vanwege de grap en de aandacht die Hrafn van de vrouwen kreeg, of misschien was het gewoon de alcohol die hij eindelijk begon te voelen, zijn ogen stonden waterig en waren een beetje bloeddoorlopen en zijn mond hing open.

'Ja, het zou fijn zijn om hier weg te komen,' zei Egill alsof hij daarmee een gedachtegang afmaakte die hij niet met de anderen had gedeeld. Hij reikte over de tafel naar de fles en schonk zijn glas vol. 'We zijn hier zó klein...' Anna herinnerde zich vaag dat hij dat eerder had gezegd, maar onder heel andere omstandigheden, heel vaak trouwens, de laatste tijd. Sinds hij zijn morele overwicht had verloren – ten opzichte van haar in ieder geval, en nadat hij ervan overtuigd was geraakt dat het hele land snel in zijn kielzog zou volgen – had hij het voorzichtig met een filosofisch relativisme geprobeerd, meestal als hij dronken was.

'Is het echt zo erg om jezelf klein te voelen?' vroeg Vigdís en ze keek naar de hemel.

'Ik voel weerzin als ik in IJsland buiten de stad kom, dat heb ik altijd gehad. Er is hier te veel niets. Het binnenland is helemaal leeg, het is net een verschrompelde blaar.'

'Misschien zouden we wel last krijgen van claustrofobie als het niet zo was,' zei Vigdís.

'Claustrofobie? Waarom? Jullie met je vijfhonderd vierkante meter?' Egill lachte schamper en leek ervan te genieten hen te irriteren. Hij was jaloers op het huis dat Hrafn bezat, op zijn geld, zijn auto's, zijn zomerhuisje in Thingvellir, tenminste, sinds hij op het punt stond om alles te verliezen wat hij bijeen had gegraaid.

'Alle IJslanders leiden hun leven met deze uitgestrekte vlakte in hun achterhoofd, deze wildernis,' zei Vigdís. 'Ook mensen zoals wij, die hier niet zo vaak komen.'

'Of nooit,' vulde Hrafn aan.

'En ook als we thuis in de stad voor de tv zitten. Als er iets is wat ons vrij maakt in dit land dan is het dit, of mensen zich er nou bewust van zijn of niet. De hoogvlakte is als een klankbodem voor al onze gedachten...'

'En daarom staat die niet ter discussie?' onderbrak Egill haar.

'Hij zoekt ruzie,' zei Anna en ze deed net of ze lachte. 'Hoe zeggen ze het ook alweer op internet – *don't feed the troll*?'

'Ik heb niet gezegd dat die niet ter discussie staat,' zei Vigdís. 'Maar er moet een balans zijn tussen wat we nemen en wat we teruggeven. We moeten ons verzoenen met de natuur en onze instelling ertegenover veranderen. De IJslandse natuur is altijd ofwel geïdealiseerd en op een voetstuk geplaatst, ofwel onderdrukt en als een slaaf afgeranseld. Tot werken gedwongen. De natuur is altijd als een vrouw beschouwd.'

'Maakt het wat uit welk geslacht de natuur heeft? Vind je het dan niet nastrevenswaardig dat vrouwen de arbeidsmarkt op gaan? Zijn jullie minder geschikt dan mannen?'

'Helemaal niet,' zei Vigdís, feller dan Anna haar ooit had gezien. 'Vrouwen werken zelfs meer. En om ervoor te zorgen dat de natuur een beetje met rust gelaten wordt, zou het 't beste zijn als mensen haar als een man beschouwden, het liefst een jonge en trotse man, levendig, gevoelig, begaafd – met een toekomst. De schade die een kabinet tijdens één regeringsperiode in de natuur kan aanrichten, kan zo groot zijn dat alle mijlpalen die in tientallen jaren zijn bereikt teniet worden gedaan. Dat betekent dat alle inspanningen die er niet op gericht zijn onze instelling ten opzichte van onszelf fundamenteel te veranderen, voor niets zijn. We moeten zelf in balans zien te komen.'

Anna klapte in haar handen. 'Helemaal mee eens. Yin en yang,' zei ze en ze wist dat Egill eerst zou snuiven en daarna zijn ogen ten hemel zou slaan, wat ook gebeurde. 'Ik wil de hoogvlakte precies zo houden als die nu is,' voegde ze eraan toe. 'Iedereen moet voortaan met zijn tengels van de gletsjerrivieren afblijven, er mogen geen hoogspanningsmasten, wegen, kiosken of hotels meer bij komen. Nooit meer! Altijd als ik door Europa reis word ik zo moedeloos omdat ik alleen maar dingen zie die door mensenhanden zijn gemaakt, huizen, wegen, billboards of winkelcentra, waar je ook kijkt. In Engeland is elke vierkante meter opgemeten en getaxeerd; in Nederland, Duitsland, België, Frankrijk is het niet anders, en Italië is één lange snelweg met slagerijen, voetbalvelden en hotels aan beide kanten...'

'Ben ik de enige man hier aan tafel?' riep Egill uit en hij hief zijn handen ten hemel. 'Is er iets mis mee om man te zijn? Ik voel me uitstekend op mijn plek in deze mensenmaatschappij. In stadscentra, op vliegvelden, op de snelweg in Italië. Ik kan in een winkelcentrum in een café koffie drinken zonder in huilen uit te barsten! En op voetbalvelden staat toch gras? Is gras op een andere plek op de een of andere manier mooier? Moet gras per se ergens op een bergtop groeien? Onbegaanbaar, onaangeroerd en afgelegen?'

'We hebben de natuur nodig om te overleven,' zei Hrafn. 'Een bepaalde combinatie van chaos en orde, die overal te vinden is behalve waar de mens is neergeploft. Denk aan een muur of aan een winkel of aan een cruiseschip – elke centimeter is gestructureerd en veel te gelijkmatig. Je raakt mentaal vermoeid door ernaar te kijken, voelt je gespannen en gestrest omdat je gedachten moe worden van zichzelf. We hebben de natuur nodig om onszelf te vernieuwen en ideeën op te doen. Zodra we de beschikking hebben over de hele planeet worden we apathisch, onze fantasie raakt op en we verliezen onze levenslust.'

'Wat een cliché.'

'Als er in de VS of in Groot-Brittannië iets kapotgaat, hangen ze er een bordje bij,' zei Vigdís en ze glimlachte. 'Weten jullie wat daarop staat? OUT OF ORDER, "buiten de orde". We zijn inmiddels zo gestoord dat als iets niet vierkant is of vol met lampjes en getallen zit, we denken dat het stuk is.'

'Wat fijn dat er meer talen op de wereld zijn dan alleen het Engels,' zei Egill en hij ging recht op zijn stoel zitten. 'Er is veel te veel gevoeligheid. Of een soort perfectionisme. En wat we hier om ons heen zien, noem ik geen natuur. Als natuur de balans is tussen chaos en orde, dan heeft ze hier werkelijk te hard haar best gedaan, ze is de controle over zichzelf kwijtgeraakt en te gulzig geweest. Wat we hier zien, is het kadaver van de natuur, haar gezandstraalde skelet, dat je zo moedeloos maakt. Wit, zwart, koud en minimalistisch, het lijkt wel een yuppenappartement in Manhattan, voor de rest is het iets wat je in je eigen hoofd bij elkaar fantaseert, romantiek, te veel gezeur.'

'Juist ja. Je hebt helemaal gelijk,' zei Anna en ze voelde hoe verbitterd ze raakte van Egill en zijn zure opvattingen, die altijd alleen maar een uiting waren van de gemoedstoestand waarin hij zich op dat moment bevond. 'Maar hoe zouden jullie het vinden als we het eens over iets anders gingen hebben, in godsnaam. We kunnen het er toch in ieder geval over eens zijn dat de natuur hier uniek is, of je dat nou als iets goeds of als iets vreselijks beschouwt...'

'Ik vind het alleen moeilijk te begrijpen,' ging Egill verder en hij klonk steeds bozer, 'waarom jullie geitenwollensokken het zo belangrijk vinden dat iedereen het erover eens is dat alles hier zo mooi en goed is. Waarom? Het is toch niet vanzelfsprekend dat de natuur goed is! Er zijn veel betere argumenten aan te voeren voor de stelling dat dat niet zo is.'

'Misschien door die argumenten er met de haren bij te slepen,' zei Hrafn en hij keek grijnzend naar Egill. 'In de natuur zien we dat alles constant verandert en samenvloeit. Dat de enige belemmeringen tussen onze oren zitten. En dat is goed. Hoe zou het anders moeten zijn?'

'Ze leert ons nederig te zijn,' vulde Anna aan, met als enige doel het eens te zijn met Hrafn.

Egill sloeg zijn ogen ten hemel. 'Klinkt als iets van een of andere beweging, toch? Therapeutisch geneuzel, iets uit de tsunami van newagegelul. Alles vloeit met elkaar samen? Nee, het ene wordt door het andere opgegeten, dat vervolgens weer door het volgende wordt gegeten, en zo verder. Zo gaat het leven zijn gang, veilig ingedeeld, niet uniek en niet goed...'

'Waar geloof jij trouwens in, Egill?' vroeg Hrafn, die bleef grijnzen, maar zelf ook geïrriteerd leek geraakt. 'Geloof jij in Gandhi? In iets anders dan jezelf?'

Egill haalde zijn verzilverde heupflesje tevoorschijn en nam een slok, deed de dop er weer op en legde het op tafel. 'Waar ik nu sta dank ik in ieder geval aan mijn eigen verdiensten,' zei hij en hij glimlachte. 'Ik heb niks cadeau gekregen.'

'Jij bent dus goed, hoor ik. En de natuur niet,' zei Hrafn en Anna had het gevoel dat de ruzie ineens over iets heel anders ging. 'Jij hebt een ander nooit iets ontnomen, nooit gelogen, nooit een gebod overtreden...'

'De geboden! En dat van de man die stoelen in andermans gezicht stuksloeg! Die door roeien en ruiten ging zonder met anderen rekening te houden, die de hele stad toverpoeder bezorgde...' Hij viel stil. Hrafn keek hem uitdrukkingsloos aan, maar tegelijkertijd speelde er een zweem van een glimlach om zijn lippen, die Anna beangstigde. 'Je maakt vast een grapje, jullie zijn allemaal grappenmakers, dit gaat er bij mij niet in,' mompelde Egill bij zichzelf en hij zweeg ten slotte helemaal toen er gebonk uit het huis klonk.

De oude vrouw stond in de keuken tegen het raam te bonzen, haar silhouet stak donker af tegen het licht. Ze riep iets wat ze door het glas niet goed konden horen, maar het leek of ze hen beval naar binnen te komen. Toen trok ze zich bij het raam terug, hield op met roepen, maar bleef naar hen staren.

'Wat je zegt!' riep Egill. Hij stak zijn duim op naar het huis, mompelde met dikke tong iets als 'oud kreng' dat eruitzag en zich gedroeg als tuig en Anna deed niet langer haar best zich in te houden, boog zich over de tafel en siste hem toe: 'Wil je je alsjeblieft als een man gedragen, ik schaam me dood!' Ze zag een glimpje verwondering en vervolgens gêne in zijn ogen, maar toen verhardde zijn blik weer.

'Ik denk dat we het allemaal even rustig aan moeten doen,' zei Vigdís. 'We moeten fatsoenlijk doen tegen elkaar, hoeveel druk we ook voelen. We zijn met vrienden onder elkaar, Egill.'

'Ik weet het niet, beste Vigdís. Zullen we dat in het midden laten, het is ingewikkeld om daarvan uit te gaan... Vindt iedereen hier aan tafel serieus dat we elkaar iets te vertellen hebben? Anders moeten jullie maar vrienden zijn. Zou dat niet voldoende zijn? Jullie zijn allemaal goed, jullie zitten op één lijn en hebben het beste met elkaar voor...'

Ze begonnen te ruziën aan tafel, maar Anna deed er niet aan mee, ze kreeg een schaduw in het oog die om de hoek van het huis kwam en daar onbeweeglijk naar hen bleef staan kijken. Het gevoel verdween uit Anna's vingers, ze had een brok in haar keel die niet weg wilde en de rillingen liepen haar over de rug, vergelijkbaar met het gevoel dat ze had wanneer ze bijna een orgasme kreeg. Tegelijkertijd wist ze dat ze al heel, heel lang niets liever wilde dan de controle loslaten en nu besloot ze zichzelf dat te gunnen en ze slaakte een schelle, hysterische gil. Iedereen aan tafel viel stil en volgde haar blik in de richting van het huis.

De schaduw stond zwijgend naar hen te kijken, maar kwam toen langzaam hun kant op. Binnen klonk het geblaf van Tryggur, opgewonden en hard.

Toen het zwakke licht van het keukenraam op de schaduw viel, herkenden ze de man, hun gastheer. Hij bleef aan het hoofd van de tafel staan, zijn ogen ging alle kanten op en zijn mond stond een beetje open, het leek wel of hij dronken was.

'Goedenavond,' zei iemand. De man bewoog zijn mond, maar er kwam geen geluid uit. Toen fronste hij boos zijn voorhoofd en schudde onwillekeurig zijn hoofd. Er klonk weer gebonk op de ruit, de oude vrouw riep iets, maar verdween toen het huis in.

Voor ze de man konden tegenhouden, greep hij de tafel beet en gooide hem omver. Het servies, de restjes eten en de glazen vielen in het zand of bij Egill en Vigdís op schoot.

Ze sprongen op, Anna verzwikte haar enkel en viel bijna om, maar wist zich aan de tafel, die op zijn kant lag, vast te grijpen. Hrafn greep de man beet en schudde hem een paar keer hard door elkaar, zodat zijn hoofd alle kanten op schudde.

'Wat ben je godverdomme aan het doen, man?' zei Hrafn. De man probeerde zich los te maken, maar Hrafn liet hem pas gaan toen Vigdís tussenbeide kwam. Ze vroeg of hij in orde was, maar hij gaf geen antwoord, stond met gebogen hoofd, zijn armen hingen slap langs zijn lichaam en hij glimlachte zwakjes.

'De natuur!' riep Egill vrolijk en hij stak een sigaret op. 'Dat doet die edele natuur nou, je hersenen veranderen in een gekookte koolraap!'

'Hou je mond, Egill! Ga slapen en hou godverdomme je kop!' riep Anna en ze keek hem met priemende ogen aan, hinkte daarna kermend op één been door het zand om zich op een stoel te laten vallen.

De oude vrouw dook op uit de duisternis en liep regelrecht op haar man af, aaide hem vriendelijk over zijn rug en vroeg wat er gebeurd was. Anna voelde zich helemaal leeg, haar voet klopte en haar enkel begon op te zwellen.

Toen ze weer opkeek, was de oude vrouw excuses aan het maken voor de aanval van haar man en Egill zat niet meer aan tafel. Tryggur was opgehouden met blaffen.

Ten slotte vroeg de oude vrouw hen binnen, het was te donker om nog buiten te zitten, en ze leidde de man weg.

'Ik zou eigenlijk ook mijn excuses moeten aanbieden voor mijn vriend,' zei Anna. Ze keek toe hoe ze om de hoek verdwenen en pakte nog een sigaret. Hrafn opende zijn mond, maar Anna onderbrak hem. 'Maar dat doe ik niet. Ik ben absoluut niet verantwoordelijk voor zijn doen en laten... Ik ga naar bed.' Ze had zin om nog veel meer te zeggen, maar dat zou allemaal te verbitterd klinken, en ze zou er vast morgen spijt van hebben. Ze wilde alleen maar slapen.

Ze stond op en Vigdís omhelsde haar, zei dat morgen alles beter zou zijn – ze waren allemaal lichtgeraakt en moe na wat er die dag was gebeurd.

'Je hebt gelijk, trouwens,' zei Anna. Ze verlegde haar blik van Hrafn naar het huis. 'Dat huis heeft iets weerzinwekkends.' Toen wenste ze hun welterusten en hinkte weg over het zand.

H R A F N

10

Het hek

Toen Hrafn wakker werd, was het al licht. Zijn mond was droog, zijn tong voelde dik en toen hij zijn tanden op elkaar beet, klonk er een knarsend geluid. Hij ging rechtop zitten, wreef zijn handpalmen hard over zijn gezicht en herinnerde zich vaag wat er de dag ervoor was gebeurd.

Nadat hij zich had aangekleed en zijn tanden had gepoetst liep hij naar de keuken, waar de andere drie zwijgend bij elkaar zaten. Vigdís zat over een landkaart gebogen en Anna en Egill zaten te roken en koffie te drinken. Het oude echtpaar was nergens te bekennen.

'Een goede morgen,' zei hij. Hij schonk een kop koffie in en ging zitten. Anna en Egill leken hun ruzie van de vorige avond weer te hebben bijgelegd. Egill keek beschaamd, was bleek en had donkere kringen onder zijn ogen, die verraadden dat hij een meer dan gemiddelde kater had. Nadat hij zijn keel had geschraapt en gegeneerd met zijn aansteker had gespeeld, zei Egill dat hij hun zijn excuses wilde aanbieden.

'Nu we hier allemaal bij elkaar zijn... Ik kan me niet alles herinneren wat er gisteravond is gebeurd, maar Anna heeft mijn geheugen opgefrist, luid en duidelijk. Ik heb me onbehouwen gedragen en ik schaam me daarvoor. Het spijt me en ik vind het echt heel erg. Ik ben een klootzak.' Hij trok een gezicht, probeerde een glimlach te verbergen.

'Hij lag niet in bed toen ik wakker werd. Hij was onder

de lantaarnpaal daarginds op de zandvlakte in slaap gevallen,' zei Anna hoofdschuddend. Toen begon ze een beetje te lachen.

'Het was idioot,' zei Egill. 'Maar het weer was prima, en nu weten we tenminste dat de lantaarnpaal 's nachts aan is.'

Vigdís verdiepte zich weer in de kaart en al snel kwam het gesprek op de reis naar huis. 'We volgen hetzelfde plan als gisteren,' zei ze. 'Behalve dan dat we niet rijden maar lopen. En Anna blijft hier op de spullen passen. We zetten koers naar de Askja, maar hopelijk komen we onderweg een huisje tegen waar we een radiotelefoon te pakken kunnen krijgen. Het is nu ochtend, we hebben tijd genoeg, voldoende proviand, een kompas en een kaart.'

'Waarom blijft Anna hier?' vroeg Hrafn en hij nam een slok koffie.

'Ik kan niet lopen.' Ze stak haar voet in de lucht, haar enkel zat in het verband en ze zei dat ze haar voet de avond ervoor had verzwikt toen de oude man de tafel omver had gegooid. 'En Tryggur is verdwenen.' Ze stond op van tafel, hinkte naar het keukenraam en keek naar buiten. 'Ik vind het fijner om hier te zijn als hij terugkomt. Als hij afgelopen nacht van iets is geschrokken en is weggelopen, kan het zijn dat hij ergens in de buurt rondloopt.'

'Wanneer is hij verdwenen?' vroeg Hrafn.

'Ik had hem in onze kamer opgesloten toen we aan het eten waren. Toen ik naar bed wilde stond de deur open.'

'Heeft iemand hem eruit gelaten?'

'Het is hem wel eens gelukt om aan de klink te krabbelen en zo de deur open te krijgen, dus ik dacht dat hij met Egill mee de zandvlakte op was gegaan, aangezien die ook weg was. Ik had beter op moeten letten... Stel je voor dat de vossen hem te pakken hebben gekregen? Ze hebben ook dat rendier aangevreten...'

'Lieverd,' onderbrak Egill haar. Ze zweeg en kroop dicht tegen hem aan.

'En jij hebt hem ook niet gezien?' vroeg Hrafn en Egill schudde zijn hoofd. 'Vreemd. Maar misschien is het inderdaad beter als een van ons hier blijft. Mocht er iets gebeuren, dan ben ik er niet zeker van dat die oudjes ons dat zullen vertellen. Die zijn ons vergeten zodra we weg zijn. Als we na een bepaalde tijd niets van ons laten horen, dan kan Anna het laten weten, als iemand hier voorbijkomt.'

'Wat zou er kunnen gebeuren?' zei Vigdís. 'Als we geen huisje met een noodtelefoon vinden, komen we vast iemand tegen in een jeep. Bovendien is het maar twaalf uur lopen naar de Askja, een paar uur rijden.'

'Precies,' zei Egill. 'De eerste met een jeep die we tegenkomen rijdt ons hierheen om Anna, dat schatje, op te halen.' Ze kusten elkaar en Anna giechelde.

'Jullie zijn zo weer terug,' zei ze en ze leek er geen moeite mee te hebben om achter te blijven. 'Maak je om mij geen zorgen. Ik ga gewoon schrijven terwijl jullie weg zijn, er is hier genoeg inspiratie.'

Vigdís had een cirkel op de kaart getekend waarin ze zich waarschijnlijk bevonden. Ze stippelden hun tocht uit aan de hand van oriëntatiepunten onderweg, stopten daarna wat spullen in hun rugzak en kleedden zich aan. Hrafn nam alleen een sjaal, een paar repen chocolade en wat noten mee, stopte een kompas bij zich en nam zijn nieuwe verrekijker mee. Ze hadden ieder een fles water en Vigdís griste nog twee handfakkels mee. Ze kon haar moeders camera niet vinden in de auto, wat haar stoorde.

Er blies een warme wind uit het zuiden en de lucht was helder. De gletsjer was nergens te bekennen. Ze namen afscheid van elkaar en Anna omhelsde hen, kuste Egill en kreeg tranen in haar ogen.

Ze begonnen naar het noordwesten over de zandvlakte te lopen, richting de Askja. Toen ze langs de schuren kwamen, zagen ze de man, die daar in zijn eentje naar hen stond te zwaaien. Ze zwaaiden terug. Niet ver van hem vandaan zaten de twee vossen. Eentje slaakte een schrille kreet in hun richting, maar begon toen te vechten met de andere.

In het begin volgden ze de weg die ze de dag daarvoor hadden genomen, maar ze weken daarvan af toen ze iets verderop naar het westen een heuvel zagen die boven het zand uitstak. De heuvel stond niet op de kaart aangegeven, maar ze besloten om hem te beklimmen om te controleren of ze er bereik hadden en om beter om zich heen te kunnen kijken.

Al snel kwamen ze erachter dat de heuvel verder weg lag dan ze dachten. Ze liepen zwijgend verder en Vigdís haalde *De flora van IJsland* tevoorschijn. Voor hun vertrek had ze een paar studieboeken gekocht en ze was van plan om hun reis te gebruiken om de natuur beter te leren kennen, waar ze totaal niets vanaf wist, beweerde ze.

Hrafn dacht aan het heelal en hoe dat zou inkrimpen of uitdijen als er zo véél van was. Egill liep voor hen, ongetwijfeld om hun te laten zien dat hij de tocht prima aankon, hoe dronken hij de vorige dag ook was geweest. Hij had altijd veel moeite gedaan zichzelf te bewijzen. Een van de eerste dingen die Hrafn over hem had gehoord in de tijd dat ze niet met elkaar praatten, was dat hij een verhouding met de dochter van de president had gehad; er zou een feest worden gehouden waarop hun verloving werd bekendgemaakt en de president en zijn gezin benadrukten dat er geen journalisten aanwezig zouden zijn. Het feest begon en het wemelde er van de pers die Egill stiekem had weten uit te nodigen, en toen dat uitkwam, werd de verloving verbroken. Daarna kwam hij in het nieuws omdat hij de helft van zijn scriptie voor de Universiteit van IJsland gejat zou hebben en Hrafn hoorde dat hij naast zijn studie bij de Landsbankinn had gewerkt en had meegewerkt aan de verkoop van aandelen in deCODE Genetics. De aandelen stonden hoog, omdat de kopers werd voorgespiegeld dat het bedrijf op het punt stond naar de beurs in New York te gaan, waar zijn waarde zou verveelvoudigen, en politici en met hen eigenlijk de meeste IJslanders leken te denken dat dat een juiste conclusie was. Maar Egill deed meer dan alleen verkopen aan wie wilde kopen, hij had het idee bedacht voor de meest agressieve verkoopcampagne die de bank ooit had gehouden, hij organiseerde belrondes naar klanten en breidde het netwerk uit om ook studenten aan de universiteit te bereiken, en gehandicapten, gepensioneerden, iedereen met geld en eigenlijk alle andere mensen ook – die niets hadden, maar die leningen konden afsluiten om de aandelen te kopen.

Nadat ze het hadden bijgelegd kwam Hrafn op Anna's verjaardag en op een receptie van de gemeente Egills ouders tegen en hij deed zijn best hen te leren kennen. Egill had zijn vrienden nooit in de buurt van zijn familie laten komen. Egills ouders wilden ook hogerop komen en probeerden het op hun manier, maar ze waren te oud voor de wreedheid die daarvoor nodig was, en ze hadden die vast ook niet goed kunnen praten. Ze lieten zich echter gewillig door hun zoon adviseren en investeerden met zijn hulp, zetten hun geld aan het werk. Zijn vader was leraar op een middelbare school en zijn moeder bioloog, ze deed in een laboratorium iets met schaaldieren. Hrafn vond ze niet direct dom, of immoreel, maar eerder als het ware niet geïnteresseerd in wat ze eigenlijk aan het doen waren, geestelijk luie mensen, die zich gesteund voelden door een rotsvast geloof in hun eigen goedheid. Ze waren goede mensen, hadden geen kwaad in de zin, en een rendement van dertig procent klonk goed, ze legden hun eieren in een paar bedrijven die het voor de wind ging, en dan had je die enorme overtuiging – of was het ideologie? – van hun zoon, die die eieren bevruchtte, en het jaar daarop kwam het broedsel uit. En er waren geen verliezers, dat was het belangrijkste idee van allemaal. Te oordelen naar de verkiezingsuitslagen waren ze niet de enigen. Het volk koos ervoor zich te laten representeren door sociale klimmers, het droeg hen op handen en applaudisseerde ze nog verder omhoog, het keek toe hoe ze over elkaar heen klommen en over departementen, instituten en pensioenfondsen, en zelfs over de mensen die niets te maken wilden hebben met dat geklim. En ze klommen over andere landen, goede doelen, gemeentes en belangenorganisaties heen, ver, heel ver weg in de meest afgelegen delen van de wereld.

Ze waren bij de heuvel aangekomen. Aan de voet ervan had je een verhoging die Hrafns aandacht trok. Die is kunstmatig, dacht hij bij zichzelf en hij liep om de heuvel heen. Aan de noordzijde bevond zich een hoog en breed ijzeren hek, in bijna dezelfde kleur als het zand. Het hek bestond uit twee delen, was tien meter breed en iets minder hoog. Er was geen slot te bekennen.

'Wat is dit nou weer?' zei Egill, die achter Hrafn aan liep. Hij duwde tegen het hek, maar het gaf niet mee. Toen hij erop klopte, klonk er nauwelijks geluid, wat betekende dat het ijzer dik en massief was.

Ze stonden zwijgend het hek te bekijken.

'Dit is een tunnel die de grond in leidt,' zei Vigdís. 'Of dat lijkt me tenminste. In de heuvel zelf zit niks, daar is-ie te klein voor, maar door het hek past gemakkelijk een vrachtwagen, die vervolgens de grond in kan rijden.'

'Waarom zou hier een tunnel zijn?' vroeg Egill.

'Daar komen we misschien wel achter,' zei Hrafn en ze liepen weer verder. Terwijl ze de heuvel op liepen, zocht Vigdís naar gletsjerboterbloemen en liet Hrafn een foto ervan zien in haar boek. Ze zochten samen naar de bloem en probeerden erachter te komen hoe het kleine plantje heette dat daar te zien was.

Boven op de heuvel hadden ze een weids uitzicht. Het zand breidde zich donker en vlak uit, en de horizon was nergens onderbroken, behalve in het zuidwesten, waar het land omhoogkwam en een berg vormde. Aan beide zijden van de berg bevonden zich bolronde verhogingen, die ervoor zorgden dat de berg een cel leek die op het punt stond te delen.

'Zouden we de gletsjer nu niet moeten kunnen zien?' vroeg Hrafn, maar hij kreeg geen antwoord. Ze haalden hun telefoons tevoorschijn, maar geen van allen had bereik.

'Zou iemand ons missen?' vroeg Egill verstrooid, maar niet gespeend van een zeker gevoel voor dramatiek. Vigdís vroeg wat hij bedoelde. 'Als we een paar dagen niets van ons laten horen natuurlijk. Wie zou dat als eerste merken, denk je? Mijn moeder is het niet gewend dat ik regelmatig van me laat horen, en mijn vrienden ook niet. Geen van ons heeft kinderen. We zijn allemaal in een gebied waar geen mobiele dekking is, iedereen heeft vrij van zijn werk, het kan best een paar weken duren.'

'Die is zijn begrafenis al aan het plannen,' zei Hrafn. Hij hield zijn verrekijker omhoog en keek in zuidelijke richting over de zandvlakte; daarna verplaatste hij zijn blik naar het westen, in de richting van de celvormige berg, waar hij een glimp opving van iets wat lichter was dan het zand eromheen. 'Dat is geen berg. Daar staat een muur... Tussen twee verhogingen.'

'Een muur?' vroeg Vigdís. 'Dat moet dan een van de vreemdste dingen zijn die hier is gebouwd.'

'Lang en grijs.' Hij tilde de verrekijker weer op, ging er de hele muur mee langs en probeerde zich er een beeld van te vormen. 'Het lijkt me een dam... Ik kan niet zeggen hoe groot hij is.'

'Zie je ook iemand?'

'Nee, helemaal niemand.' De dam stond tussen de verhogingen in, maar Hrafn keek er schuin tegenaan, waardoor het moeilijk te bepalen was hoe hoog of breed hij was. Boven op de dam was een weg aangelegd, waar Hrafn op inzoomde. Er stond een hek van staaldraad dwars over de weg en daarop lagen rollen prikkeldraad.

'Vreemd...' mompelde hij en hij keek met de verrekijker iets meer naar beneden, naar een scheur die tot het midden van de muur reikte.

'Ik kan me niet herinneren dat er hier in de buurt een dam zou moeten zijn,' zei Vigdís. 'Niet volgens de kaart, en zeker niet in het gebied waarin we ons volgens Ása bevinden.' Hrafn gaf de kijker aan haar.

'Inderdaad,' zei ze even later. 'Waarom staat daar een hek, en dan dat prikkeldraad?'

'Vanwege de schapen misschien.' Hrafn wist niet of hij een grapje maakte, maar hij kon zich voorstellen dat het iets met besmettelijke dierziektes te maken kon hebben. 'Heb je nooit gehoord van schapenziektepreventie?'

'Jawel, wildroosters waar je op de snelweg overheen rijdt. Maar geen hekken boven op een dam,' zei Vigdís en ze gaf de verrekijker aan Egill. 'Het lijkt er verlaten. Ik zie alleen dat hij oud, gebarsten en verweerd is... Ik geloof niet dat er iemand is.'

Ze keken om de beurt nog een keer en Egill zei dat hij nog nooit van verlaten dammen had gehoord.

'Het verklaart in ieder geval het hek dat we hebben gezien,' zei Hrafn. 'Als er hier een dam in de buurt is, moet er ook een tunnel zijn. Het teveel aan water van het meer wordt door tunnels en buizen afgevoerd. En er is waarschijnlijk ook een tunnel nodig om die andere tunnels te kunnen boren, om stenen en zo af te voeren.'

Voordat ze de heuvel weer afdaalden, haalde Vigdís de kaart tevoorschijn en bestudeerde hem aandachtig.

'Er moet hier toch ergens een rivier zijn, als er een dam is?' Ze wees op de kaart. 'Deze lijn zou de rivier kunnen zijn.'

'Staat de dam op de kaart?' vroeg Hrafn.

'Ik zie hem er niet op staan... Maar als dit de verhogingen zijn waar de dam tussen staat, dan zitten we een stuk zuidelijker dan we dachten, dichter bij de gletsjer. Wat betekent dat de wandeling naar Askja een paar uur langer duurt... Zo dicht bij de gletsjer zelfs dat we hem zouden moeten kunnen zien.'

Ze pakte de verrekijker en keek ermee in zuidelijke richting; ze zag nergens water glinsteren, maar ze zei dat ze dacht dat de zandvlakte een kilometer of twee verderop ophield. Ze besloten naar de rivier te gaan zoeken, dan naar de dam te lopen om te kijken of ze daar iemand tegenkwamen – iemand met een jeep bijvoorbeeld – en anders een weg te volgen die van de dam naar het noorden leidde, om op de weg uit te komen waar ze eerder van waren afgeweken.

'Dat is te ver,' zei Egill. 'Als we zuidelijker zitten dan we dachten, dan hebben we meer tijd nodig, toch? Ik ben niet van plan om de nacht hier buiten door te brengen.'

'We zullen zien hoe ver het is naar de dam,' zei Vigdís. Ze liepen de heuvel af, eerst Vigdís, daarna Egill en Hrafn, en vervolgens in zuidelijke richting over de zandvlakte. Af en toe liet Egill zijn blik op de billen van Vigdís vallen en zonder het zelf te merken liep hij met een licht geopende mond. Dat deed hij altijd, een beetje te lang en te gretig naar de borsten, de billen en het kruis van vrouwen kijken, als een smerige straathond.

11

Ze liepen door het zand tot ze een zwak geraas hoorden, en voor hen opende zich een breed en diep ravijn.

'Aha, eindelijk gebeurt er iets!' riep Egill en het geraas werd bij elke stap die ze zetten luider. Ze gingen aan de rand staan en keken aandachtig in de kloof, zagen hoe het geelgrijze smeltwater van de gletsjer vanuit de hoogvlakte in het oosten naar beneden kwam stromen. De rotsen aan de overkant waren grijs met zwarte vlekken en het water was wit wanneer het in de draaikolken schuimde of tegen de bergwanden opspatte; al die beweging voelde chaotisch en duizelingwekkend na de stilte op de zandvlakte.

Al snel voelde Hrafn zich naar worden van het kijken naar het water en hij liep weg, stroopte de mouwen van zijn overhemd op en ging op een zandduin in de buurt van het ravijn zitten. De temperatuur was tot een bijna onbehaaglijke hoogte gestegen.

'Wat een hitte ineens,' zei Egill en hij ging naast Hrafn zitten.

'Föhn.' Hrafn haalde een pakje sigaretten tevoorschijn en gaf er een aan Egill. 'De lucht warmt op als hij stijgt, maar aan de andere kant van de berg koelt hij niet zoveel af.'

'Welke berg?'

'De gletsjer. Die hier ergens moet zijn.'

Ze rookten samen in stilte, keken van achter op Vigdís' rug, die nog bij het ravijn stond. De grond onder hen trilde, niet hard, maar wel zo dat ze het voelden.

Egill stak zijn hand in zijn zak en haalde iets glanzends tevoorschijn. 'Is een van jullie een sleutel kwijt?' vroeg hij.

Hrafn pakte de sleutel aan en bekeek hem, hij was zilverkleurig met aan één kant een rode reflector. Er stond geen merkteken op de sleutel. 'Ik herken hem niet. Waar heb je hem gevonden?'

'Onder de lantaarnpaal, toen ik vanmorgen wakker werd. Het was zelfs het eerste wat ik zag toen ik mijn ogen opendeed.'

'Heb je het al aan Anna gevraagd?'

'Ik wilde haar niet bang maken.'

'Bang? Waarom zou ze bang zijn?'

Egill zei gegeneerd: 'Ik weet het niet... Hij lag er niet toen ik in slaap viel. Ik had hem moeten zien, zo onder mijn neus in het zand, snap je.'

'Misschien heb je je 's nachts een paar keer omgedraaid en ben je op een andere plek wakker geworden dan je in slaap bent gevallen.' Hoe langer Hrafn ernaar keek, hoe intenser en donkerder de rode kleur van de reflector werd. 'Dat verklaart in ieder geval het mysterie van de lantaarnpaal. Mensen gaan erheen om de sleutels te zoeken die ze op de hoogvlakte zijn kwijtgeraakt.' Hij wilde de sleutel teruggeven, maar Egill wuifde hem weg, zei dat hij hem niet wilde.

Vigdís liep naar hen toe, bekeek de sleutel, maar zei niets. Ze leek in gedachten verzonken en vroeg de verrekijker, keek ermee naar de overkant van het ravijn en begon erlangs op te lopen. Ze volgden haar tot ze bleef staan en de verrekijker liet zakken.

'Er staat daar iets.' Ze wees naar de overkant. Daar zagen ze een paar gebouwen, een groepje lage, langgerekte bouwwerken die over de zandvlakte verspreid stonden, vlak bij het ravijn.

'Keten?' vroeg Egill.

'Een heel dorp,' zei Hrafn en hij kon niet begrijpen hoe ze

dat hadden kunnen missen toen ze op de heuvel stonden. Ze liepen verder langs de afgrond tot ze bij een bord kwamen waarop stond: WAARSCHUWING: LEVENSGEVAARLIJK. Aan de overkant bungelde een hangbrug, maar aan hun kant was die met een touw vastgebonden aan een van de drie houten palen die in de grond waren geslagen.

In het noordoosten was het huis van het oude echtpaar te zien, grijs op zwart. De zon werd in de auto weerkaatst, die half in de muur verdween, voor de rest ging het huis bijna helemaal op in het landschap.

'Zijn we zó dichtbij?' vroeg Hrafn en hij dacht dat het huis verder weg zou moeten zijn, hij kreeg het gevoel dat ze in een kringetje waren gelopen, maar dan zonder op dezelfde plek terug te komen. Toen ze op het erf om zich heen hadden staan kijken, hadden ze het ravijn en het dorp met de keten aan de overkant niet gezien. 'Waarom hebben we dit allemaal niet gezien toen we bij het huis stonden?'

'Misschien omdat we er niet naar hebben gezocht?' zei Vigdís.

Hrafn bukte om het touw op te rapen dat over het ravijn hing en begon de brug naar zich toe te trekken. Die was relatief licht, gemaakt van hout en touw. Ze pakten alle drie het uiteinde vast en toen zagen ze drie lussen die je om de palen moest leggen en met speciale haken moest vastmaken.

'Slim!' zei Egill enthousiast. Hrafn en hij haalden samen de wirwar van touwen uit elkaar, en legden toen de lussen om de houten palen. 'Maar waarom al die moeite? Waarom mag de brug niet gewoon over het ravijn hangen?'

'Om te voorkomen dat iets aan die kant oversteekt?' zei Vigdís en ze keek afwezig naar de overkant. 'Net als bij dat hek op de dam en het prikkeldraad.'

'Wat bedoel je?' vroeg Egill.

'Zo kun je vanaf deze kant het verkeer regelen,' zei Hrafn. 'Vossen, rendieren of wat dan ook tegenhouden – voorkomen dat schapen van het ene gebied naar het andere rennen.'

Ze waren klaar met de ophanging van de brug, die v-vormig over het ravijn hing; de bovenste en de onderste kabels waren met touwen aan elkaar gebonden en in de lengte lag een rij planken onder op de v, vastgesnoerd met dubbele kabels.

'Waar is dat WAARSCHUWING: LEVENSGEVAARLIJK trouwens goed voor?' vroeg Egill en hij klopte op het bord. 'Zou het niet verboden moeten zijn als hij geen mensen kan dragen? Of betekent "waarschuwing" dat je wel naar de overkant mag, maar dat-ie kan instorten?' Hrafn pakte een van de touwen beet en trok eraan, alsof hij daarmee de knopen aan de overkant wilde testen. De planken waren nat en glansden door het opspattende schuim van de rivier.

'Ik vind dit maar niks,' zei Vigdís en ze leek weer tot haar positieven gekomen. 'Nog afgezien van de rest.'

'Nee, dat die brug hier is, is al een duidelijk teken,' zei Hrafn. 'Als hij gevaarlijk was, hadden ze hem wel weggehaald.' Hij nam de verrekijker van haar over en keek ermee naar de houten palen aan de andere kant. Door een heuvel tussen het ravijn en de keten waren die laatste vanaf de brug helemaal niet meer te zien.

'Dat is helemaal niet zeker,' zei Vigdís. 'Wie zou hem dan moeten afbreken, het oude echtpaar?'

'Als deze brug gevaarlijk is, zou het geen probleem zijn om hem weg te halen. Kwestie van een kabeltje losmaken, of er drie doorknippen...'

'Drie verrotte kabels, precies! Ik wil hier niet het vrouwtje uithangen, maar dit is idioot. Die planken zijn donker en slecht! Moet je die nevel zien die van de rivier opstijgt!'

'De weg naar de dam ligt daar aan de overkant, neem ik aan. We gaan een kijkje nemen bij die keten en dan lopen we verder.'

'Het zou kunnen dat we er iets vinden,' hoorden ze Egill zeggen, die aan de kabels stond te trekken en op het punt leek te staan om over te steken. Of deed alsof hij over wilde steken, maar stiekem hoopte dat Vigdís hem zou tegenhouden.

'Dat we er wat vinden? Een vliegtuig dat iemand is vergeten?' riep Vigdís, maar ze richtte zich tot Hrafn. 'Dit is belachelijk. We moeten ervoor zorgen dat we thuiskomen, geen spelletjes lopen spelen.'

'Wat is het probleem?' riep Hrafn terug en hij werd plotseling op een vreemde manier driftig, alsof hij haar kop eraf zou kunnen rukken en dat ook wílde. 'Waarom probeer jij de baas te spelen? Het is toch vlakbij. Als we er niks bruikbaars vinden, dan hebben we in ieder geval iets leuks gedaan! Misschien is er wel telefoon,' voegde hij eraan toe en hij glimlachte in een poging haar op de kast te jagen.

'En misschien gaan we wel dood,' zei ze en ze liep de brug op. 'Ik moet nog zien dat jullie durven!' Ze greep de touwen aan weerszijden vast en liep snel de brug op, gleed na een paar meter bijna uit, maar stak verder zonder problemen de brug over, draaide zich daarna om en zwaaide.

'Jezus!' zei Egill en hij keek Hrafn verschrikt aan. Toen begonnen ze te lachen.

12

Het dorp

Ze deden hun rugzakken af bij een grote loods aan de rand van het dorp. Vigdís verdween met *De flora van IJsland* in de hand richting het ravijn en zei dat ze niet van plan was om het dorp in te gaan, zonder zich nader te verklaren. Hrafn zag dat ze bang was, misschien omdat ze net over die brug was gesprint – hij had nog nooit gezien dat ze op die manier de controle verloor, nog nooit gezien dat ze zulke moed toonde, en hoe meer hij erover nadacht, hoe vreemder het leek.

De wind nam in kracht toe en liet het zand soms omhoogwervelen, maar het zicht was nog steeds voldoende om je te kunnen oriënteren.

De loods stond een meter of twintig bij de brug vandaan; hij was hoger en breder dan de keten in het dorp en deed denken aan een hangar. Aan de westelijke kant, waar de eenvormige vlakte zich zo ver als het oog reikte uitstrekte, zat een enorme poort en een kleinere deur, die in de poort zat verwerkt.

'De ingang voor mensen,' mompelde Egill schaapachtig. Voor de grote poort hing een glanzende ketting met hangslot, net als voor de kleine deur. De loods was hier en daar roestig, maar aan de kettingen en de sloten, die relatief nieuw leken, was niets te zien. Waar de kettingen door gaten in de deur verdwenen, keek Hrafn naar binnen, maar hij zag niets door het donker. Er kwam een zwakke geur door de gaten naar buiten; het rook naar vocht of naar aarde, met een vleugje olie.

'Volgens mij wordt deze loods niet gebruikt voor de opslag van werktuigen, graafmachines en tractoren,' zei hij. 'De loods is vast leeggehaald toen het dorp is verlaten.'

'Toch zit hij op slot,' zei Egill. 'Ze zouden hem toch niet zo grondig op slot doen als er niks in stond.'

Hrafn liep verder over de heuvel die naast het ravijn lag, en bleef aan de rand van het dorp staan. Het was net een testbeeld, een miniatuur in een sneeuwbol die al lang niet meer was omgeschud.

Er stonden een stuk of dertig, veertig keten, opgetrokken uit spaanplaat en waarschijnlijk bedoeld als slaapplaats voor de arbeiders. Ze stonden in twee halve cirkels om een groter gebouw in het midden van wat Hrafn in gedachten als een dorp had omschreven, hoewel dat misschien een beetje onnauwkeurig van hem was – je zou het ook 'een stel schuren bij elkaar' kunnen noemen, of 'nederzetting', een hoop keten, met maar één doel daar neergezet: een bepaalde opdracht uitvoeren. De keten leken merendeels even groot, maar her en der waren er een paar in L- of U-vorm bij elkaar gezet.

'Het toonbeeld van schoonheid,' zei Egill.

'Een schattig dorpje,' zei Hrafn en hij kreunde. 'Lijkt als twee druppels water op andere IJslandse arbeidersdorpjes! Alleen de videotheek ontbreekt.' Het gaf Hrafn ontegenzeglijk een beter gevoel om het een dorp te noemen; de plek was veel te lelijk om geen naam te hebben, het een naam geven haalde het scherpe randje van die sensatie.

'Hoelang geleden zou het zijn dat er hier iemand woonde?' vroeg Egill. Hij pakte zijn fototoestel en richtte dat op het dorp.

'Weet je zeker dat er nu niemand woont?'

Langs de rand van het dorp waren sporen te zien van een grindweg die in noordwestelijke richting liep, een bocht maakte ten noorden van het dorp, langs de loods, en vervolgens recht naar het grote gebouw in het midden leidde. Ze volgden de weg en zetten koers naar het centrum, maar bleven bij een van de keten staan. Aan de lange kant ervan zaten vijf ramen, en er zat een deur aan de andere kant; naar de verfresten op de muur te oordelen was hij ooit blauw geweest, maar zand en wind hadden de meeste verf weggeschuurd.

Ze liepen om de keet heen en bekeken hem goed. Hrafn drukte zijn gezicht tegen een van de ramen en probeerde naar binnen te kijken, maar overal waren de gordijnen dicht.

'Waarom zijn de gordijnen dicht?' vroeg Egill. Hrafn gaf geen antwoord en pakte de deurklink vast. De deur zat op slot. Hij liep door naar de keet ernaast, maar die deur zat ook op slot. Daarna liepen ze verder het dorp in.

Het gebouw in het midden had maar één verdieping, net als de keten, maar het was beduidend groter. De ramen waren ook groter dan die van de keten en de gordijnen waren niet overal dicht. Het gebouw leek meerdere ingangen te hebben, een aan elke kant. Hrafn liep naar de dichtstbijzijnde deur, die niet op slot zat en toegang bood tot een lichte, open ruimte; er stonden tafels en stoelen, en aan de andere kant van de ruimte stond een buffet.

'Een kantine,' zei hij en hij stapte naar binnen. De ruimte was kleiner dan hij had gedacht toen hij buiten stond. Ze liepen tussen de tafels door naar het buffet en keken een keuken in, die leeg was op een enorme koelkast met een ijsmachine na, die was blijven staan. In de gootsteen vonden ze een groenglanzend bord en een bierglas van een halve liter met zwarte, ingedroogde resten aan de binnenkant. De koelkast was leeg.

Ze gingen weer naar buiten, liepen de hoek om en kwamen bij een deur die toegang bood tot een andere ruimte, even groot als de kantine. Alle meubels waren verwijderd op een bureau na, en in een hoek stond een grijze, gedeukte archiefkast, waaruit viel op te maken dat dit het kantoor was geweest.

In een van de muren zaten ramen die uitkeken op een vierkante tuin, of zandbak; in het zand stonden bankjes om op te zitten en twee aardewerken potten – voor sigarettenpeuken misschien. Vanbuiten leek het gebouw één geheel, maar het bestond uit vier keten, in een vierkant opgesteld, haaks op elkaar, met een open binnenplaats.

Hrafn slenterde rond in de ruimte, zag een paar bruine vlekken op een van de muren, en in de buurt daarvan zat een deur die half openstond. Uit het deurkozijn, aan de kant waar het slot zat, staken splinters, die in de richting van een kamertje wezen, alsof iemand de deur had ingetrapt. Hij duwde de deur voorzichtig open en keek naar binnen. In het schemerdonker zag hij vaag de contouren van nog een bureau, archiefkasten en kasten vol ordners. Er hing een geur van verrotting in de kamer.

Hij begon de gordijnen open te schuiven. De ruit was ingeslagen en het parket onder het raam was donker en bol gaan staan, maar er waren nergens glasscherven te zien. De vloer lag vol papier en ordners die uit de kasten waren gevallen. De laden van het bureau stonden open en er lagen nog meer papieren in, waarop kolommen cijfers en tekens stonden, een soort berekeningen waar hij niets van begreep.

Hij had het onbestemde gevoel dat de chaos in het kamertje niet willekeurig was, alsof iemand hierbinnen was geweest om naar kostbaarheden te zoeken. Nee, dat een reiziger in nood daar beschutting had gezocht, de deur had opengebroken om naar eten of waxinelichtjes te zoeken, en het zich gemakkelijk had gemaakt in het afgesloten kamertje om zich beter warm te kunnen houden. Waarom had hij dan een raam kapotgeslagen? Er lagen geen glasscherven op de vloer onder het raam, wat erop wees dat het van binnenuit was ingeslagen. *Iemand was de kamer binnen komen stormen, gooide de deur achter zich dicht en deed hem op slot, en toen er op de deur werd gebonsd probeerde hij via het raam naar buiten te komen…*

Hij liep weer terug en door de deur naar buiten, waar Egill stond te roken. Het leek in het dorp zelfs nog stiller dan in de omringende woestijn, waar je tenminste het ruisen van het zand hoorde. Misschien had hij gewoon moeite met al die gordijnen en de donkere kamers die erachter zaten.

'Zijn we trouwens naar iets speciaals op zoek?' vroeg Egill.

'Voor zover ik weet niet. Ben jij naar iets op zoek?' Hrafn kreeg zin om te fluisteren, alsof hij bang was om iemand wakker te maken.

'Het is net of we het dorp aan het doorzoeken zijn.'

'Hè? Waar heb je het over?'

'Of beter gezegd, het is net of jij ergens naar op zoek bent en ik jou achternaloop…'

'Naar iets op zoek!' riep Hrafn en hij barstte in lachen uit. 'Ik? Ik vond dat het net leek of jíj enorm druk bezig was daarbinnen.'

'Misschien ligt het gewoon aan het landschap… Het zand,' zei Egill. Hij schraapte zijn keel en spuugde op de grond. Hrafn was het beu hem de hele tijd in zijn buurt te hebben – de hele dag door, elke dag sinds het begin van hun reis, en hij zag dat zoiets ook voor Vigdís opging, ondanks de manier waarop ze de vorige avond naar elkaar hadden gekeken.

Hrafn liep naar het raam van de kamer waar hij net een kijkje had genomen. Onder het raam lagen glasscherven, wat bevestigde dat de ruit van binnenuit was ingeslagen – wat vervolgens van alles kon betekenen. Hij pakte er een op maar op dat moment trok iets anders zijn aandacht. In het zand zag hij een skelet, heel klein en wit. Hij bukte en duwde er met een vinger tegen. Het was licht.

Egill hurkte naast hem neer en Hrafn wees hem op het

skelet. Even verderop zagen ze er nog een, en daar in de buurt nog een.

'Zie je dat?' vroeg Hrafn en Egill humde. Langs de hele muur van het gebouw lagen tientallen of zelfs honderden skeletjes in het zand. Hrafn pakte er een op, het was zo licht dat hij het gewicht niet eens voelde. Toen hij het losliet was het net of het terug naar de grond zweefde. 'Vogels, toch?'

'Volgens mij wel, ja. Maar ik ben geen expert.'

'Natuurlijk zijn het vogels, die botjes zijn zo licht. Hol vanbinnen.' Hrafn liep de muur langs, pakte een snavel op die net zo groot was als zijn neus en opperde dat de vogels die voorbijkwamen zich tegen de ramen te pletter vlogen. 'Het risico is het grootst bij zonsondergang, denk ik, wanneer de zon in de ramen schijnt.'

Ze liepen om het gebouw heen. Op een bepaald punt, waar aan de buitenkant en aan de binnenkant op dezelfde hoogte ramen zaten, kon je recht door het gebouw heen kijken, en onder die ramen lagen de meeste skeletten. Langs de muren van de kantine, waar minder ramen in zaten, lagen ook minder botten, wat Hrafns theorie leek te bevestigen.

Het was niet zo simpel. Hij moest ineens denken aan iets over wit zand – iets wat hem eerder was opgevallen, maar waar hij verder geen aandacht aan had besteed.

Hij ging de kantoorruimtes weer binnen, vond de deur die naar de binnenplaats leidde en bleef in de deuropening staan. Het zand lag vol skeletjes, zoveel dat ze op sommige plekken boven op elkaar leken te liggen, zowel dicht bij de muren die de binnenplaats omgaven als een eindje ervandaan.

Hij ging naar buiten, liep zo voorzichtig als hij kon tussen de skeletten door of stapte erbovenop en hoorde ze breken en verbrokkelen. Egill kwam achter hem aan en ze liepen zwijgend over de binnenplaats. Sommige botten leken van grotere dieren afkomstig te zijn. Ook al waren ze niet bijzonder lang, ze leken te dik en te zwaar om van vogels te kunnen zijn.

'Kijk dit dan. Hoorns, toch?' zei Egill en hij wees op de grond voor zich, naar een stapeltje botten die hier en daar gebroken waren, maar die dezelfde vorm hadden als de hoorns van een rendier. Vlak bij de hoorns lagen botten die de vorm hadden van een ribbenkast, en een ervan leek een dik dijbeen dat doormidden gebroken was, maar waar een kogelvormig uiteinde aan zat, zoals bij het heupgewricht van een zoogdier.

'Zijn dit rendierbotten? Waarom zijn ze op die manier gebroken?' Hrafn keek naar een van de bankjes, leunde erop en ging zitten. Naast het bankje stond een aardewerken pot. Die was leeg.

Hij keek weer op en zag de sigaret die hij tussen zijn vingers hield, tot op de filter opgebrand. Hij gooide hem in de pot, voelde zich misselijk worden en begreep niet wat ze daar deden. 'Ik snap niet eens echt of we binnen of buiten zijn... Wat is dit voor plek? Een olifantenkerkhof? Waar komen al die skeletten vandaan? Het is net of die dieren hierheen zijn gekomen om te sterven.'

'Van die ouwe mensen om aan de vossen te voeren?' opperde Egill en Hrafn lachte.

'Ja, een heleboel vossen. Tienduizenden! Ze hebben dat voer helemaal het gebouw in gesleept om die welopgevoede vossen naar zich toe te lokken. En daarom zit er geen flintertje vlees meer aan de botten en zitten er ook geen tandafdrukken op – omdat ze met mes en vork eten.'

'Het was maar een idee,' zei Egill. Hij haalde zijn heupflesje tevoorschijn en nam een slok. 'Misschien waren het vogelvrijverklaarden die hier zijn neergestreken, een paar maanden van de jacht hebben geleefd. Ik zou er zelf niets op tegen hebben om vogelvrij te worden verklaard, een beetje ontspannen in de vrije natuur...'

'Buiten bescherming van de wet gesteld worden, heette dat,' zei Hrafn en hij keek op naar de lucht, naar de grijze, snel voorbijdrijvende wolken, die hem niet eerder waren opgevallen. Het weer sloeg om. 'Vogelvrijverklaarden mochten door iedereen worden gedood.' Hij stond op van het bankje.

'Dat klinkt in elk geval beter dan "misbruik van voorkennis" of "overtreding van de vennootschapswet".'

Hrafn liep langzaam de tuin door en probeerde niet op de botjes te trappen, hij kon het geluid niet meer verdragen; hij voelde zijn eigen gewicht, stijfheid en hoekigheid – datgene wat hem in zekere zin tot een homo erectus maakte, die door een ingewikkeld systeem van gewrichten, spieren en zenuwimpulsen alle kanten op kon. Als hij ging liggen en daar lang genoeg zo bleef, zou hij doodgaan, zijn omhulsel zou oplossen en één worden met het zand. Met die langzame dood zouden alle sporen van zijn bestaan in de wereld worden gewist, tot stof worden dat over de zandvlakte werd verspreid.

'Tussen de zandkorrels,' mompelde hij voor zich uit en hij zag Egill bij iets in het midden van de binnenplaats neerknielen. 'Wat ben je aan het doen?' vroeg hij en hij liep naar hem toe.

Egill keek snel over zijn schouder. 'Niks,' zei hij en hij ging weer staan. Toen hij zich omdraaide, hield hij een hand achter zijn rug en stopte iets in zijn achterzak.

'Nee, tuurlijk. Wat ben je aan het doen?' herhaalde Hrafn en hij bleef een eindje bij hem vandaan staan.

'Dit is idioot... totale waanzin. We moeten maken dat we weer thuiskomen...'

'Heb je iets gevonden?' vroeg Hrafn en hij knikte naar de plek waar Egill iets had zitten doen. In het zand lag een stapeltje botten, niet bijzonder hoog, maar in ieder geval hoger dan de wind bijeen had kunnen blazen.

'Ik weet niet wat dat is,' zei Egill. 'Het lag er al zo bij.' Hrafn wierp een blik op de botten, die als een soort piramide in het zand waren gelegd, en er lag niets omheen. De botjes waren zo groot als een vinger. Onder in de stapel zat een opening, het leek wel een deurtje, als een soort bevestiging dat het niet per toeval door de wind was gevormd.

'Wat zat erin?' vroeg Hrafn en hij wist dat hij gelijk had. Egill had iets bij zich gestopt. 'Wat probeer je te verbergen?' Egill verplaatste zijn gewicht van de ene voet op de andere, keek naar het stapeltje en vervolgens naar Hrafn. Hij keek op een manier die Hrafn niet eerder had gezien, een mengeling van angst, radeloosheid en iets wat hij niet kon plaatsen.

'Ik verberg helemaal niets. Hoe kom je erbij?'

'Je liegt. Ik zag dat je iets in je zak stopte. Laat zien!'

'Ik stond gewoon naar die stapel te kijken...'

'Lul niet! Ik zie aan je dat je liegt. Denk je dat ik bang word? Heb je een oude Vikingbijl gevonden? Een Egyptisch dodenmasker? Wat zat erin?'

Egill schudde zijn hoofd. 'Ik denk dat het beter is als we het hierbij laten.' Hrafn stak zijn hand uit en hield die voor Egill, tot die in zijn achterzak begon te zoeken naar wat hij erin had gestopt. 'Ik weet van niets,' zei hij. 'Ik zag die stapel botten, en dit zat erin. In dat gat.'

Hij gaf Hrafn een foto. Hrafn zag onmiddellijk dat die uit de camera kwam die Vigdís van haar moeder had geërfd – dezelfde grootte en hetzelfde papier. De foto was donker en korrelig, maar het was toch duidelijk te zien dat Vigdís er zelf op stond. Ze had haar ogen dicht, de helft van haar gezicht was overschaduwd, maar op de andere helft viel een zwak licht. Haar mond stond een beetje open zodat haar tanden zichtbaar waren, en midden op de foto waren haar borsten te zien, rond en wit met donkere tepels. Ze lag op haar rug te slapen, of dat leek hem op het eerste gezicht zo.

'Dit...' zei Hrafn en hij wist niet wat hij moest zeggen. Hij draaide de foto om en keek naar de achterkant, alsof hij daar een verklaring zou vinden.

'Ik weet niet waarom die daar lag,' zei Egill. 'Wanneer is hij genomen?'

'Hoezo, genomen?'

'Die foto... Dat is Vigdís op die foto, toch?'

'Natuurlijk is dat Vigdís. Dat ziet toch iedereen? Ik heb deze foto nog nooit gezien.'

'Heb jij hem niet gemaakt?'

'Natuurlijk heb ik die niet gemaakt, ik weet niks van die foto. Ik heb nog nooit een foto genomen met die camera, en zeker niet van Vigdís – in ieder geval niet om hem in een stapel botten te stoppen! Waarom probeerde je hem te verbergen?'

'Ik wist dat je geschokt zou zijn of boos zou worden, ik weet niet. Ik wilde er even over nadenken, volgens mij... Ik weet hier net zoveel van als jij.'

Hrafn zweeg. Zijn gedachten tuimelden over elkaar heen. Die borsten en die tepels, stijf en duidelijk afstekend tegen al dat wit, Egill die 's nachts in zijn eentje over de zandvlakte rondzwierf, Egill die stapels maakte van botten, Vigdís' half geopende mond, dat gladde gezicht, de langgerekte kreun die ze slaakte...

Egill draaide zich om en liep het gebouw in. Hrafn stond lang naar de foto te kijken en liet vervolgens zijn blik zakken, keek naar het zand, tussen twee botjes in die van een vogel zouden kunnen zijn, maar evengoed van een muis, een rat, een vos of wat dan ook.

Ze moesten maken dat ze wegkwamen.

HET HEEFT
GEEN ZIEL

ANNA

13

IJslandse journalistiek

Nadat Anna alleen in het huis was achtergebleven, sloot ze zich op in hun kamer, sprong in bed en bladerde door haar aantekeningenboekje. Ze had drie nieuwe schriften gekocht voordat ze gingen en het eerste was al halfvol.

'De IJslandse natuur is uniek,' schreef ze op hun eerste dag op de hoogvlakte, nadat ze het geijkte toeristische gebied hadden verlaten. Die constatering op zich was natuurlijk niet voldoende; later zou ze nog uitvoeriger uitleggen waarom die zo wonderlijk was, maar zodra ze in de wildernis waren aangekomen, had ze haar interesse verloren; de IJslandse bergen waren niet bijzonder hoog, zelfs aan de gletsjers wende je relatief snel. Het was haar eigen schuld, daar was ze zeker van. Toch vond ze het moeilijk te bedenken hoe ze zichzelf zou kunnen veranderen, wat ervoor nodig was om door de eentonigheid in vervoering te raken, of zich er misschien zelfs de adem door te laten benemen.

'In vervoering raken, de adem benemen. Lastig?' schreef ze midden op de bladzijde. 'Is landschap hetzelfde als natuur?' voegde ze eraan toe.

Ze noteerde wat ideeën en vragen over het oude echtpaar en het huis. Ze begon aan een beschrijving van de man: 'Half dichtgeknepen ogen, net als alle mensen die hun hele leven in weer en wind moeten vechten om te overleven, een huid als leer, weerbarstig door de meedogenloze zomerzon van de hoogvlakte', en ze voelde dat ze brandde van nieuwsgierigheid naar deze mensen, naar de vraag waarom ze daar zaten, en hun eventueel avontuurlijke verleden. Ze droegen geheimen met zich mee en zouden een geschikt onderwerp zijn voor een artikel, maar ze had nog geen rode draad. Was dat nodig? Of was er in het nieuwe nationalisme geen plaats voor einzelgängers als deze? Kon je naar behoefte een paar einzelgängers afstoffen? Of werden ze misschien niet tot de einzelgängers gerekend, omdat ze elkaar hadden? Bestond er zoiets als een kluizenaarsechtpaar? Waren ze echt met elkaar getrouwd? Zo ja, hoe hadden ze elkaar ontmoet? Hoe was het rendier gestorven dat de vossen hadden aangevreten?

Ze geeuwde, sloeg haar aantekeningenboekje dicht, draaide zich op haar rug en begon in het toneelstuk over de achttiende-eeuwse vogelvrijverklaarde Fjalla-Eyvindur te bladeren, maar ze kon zich niet concentreren. Toen ze terug bij het huis was gekomen, was haar de stank opgevallen die binnen hing en het verbaasde haar dat dat niet eerder was gebeurd; het rook naar jassen, oude schoenen, vet eten, schimmel en daarnaast nog iets wat aan ijzer of koper deed denken; de geur was niet zo overheersend als de andere, maar toch ruikbaar – als de geur van bloed.

Anna's eerste herinnering is de zon die aan het eind van de winter boven de bergkam in Ísafjördur uit kwam. Ze werd bang en riep 'het boze oog', wat voor haar moeder een grappige anekdote werd. Het volgende wat ze zich herinnerde, was hoe haar ouders in de keuken tegen elkaar schreeuwden. Ze lag achter de bank in de woonkamer, keek om het hoekje en zag hoe haar moeder een klap kreeg, waarschijnlijk van haar vader – verder was er niemand. Maar in haar herinnering ziet ze dat niet, hoort ze alleen het geluid. Achteraf, onder haar deken, volgde de pijn; de wereld tolde langzaam om de kleine Anna heen en in haar hoofd hoorde ze haar moeder huilen, wat haar vreselijk bang en verdrietig maakte. Vanaf dat moment, als het licht op een bepaalde manier op haar moeder viel, dacht Anna de afdruk van een handpalm op haar wang te zien, maar ze begreep pas waarom toen ze twintig was en in Londen bij een kruising bleef staan; een rode hand verscheen op het verkeerslicht en voor het eerst herinnerde ze zich het voorval in de keuken.

Haar vader was immigrant, had een paar jaar aan de middelbare school lesgegeven, maar na de scheiding trok hij weg en zagen ze hem nooit meer. Later had haar moeder hem wel eens ironisch 'de geleerde' genoemd. Moeder en dochter verhuisden naar het souterrain van haar grootouders van moederskant, aten 's ochtends en 's avonds met hen en soms maakten ze samen een tochtje met de auto naar Flateyri of Bolungarvík. Soms dronken haar moeder en haar opa samen sterkedrank, altijd boven, en hoorde ze hen door het plafond in het souterrain heen ruziemaken.

Ze herinnerde zich haar opa, een roodharige, rijzige man, die in haar kamer stond, zich naar haar toe boog en haar kuste. Op een keer gaf hij haar een roos, nadat haar moeder een hele dag in de woonkamer had zitten huilen. Kort daarna verlieten ze Ísafjördur; haar moeder kwam haar van school halen, ze had al hun bezittingen achter in de auto gepropt, en huilde bijna de hele weg naar Saudarkrókur, waar ze bij een vriendin van haar bleven slapen. Anna begon op een nieuwe school, zag haar grootouders nooit meer en haar moeder verscheurde al hun foto's.

Daarna smeerde Anna sandwiches met kaas in hun nieuwe flat, luisterde ze naar The Pixies en schreef brieven naar Ye Mimi, haar penvriendin in Taiwan, die een oproepje in het kindertijdschrift *Aeskan* had geplaatst. Ze wilden allebei hun Engels verbeteren en vreemde culturen leren kennen, vroegen allebei aan hun moeder of ze bij elkaar op bezoek mochten en bezwoeren dat ze zich goed zouden gedragen, maar ze kregen allebei nul op het rekest. De moeder van Anna leerde in die tijd een nieuwe man kennen die uit chiquere flessen dronk dan haar vader en opa, maar ook uit meer, en ze wist dat het niet lang zou duren voor haar moeder huilend op de vloer lag. Of Anna zelf. 'Ye' in de naam van haar penvriendin betekende 'blad' en 'Mimi' 'naar iets op zoek'.

Voor herinneringen had ze geen vrienden bij wie ze terechtkon. In die jaren veranderde ze vaak van school en volgde ze haar moeder van de ene plaats naar de andere. Haar moeder deed haar best, maar soms was er geen eten in huis – tenminste niet voordat Anna er iets van zei. Ze vond het moeilijk om mensen te leren kennen en leerde al snel dat als ze in een nieuwe klas kwam het 't beste was om zich niet te lief of te grappig voor te doen, zodat de andere meisjes niet jaloers zouden worden; niet te veel zeggen en niet te weinig, niet te slim zijn en niet te dom – gewoon niet té. En het juiste moment afwachten. Ze vond het leuk om haar leven minutieus in haar dagboek te noteren, en er zelfs dingen naar eigen goeddunken aan te veranderen, en over anderen te reflecteren – de mensen die in haar leven of dat van haar moeder verschenen en er net zo snel weer uit verdwenen. Ze vond het heerlijk om opstellen te schrijven en het leek haar gemakkelijker af te gaan dan anderen, maar dat hield ze voor zichzelf tot ze in de bovenbouw zat en ze voor de schoolkrant begon te schrijven, korte verhalen en een enkel gedicht.

Als tiener woonde ze in Reykjavík en kreeg ze haar eerste echte vriendin, Heida, ze zagen elkaar elke dag, ongeacht waar ze op dat moment in de stad woonden, Heida was ook vaak verhuisd, het hele land door zelfs, met haar ouders, die rondreizende leraren waren en een soort hippies. De meisjes hielden allebei van lezen, konden urenlang zwijgend bij elkaar zitten, en begonnen te roken en in cafés als Marokko en Hressó rond te hangen, en zodra ze oud genoeg waren, gingen ze samen in een kelderwoning aan de Ránargata wonen. Anna's moeder stond op het punt naar Akureyri te verhuizen met een man die, beweerde ze, anders was dan al die anderen vóór hem, maar Anna was het daar niet mee eens. Ze had nooit echt begrepen waarom haar moeder was zoals ze was, maar zo lang als ze zich kon herinneren, had ze geweten dat er iets niet goed zat; haar moeder maakte zich zorgen over bijna alles, of over niets; op feestjes lachte ze het hardst van iedereen, ze huilde vaak in de bioscoop, zelfs bij films die niet bijzonder zielig waren, praatte snel en veel over alles wat er gebeurde, of alles waar ze over nadacht, of ze lag alleen in haar slaapkamer met de lichten uit. Vroeg of laat begon dat de mannen met wie ze samen was meestal op de zenuwen te werken, dat leek Anna tenminste; de meeste probeerden haar te veranderen of probeerden haar leven op de rails te krijgen, maar wanneer ze inzagen dat dat niet ging, begonnen ze met haar te ruziën, sloegen ze haar of vertrokken met slaande deuren en noemden haar slet of slons. Het was moeilijk daaraan te wennen. Op een gegeven moment had ze haar moeder gevraagd waarom ze zo wispelturig was, en haar moeder had gezegd dat ze er niks aan kon doen.

'Maak je geen zorgen,' zei ze. 'Met jou loopt het veel beter af dan met mij, lieverd.' Soms dreigde ze zelfmoord te plegen en schreeuwde ze naar de mannen, gooide dingen naar ze en vernielde meubilair. Een keer verdween ze en bleef ze een paar dagen weg en Anna trok in bij haar oom en zijn vrouw, die lief en netjes was. Haar moeder had altijd het beste met haar voor, maar het was niet fijn om in haar buurt te zijn, alles draaide om haar en haar nukken, en ook al bood ze soms haar excuses aan omdat ze zo lastig was, dat hielp niet veel. In haar puberteit voelde Anna sterk de behoefte haar te redden, net als al die mannen die kwamen en gingen, maar ze wist dat ze dat niet kon.

De periode dat ze met Heida samenwoonde was de leukste van haar leven. Ze hadden veel vrienden en lange tijd deden ze niets anders dan lol maken, maar het was ook prima als ze zich moesten terugtrekken om te studeren of om vroeg op te staan om te gaan werken. Anna begon op de Menntaskóli Reykjavíkur met een vakkenpakket met moderne talen, en naast haar studie en 's zomers zat ze achter de kassa bij de supermarkt aan het Eidistorg, ze schreef als ze tijd had, maar wandelde ook met haar vriendin in de bergen en jogde, ging bij een band, waarin ze zong, won de verhalenwedstrijd van de schoolkrant, en maakte het laatste jaar op school één keer in de week samen met Heida een radioprogramma. Die hele periode lang voelde ze zich blaken van energie, had ze een mysterieus gevoel van verwachting, dat altijd leek te zoeken naar allerlei wegen om tot uitdrukking te komen, en als ze er geen gebruik van maakte was het net of die energie zich tegen haar keerde, in een duizelingwekkend diepe wanhoop veranderde – vergelijkbaar met de wetenschap dat haar moeder nooit zou worden gered.

In de zomer na haar eindexamen kreeg ze een tijdelijke aanstelling bij een krant, waar ze korte berichten schreef en interviews, gebaseerd op telefoongesprekken met deze of gene artiest, die om de vraag draaiden wat er bij diegene op stapel stond of wat hij of zij van dit of dat vond. Na een uit de hand gelopen bedrijfsfeestje begon ze met de redacteur te daten en na het werk met hem te neuken in zijn kantoor of in allerlei hotels in de stad. De redacteur was getrouwd, vader van drie kinderen en woonde in de wijk Hlídar, was een fanatieke conservatief en regelmatig te gast bij het journaal en actualiteitenprogramma's op de televisie. Anna was niet stapelverliefd op hem, maar vond de seks spannend. Hij sloeg haar met een riem, zette wasknijpers op haar lijf, nam haar af en toe in een wurggreep en neukte haar in haar kont, wat de eerste keer was dat ze zoiets uitprobeerde. Soms stuurde hij haar bevelen, korte aanwijzingen wat ze bij hun volgende afspraak moest doen of hoe ze zich moest kleden, wat een tijd lang een prima tijdverdrijf was.

Door bemiddeling van de redacteur kreeg ze opdrachten

van een glossy in de stad en ze ging na een tijdje fulltime daar aan de slag. Ze stopte met haar studie literatuurwetenschap aan de universiteit, die ondanks alles nooit iets anders dan een verzegelde zet was geweest – ze vond het nutteloos om IJslands te gaan studeren, ook al ging opstellen schrijven haar gemakkelijk af – en ging grote interviews voor de krant doen. Haar succes bleek van de ene kant groter en van de andere kant kleiner dan ze had verwacht, kleiner omdat ze naast de interviews met prominente vrouwen in de samenleving advertorials voor cosmetica moest gaan vertalen waarmee de fabrikanten een plek in de krant hadden gekocht.

Maar zo zat het leven nu eenmaal in elkaar en uiteindelijk voelde ze zich het beste als ze met beide benen op de grond stond of in elk geval wist dat die zich vlak onder haar bevond. Sinds ze het met de redacteur had uitgemaakt, had ze in één zomer tijd iets gehad met bijna vijftien mannen in het centrum van Reykjavík – van een nacht, een uur zelfs, tot een paar dagen. Ze probeerde het eens met een vrouw, wat interessant was, maar daar bleef het bij. Aan het eind van de zomer kreeg ze iets met een rijke man uit Gardabaer, die ruim tien jaar ouder was dan zij, en had een paar maanden een relatie met hem. Hij wilde vastgebonden en vernederd worden, wilde dat ze op zijn gezicht kwam zitten en hem verstikte; een keer plaste ze in zijn mond en zag dat hij haar urine gulzig doorslikte. Ze was goed in seks, vond het leuk om zowel te geven als te nemen, zowel dominant te zijn als onderdanig, en ze ontdekte dat de energie die al sinds haar puberjaren in haar woedde niet in de laatste plaats begeerte was. Al sinds haar twaalfde masturbeerde ze regelmatig en steeds vaker zelfs naarmate ze ouder werd; ze had nog geen man ontmoet die net zo geïnteresseerd was in neuken als zij, of die het op net zoveel verschillende manieren fijn vond als zij. Ze schreef artikelen over seks in de bladen waar ze voor werkte, interviewde vrouwen over hun seksleven, en na een discussie over zelfbevrediging eindigde ze samen masturberend met vier vrouwen uit de zaken-, kunst- en mediawereld in de sauna van een wellnesscentrum, waar ze meer orgasmes kreeg dan ze kon onthouden.

Normaal gesproken hield ze dit geheim voor de mannen met wie ze samen was; als ze wisten hoe groot haar libido was, tot welke omvang die door de jaren heen was gegroeid, zouden ze hard wegrennen, daar was ze van overtuigd. De mythe van de frigiditeit van de vrouw was namelijk altijd hetzelfde geweest: de angst voor de onverzadigbare en allesverslindende honger naar seks van de vrouw die iedere willekeurige man zou kunnen opeten, hele rijen mannen, en ze weer uitspuugt, slap en verdwaasd, en die uiteindelijk zowel onpersoonlijker als mannelijker is dan hun eigen begeerte. Ze werd gemakkelijk verliefd, maar leek net zo gemakkelijk van man te switchen; ze wilde verleid worden, maar voelde ook sterk de behoefte om de mannen met wie ze was te behagen, en eigenlijk alle andere mannen ook. Ze wist niet zo goed wat haar eigen pluspunten waren, voelde zich op haar best als ze haar recorder tevoorschijn haalde, haar pen oppakte en gesprekken voerde, en beschouwde zichzelf het meest als een min of meer onafhankelijk individu als ze haar naam gedrukt zag staan.

Haar reputatie bleef groeien en ze kreeg een baan bij een populaire krant, die bovendien grootse ambities had, ook al was de toon niet bepaald kritisch – de basis bestond uit kritiekloze interviews, recensies op bestelling, geklets over image, en onderscheidde zich zo op geen enkele manier van de IJslandse journalistiek van die tijd, maar de lezers waren kritischer dan het gemiddelde onnozele voorstedelijke publiek. Ze verhuisde naar een flat aan de Bergstadastraeti, niet erg groot, maar met uitzicht op het Tjörnin, begon uitnodigingen te krijgen voor openingen en premières, ging naar cocktailparty's met haar vrienden bij de bank, neukte haar eerste politicus, haar eerste makelaar, probeerde cocaïne, schreef onbezoldigd voor het weblog van de rechtse feministen, interviewde in Cannes Björgólfur Thor Björgólfsson, de eerste miljardair van IJsland, vloog met topbankier Ólafur Ólafsson in een privévliegtuig van Oslo naar Londen, gaf college over IJslandse journalistiek op de handelshogeschool in Bifröst, beweerde dat groen-linkse politiek uit was en tuinkabouters in, kreeg advies over herfinanciering, valutamanden en de woningmarkt zonder er iets van te begrijpen.

Alles ging dus goed, maar elke keer rond het begin van de maand belde haar moeder – na Anna's naam in de krant te hebben zien staan – om te huilen of haar uit te schelden, om welke reden dan ook, maar doorgaans omdat haar dochter niet meer van haar hield en nooit op bezoek kwam. Haar moeder werkte als caissière bij een grote supermarkt in Akureyri en had geen idee wat er in de samenleving speelde, of in de provincie, of in Akureyri, of waar dan ook. Anna liet zich hierdoor niet tegenhouden. Ze nam een aantal opdrachten in Noord-Europa aan, wat niet zo moeilijk was dankzij het feit dat haar vaderland steeds meer internationaal georiënteerd was, en kreeg daardoor de mogelijkheid om zich een tijd in Berlijn te vestigen, en daarna in Parijs, waar ze op een receptie op de ambassade de tv-producent en conservatieve politicus Gísli Marteinn Baldursson leerde kennen, waarna ze een tijdje bij hem in Edinburgh woonde.

Toen het uitging tussen hen ging ze weer naar huis, en het voelde alsof er iets was veranderd. Ze naderde de dertig, had geen kinderen, had zich op eigen kracht omhooggewerkt in het leven en had een baan die relatief veel voldoening gaf zonder erg inspannend of tijdrovend te zijn. Maar het tempo van haar leven begon te veranderen, alles ging een beetje langzamer, er waren minder dingen die haar nog verrasten of waar ze verbaasd over of bang van werd. Zelfs haar libido leek op hetzelfde niveau te blijven hangen en omvatte nu een soort zachtheid die ze eerder niet had gehad. Ze hengelde naar de mogelijkheid om de post van hoofdredacteur van de krant over te nemen, maar deed waarschijnlijk iets te hard haar best, stak te vroeg te lang haar nek uit en werd uitgekafferd door de zittende hoofdredacteur – een vrouw die (voor een facelift) in een kuuroord in Zwitserland was geweest op uitnodiging van een investeringsbedrijf.

Ze begon voor het eerst aan haar fouten te denken, aan hoe weerloos ze eigenlijk was; hoe ze al haar geld op één kaart had gezet, hoe naïef en groen ze van zichzelf had mogen zijn, aan de vraag waarom ze geen betere opleiding had gedaan, of meer geld opzij had gezet. Ze was journalist, maar als ze dat niet meer was – als haar collega's hun vertrouwen in haar verloren – dan was ze niets. Ze was bang om als zielig te worden gezien, bang dat ze in haar hart zouden kijken om te ontdekken hoe weinig ze eigenlijk had geleerd, en daardoor begon haar zelfvertrouwen af te nemen, en mensen leken dat te merken.

Maar wat haar op een dag het droevigst van alles stemde, was de ontdekking dat ze in krap tien jaar tijd niet één regel voor zichzelf had geschreven, niets literairs, niet één kort verhaal of dichtregel, dat ze haar leven niet langer in haar dagboeken noteerde, op een paar opmerkingen over het weer en haar gezondheid na, en toen hield ze ook daarmee op. In bijna tien jaar tijd was er in haar leven niets origineels aan haar geest ontsproten op dat na wat in het commerciële beleid van de tijdschriften paste en de gemiddelde lengte van een interview of een artikel had. Het enige wat haar nooit in de steek liet – haar schrijfwerk – was voor het karretje van een paar geldwolven gespannen om de reputatie van de conservatieve partij te verbeteren in de ogen van vrouwen van middelbare leeftijd, of om de minister van Financiën interessant, zakenman Hannes Smárason mannelijk, de steenrijke Kristín Ólafsdóttir creatief of premier Geir Haarde humoristisch te doen lijken. Ze had niet eens een politieke voorkeur die dat kon legitimeren.

Ze maakte het uit met een man van wie ze had gehouden,

en het duurde langer dan normaal voordat ze een nieuwe had gevonden; ze begon haar haar uit te trekken en genoot daarvan, kneep in haar tepels en schaamlippen tot ze er tranen van in haar ogen kreeg; op een nacht ging ze naar de keuken en sneed zich met een mes in haar elleboog, knie, kuit, werd bevangen door onuitsprekelijk hevige schuldgevoelens, en kwam pas weer de dag daarop tegen twaalf uur in slaap, pakte de telefoon om naar iemand te bellen – om hulp te vragen – maar deed het niet.

Ongeveer rond die tijd nam haar grootvader contact met haar op. Hij belde midden in de nacht op, dronken, zei dat hij net van zee kwam, ‘niet lang meer had’ en met haar wilde afspreken. Ze zag het beeld van een ouwe visser voor zich, wilde haar leven niet nog meer overhoophalen en zei hem haar met rust te laten – net als hij altijd al had gedaan – en voegde eraan toe dat hij in de stront kon zakken. Daarna gooide ze de hoorn op de haak, huilde tranen met tuiten en kon niet meer ophouden, deed een poging om zichzelf met een deegroller te slaan, maar raakte niet buiten westen; klemde wasknijpers in haar gezicht tot ze zich veilig voelde en kroop tegen een rode muur in elkaar. De dag daarop reed Heida, die net terug uit Zweden was, waar ze had gestudeerd, met haar naar de psychiatrische afdeling van het Rijkshospitaal, waar ze een paar dagen werd opgenomen ‘om tot rust te komen’.

Anna had niet goed door dat zij het was die op de afdeling lag, en niet haar moeder, maar dat gaf niet. Ze had zich altijd gemakkelijk kunnen aanpassen en herpakte zich snel weer. Binnen een week werd ze ontslagen en ze kreeg pillen op recept mee en ging sindsdien eens in de week naar de psycholoog. Ze liet niet langer toe dat haar moeder zich aan de telefoon beklaagde, besefte hoe ze ervan genoot om gepijnigd te worden, binnen redelijke grenzen tenminste – ze hechtte daar net zoveel belang aan als aan leven en zelfs als aan interessant zijn.

Daarna was het net of ze weer in balans kwam. Ze bleef op de redactie van het tijdschrift werken, maar het gerucht verspreidde zich snel dat ze 'ziek was geweest' en op de psychiatrische afdeling van het Rijkshospitaal had gelegen; daarmee had ze de kans op de post van hoofdredacteur voor altijd verspeeld, hoe interessant ze ook was geworden. Ze ging meer interviews doen, schreef ettelijke columns over van alles en nog wat, en legde zich neer bij het feit dat ze de grens van haar kunnen relatief snel had bereikt; ze was snel opgeklommen, maar al met al niet zo hoog. Het waren de mensen om haar heen, de objecten van haar interviews, die prestaties leverden, zelf was ze degene die daarover schreef, die imago's oppoetste, maar ze wist diep in haar hart dat ze nooit wreed of stom genoeg kon zijn om meer te bereiken. Ze was een eenvoudige journalist, een eenvoudig mens zelfs, en waarschijnlijk zou haar leven in de toekomst niet ingrijpend veranderen.

14

Het was stil in het huis, op het gekraak en het gehuil van de wind na, die steeds harder ging waaien. Aan de horizon steeg een donkere waas van het zand op, die nu eens dichter bij het huis kwam en zich dan weer verwijderde.

Anna keek naar de schuren, maar zag het oude echtpaar niet. Als ze zich niet vergiste, was ze alleen in het huis. Dat wakkerde de zin om rond te neuzen aan waar ze soms aan ten prooi viel en die wel wat weg had van geilheid, maar die zich lange tijd koest had gehouden.

Ze moest denken aan haar vrienden buiten in de storm, maar besloot zich geen zorgen over hen te maken, ze vertrouwde op Vigdís en Hrafn, ze vonden vast de weg terug, en het was bovendien nog warm buiten.

Ze liep de gang in. Behalve de kamer van Hrafn en Vigdís was er ook een badkamer, maar er was geen warm water en ze moesten de wc doorspoelen met water uit een emmer. Aan de andere kant van het trapgat was een deur die de gang opdeelde; het gedeelte waar ze sliepen besloeg nauwelijks meer dan een derde van de totale lengte van het huis, daarom moest er achter de deur veel ruimte zijn.

Ze sloop langs het trapgat en bleef voor de deur staan. Het was donker in de gang, maar door het sleutelgat zag ze een grijzig schijnsel. Ze keek met één oog door het gat en zag kasten vol met boeken. Het liefst was ze terug naar bed gerend en jammerend onder de deken gaan liggen, maar in plaats daarvan duwde ze de klink naar beneden. Zo werkte dat met die zin om rond te neuzen.

De deur ging met een zachte klik open.

Ze zag een soort werkkamer. In de boekenkasten langs de muur, van de vloer tot aan het plafond, stonden boeken; voor een van de twee ramen die de ruimte rijk was, stond een groot eikenhouten bureau, en aan de muur erachter hingen zwart-witfoto's. Er stonden twee boekenkasten midden in de kamer gevuld met kranten, tijdschriften en ordners. Aan één kant zat een open haard met een schouw van lichtrode bakstenen.

Haar eerste gedachte was dat het oude echtpaar geld had, of in elk geval ooit welgesteld was geweest; veel van de boeken waren in leer gebonden en leken oud en waardevol; er zaten sierplinten langs de vloer en het plafond, en de gordijnen voor de vensters waren van rode zijde.

Toen ze beter keek, zag ze dat de muren en de vloer op sommige plekken door vocht bol waren gaan staan; er lag een laagje zand op de planken dat zich ook tussen de boeken had genesteld, en bovendien kon ze uit de schimmellucht die er hing opmaken dat de boeken door vocht werden aangetast.

Als het huis in goede tijden was gebouwd, dan was de situatie nu anders, zoveel was duidelijk, als het tenminste niet zo was dat hun gastheer en gastvrouw het niet langer konden bijhouden. De ruimte was hoger dan de andere kamers in het huis, en helemaal bovenin hingen verrotte balken die het golfplaten dak droegen. Tussen de twee boekenkasten in het midden van de kamer stond een emmer met een bodempje water dat door het dak was gelekt. Er lag geen zand op de vloer, wat erop wees dat iemand er schoonmaakte, maar er lag roet voor de open haard, alsof die kortgeleden nog was gebruikt. Ze hurkte voor de open haard, haalde een vinger door het roet en keek door de schoorsteen omhoog, maar zag alleen maar duisternis.

Ze liep naar het bureau en wierp een blik op de foto's die erboven hingen. In het midden hingen een paar ingelijste diploma's. De oude man was bereisd, had veel meegemaakt voordat hij hier in de rimboe was beland; een diploma van Princeton in de VS getuigde ervan dat Kjartan Adalsteinsson cum laude was gepromoveerd in de geneeskunde; een andere universiteit in Boston had hem een onderscheiding toegekend voor de uitstekende resultaten bij een tentamen. Daarnaast hing er een document van de middelbare school in Reykjavík, waarin hij werd gefeliciteerd met het beste resultaat van de school in de exacte vakken, en onderaan hing een enigszins vergeeld getuigschrift waarop stond dat hij de leerling met de hoogste cijfers was bij de landelijke toelatingsexamens voor de bovenbouw.

Ze vond het moeilijk te rijmen met die glimlachende, knikkebollende man, en tegelijkertijd bevestigde het haar vermoeden dat hij geen boer was. Op een foto nam de man, die toen ergens in de dertig was, schatte ze, een document in ontvangst – misschien wel nog een onderscheiding – uit handen van een man die voor zover Anna zich kon herinneren ooit minister was geweest. Op een andere zat Kjartan aan tafel met miljardair Björgólfur Gudmundsson en diens toenmalige echtgenote, met een grote sigaar in zijn hand zo breed te lachen dat je zijn kiezen kon zien. Op een foto die in een krant gepubliceerd had kunnen zijn – zo'n compositie had die – zag je Kjartan met zijn vuist in de lucht achter een katheder, wellicht stond hij op het punt een debat te winnen, en op een andere bevond hij zich op een kade met een passagiersschip op de achtergrond, een eind in de twintig, met een zwarte overjas aan, ongetwijfeld op weg naar de VS om daar te gaan studeren.

Het viel haar op dat de vrouw nergens samen met hem op de foto stond, hoewel veel van de foto's blijkbaar op vakantie waren genomen – in korte broek en met een verrekijker om zijn nek in het bos, glimlachend naast een lama, op ski's voor een blokhut. Op alle foto's was hij relatief jong, waarschijnlijk nog geen veertig, wat betekende dat er in dertig of veertig jaar tijd geen privéfoto meer van hem was genomen, in elk geval geen die hij de moeite waard vond om thuis aan de muur te hangen.

Ze draaide zich om, keek om zich heen en ging toen aan het bureau zitten. In een lijstje op het bureau zat een foto van twee kinderen. Een jongen en een meisje, een jaar of tien oud, zaten kaarsrecht op een stoel met daarachter een man en een vrouw die waarschijnlijk hun ouders waren. De man stond achter de jongen en liet een hand op diens schouder rusten; met de andere hield hij een wandelstok vast. De man keek streng, maar het gezicht van de vrouw stond blij, hoewel het bijna helemaal was vervaagd door de witte waas die over de foto lag. Ze had een zijden jurk aan, haar haar was donker en gevlochten, en om haar hals en polsen glinsterden sieraden.

De jongen was Kjartan als jonge jongen, en tegelijkertijd ontdekte Anna dat het meisje naast hem waarschijnlijk hetzelfde was als dat op de foto beneden, wat betekende dat ze broer en zus waren, als ze zich niet vergiste, want ze leken sprekend op elkaar: buitengewoon mooi, blond en fijn, kinderen uit een vermogend gezin uit de hogere kringen, wat af te leiden viel uit de kleding van de ouders, de wandelstok, de sieraden; het zorgde ervoor dat ze zich weer afvroeg wat de oude man hier op de zandvlakte te zoeken had.

In de la van het bureau rommelde ze door een stapel papieren, die uit een notitieblok waren gescheurd dat nergens te bekennen was. De meeste blaadjes waren leeg, maar op een ervan had iemand iets geschreven in een moeilijk te lezen steno, dat Anna moeizaam ontcijferde: het begon met 'De hoogvlakte' en daarna een hoop cijfers. Ergens anders stond 'kelder' en 'sleutel' en daaronder stonden 'stal', 'lantaarnpaal' en 'voordeur' opgesomd. De woorden stonden onder elkaar, en soms bestond een rijtje maar uit één woord.

Het leek een soort checklist, misschien geschreven door de man voordat hij ziek werd. Ze las de woorden onder aan de pagina nog eens: 'Het heeft geen ziel.' – De zin was twee keer onderstreept.

Op een paar andere vellen stonden gegevens over het weer, in hetzelfde handschrift. Ze was in de verleiding om ze te stelen, maar wist niet waar dat goed voor zou zijn.

Wat heeft geen ziel?

Ze sloot de lade en stond op, hoorde het huis kraken door het weer, dat steeds slechter werd. Ze liep langs de kasten en las de ruggen van de boeken. De meeste gingen over wetenschap, anatomie, geologie, scheikunde, natuurkunde en het specialisme van de oude man: geneeskunde. De meeste boeken waren in het Engels, maar er waren er ook in het Duits, Frans, Deens, Noors of Zweeds. Op veel planken stond een cijfer, wat erop wees dat de boeken naar onderwerp ingedeeld waren.

Op een plank stonden boeken van dr. Helgi Peturss, Sigurdur Nordal, Alexander Jóhannesson, vertalingen van *De Ilias en de Odyssee* en romans van Einar H. Kvaran en Gunnar Gunnarsson. Ze las de ruggen vluchtig en haar blik bleef hangen bij een serie publicaties met de titel *IJslandse zakenlui*, die uit drie delen bestond. Ze pakte het eerste boek, dat in 1954 was uitgegeven, en las het namenregister door op zoek naar de naam Kjartan Adalsteinsson.

Die stond in het laatste deel. Te oordelen naar het boek had de familie een paar generaties lang behoord tot de geprivilegieerde klasse, in het begin herenboeren en districtshoofden, maar daarna leek de familie het over een andere boeg gegooid te hebben en werd ze gedomineerd door politici en zakenlui, vooral in de visexportindustrie. Zijn grootvader van vaderskant was een minister van wie Anna nog nooit had gehoord en zijn vader had in Reykjavík en Akureyri een winkel en een groothandel gehad, er werd gezegd dat hij 'onverschrokken zakendeed', zijn connecties met de familie Thors werden genoemd – 'een goede vriend van Richard Thors' – evenals het feit dat hij rijk was geworden met de handel in valuta. Kjartan had een zus, die in het boek niet bij naam werd genoemd, en zij en hun moeder werden als 'huisvrouw' bestempeld.

Er stond dat Kjartan zelf een excellente student was geweest, hij had al vroeg interesse in de natuurwetenschappen getoond en er werd melding gemaakt van de studieloopbaan die ook al uit de diploma's aan de muur bleek, zijn activiteiten binnen de medische wetenschap in het academisch ziekenhuis in Boston, waar hij zijn theorie over 'levensenergie' ontwikkelde, een soort elektrische energie die bij alle levende wezens voorkwam en die bij het reguleren van hun groei kon worden gebruikt en bijvoorbeeld om kanker tegen te gaan. Na een 'plotseling vertrek uit de VS', zoals het in het boek werd genoemd, verhuisde hij terug naar IJsland. In Reykjavík liet hij op het schiereilandje Grandi een onderzoeksinstituut bouwen, maar er scheen een luchtje te zitten aan de vergunning voor de werkzaamheden, niet in de laatste plaats vanwege zijn persoonlijke contacten met een aantal politici; er deden verhalen de ronde dat het bedrijf misbruik maakte van zijn toegang tot de gegevens van het Rijkshospitaal en de medische dossiers van tienduizenden IJslanders, en bovendien onderzoek deed naar individuele patiënten, wat niet volgens 'goed wetenschappelijk gebruik' was. Later ging het bedrijf failliet, de staat nam de schulden over, en in het kielzog daarvan leek Kjartan in nog grotere problemen te zijn geraakt; hij moest voor de rechter in Reykjavík verschijnen omdat hij zich schuldig zou hebben gemaakt aan iets wat in strijd was met de 'goede zeden', en het boek sprak van 'een vrijzinnige houding in de privésfeer', en besloot daarna met de mededeling dat hij een zoon had, die niet bij naam werd genoemd – de moeder van het kind evenmin.

Dat was het. Anna las vluchtig een paar artikelen in het

boek over andere mensen, maar zette het daarna weer terug op de plank. Wat haar het meest intrigeerde, was het stukje over iets wat in strijd was met de goede zeden en de reden waarom Kjartans kind en diens moeder niet bij naam werden genoemd; dat werd wel gedaan bij anderen in het boek. Misschien had dat te maken met de reden dat de man een rokkenjager en een klootzak was geweest – en dan ten minste één buitenechtelijk kind had gekregen – maar dat was niet erg waarschijnlijk. Zulk gedrag was te wijdverbreid om het speciaal te noemen.

En waarom werd zijn zus ook niet bij naam genoemd?

Anna stond op het punt om de kamer te verlaten, toen haar blik viel op een bekend woord op de plank voor haar, hetzelfde als op het papier in de lade van het bureau stond gekrabbeld: 'De hoogvlakte'. Het was de titel van een van de boeken. Anna pakte het vast, probeerde het naar zich toe te trekken, maar dat lukte niet, in plaats daarvan kwam het aan de achterkant omhoog en er klonk een klik achter de plank; daarna kwam de boekenkast met een zacht knarsend geluid van de muur.

15

De man met tentakels op zijn hoofd

Anna deinsde terug, dacht wanhopig dat de kast op de grond zou vallen, maar zag toen dat die openscharnierde.

Magie, dacht ze bij zichzelf, en de kast kwam tot stilstand. Na een tijdje besloot ze om een kijkje te nemen achter de deur die erachter tevoorschijn was gekomen, maar ze zag alleen maar duisternis. Kou en een scherpe, muffe lucht stegen op uit het donker, en de stilte daarbinnen was met spanning geladen, alsof die elk moment kon inslaan, met een knal.

Ze aarzelde in de deuropening, maar pakte toen een kaars die op het bureau stond, stak hem aan en hield hem in het duister. De vlam was recht en flakkerde niet en Anna zag vaag de omtrekken van een bed, een bureautje en een boekenkast. De kamer was niet langer dan een meter of twee, drie en ongeveer even breed.

In de kamer, vlak naast de deur, ontdekte ze een lichtknopje aan de muur. Erboven stond in duidelijke hoofdletters geschreven: KIJK NAAR MIJ. Het knopje zag er doodnormaal uit, dus waar zou ze naar moeten kijken? Naar de bewoner van de kamer? Ze stak haar hand uit om te kijken of er binnen ergens een lamp aan zou gaan, maar op het laatste moment hield ze zich in. Er was hier iets vreemds aan de hand.

Ze keek om zich heen tot ze zeker wist dat er zich niemand in de kamer verborgen hield, liep toen voorzichtig verder naar binnen en bleef bij het bed staan. Er lag een bruine deken op die muf rook. In een reflex tilde ze een hoekje van de deken op, maar liet hem meteen weer los; er kwam een stank vanaf die haar deed kokhalzen en die aan rotte vis deed denken of aan de lichaamsgeur van de dakloze man die ooit in de metro in New York naast haar was komen zitten.

Toen haar ogen aan het donker gewend waren, zag ze dat het aan het hoofdeinde van het bed een beetje grauwer was. Toen ze beter keek, zag ze een raam dat net zo groot was als de ramen in de werkkamer; iemand had de ruit met dikke, pikzwarte verf dichtgeschilderd die het daglicht bijna helemaal tegenhield, op één plekje na, waar een streep in het zwart was gekrast en een straaltje licht de kamer in drong.

Ze hield één oog voor de streep, zag het donkere zand over de vlakte wervelen. Midden in de chaos zag ze nog net een glimp van de schuren, wat haar deed denken aan het oude echtpaar. Hoewel ze nergens waren te bekennen, werd Anna overmand door de angst op heterdaad betrapt te worden. Ze keek om zich heen op zoek naar een voorwerp dat ze mee kon nemen, iets wat de geheimen van dit huis op de zandvlakte kon onthullen.

Vlak bij het bureau hing een ingelijste foto. Anna dacht in eerste instantie dat het er een van de oude vrouw was, maar begon toen te twijfelen. De persoon op de foto was van middelbare leeftijd, met zwart haar en krullen die recht omhoogstonden, alsof degene zich onder water bevond. Anna hield de kaars dichterbij en bedacht zich weer, zag dat dit geen foto was maar een tekening, uitgevoerd in een minutieuze, hyperrealistische stijl, van een man met ogen als spleetjes en een soort armen of tentakels op zijn hoofd.

Op het bureau, dat lager en kleiner was dan dat in de bibliotheek, stond een kaars die tot op de kandelaar was opgebrand en een kistje van geboend hout. Er stond niets op het kistje. Anna maakte snel het slot open – voordat ze zich bedacht – en deed het deksel omhoog, vouwde een zwarte zijden doek open en er kwam een revolver tevoorschijn. Het was geen bijzonder grote, maar hij had een lange loop en hij glansde in het licht van de kaars. Anna stak haar hand uit, raakte de loop aan en voelde er voorzichtig aan. Na een korte aarzeling pakte ze de revolver op, draaide aan het magazijn en zag dat in vier van de zes kamers patronen zaten.

Ze legde de revolver weer weg en bekeek hem terwijl hij op het bureau lag. Ze kon hem niet daar laten liggen, het was een bewijs, niet alleen dat ze helemaal hier in de wildernis waren geweest, maar het bewijs voor iets wat nog niet aan het licht gekomen was. Waarom ontbraken er twee patronen? Was er iemand mee neergeschoten? Ze had een vriend bij de politie die haar kon helpen dit uit te zoeken.

Anna wikkelde de revolver weer in de zijden doek, stak hem in de band van haar broek en deed het kistje op het bureau dicht.

Onderweg naar buiten draaide Anna zich om in de deuropening, liet haar blik door de kamer gaan tot ze bij de muur kwam waarop KIJK NAAR MIJ stond. Ze zag iets over het hoofd. Ze nam de kaars over in haar linkerhand, stak haar rechter uit en zette de schakelaar om. Alles werd verblindend wit, de elektriciteit verspreidde zich via de schakelaar en haar arm over haar hele lichaam. Ze beet haar tanden op elkaar, voelde hoe ze verstijfde, en tegelijkertijd was het net of ze gevoelloos werd. Ergens in de verte hoorde ze de kaars op de grond vallen, ze staarde met opengesperde ogen de kamer in en keek, stond een paar seconden of een eeuwigheid te trillen bij de muur, maar wankelde er toen vandaan.

Ze zette een paar stappen, steunde met haar handen op haar dijen, ging toen op haar knieën zitten en ten slotte op handen en knieën. Alles draaide om haar heen en haar hart klopte snel en onregelmatig. Ze probeerde niet over te geven, slikte het speeksel dat ze in haar mond kreeg door, en schudde met haar handen om er weer leven in te krijgen. Ze werd overspoeld door wanhoop bij de gedachte dat ze op het punt stond te sterven, of al dood was, dat iets haar ingewanden had kapotgemaakt, maar toen verdween de verdoving, haar hart kwam tot bedaren, en ze keek op van de vloer.

De deur vormde een wit kader in de muur. Beneden was iemand binnengekomen en was aan het rondlopen. Anna voelde alles in huis, elke beweging die werd gemaakt en elk geluid dat te horen was. Ze was alleen in het donker met dat wat in het licht verscheen, voelde het dicht bij zich, een wezen onbegrijpelijk koud en zo groot dat Anna in elkaar kromp, ze voelde dat ze niet meer over haar eigen leven beschikte, ze was een nederig schaap ten overstaan van zijn boer; het karakter van het wezen had iets onmiskenbaar wreeds, zonder begrip en empathie, en het was waarschijnlijk niet menselijk, ook al was het in die vorm aan haar verschenen, als *een man met een groot en log hoofd, open mond en priemende ogen; zijn huid was slap en leek hem te groot, alsof die over hem heen was gegooid. Uit zijn hoofd stak een krioelende massa zwarte tentakels die zich naar haar uitstrekten...*

Ze kroop op handen en voeten de kamer uit, het lukte haar de boekenkast achter zich dicht te schoppen en ze duwde er met haar rug tegenaan tot er een klik klonk. Daarna kroop ze de werkkamer uit en verder door de gang, ze voelde hoe de revolver in haar dij prikte, maar kroop door en ging haar kamer binnen, waar ze moest kokhalzen en op de vloer overgaf. Ten slotte hees ze zich in bed, waar ze onmiddellijk in slaap viel, alsof ze uit was gezet.

EGILL

16

'Dacht je dat je van me af was?'

'Een onderaardse gang, zoals gezegd...' zei Egill, terwijl hij eigenlijk van plan was geweest iets heel anders te zeggen, iets over de zandvlakte en het dorp. Ze zaten met z'n drieën tegen de loods aan de rand van het dorp geleund. Hij had veel zin om een heel eind van de plek weg te gaan, maar de zandstorm was te hevig geworden. Vanaf de loods waren nog net de brugpijlers aan de overkant te zien, wat betekende dat het zicht niet meer dan een meter of twintig, dertig was, en het werd steeds minder.

Op de heuvel tussen het dorp en het ravijn had Vigdís nog een hek ontdekt – nog een onderaardse tunnel, als hun theorie over een dam klopte. Het hek zat van binnenuit op slot.

Hrafn zat met zijn ogen dicht, maar Vigdís bestudeerde de kaarten. Ze leek zich zorgen over iets te maken. Als ze het toch eens zou weten. Ze hadden haar niet verteld wat ze in het dorp hadden gezien.

De hitte was zo hevig dat Egill zweette onder zijn overhemd. Het niveau van het water was gestegen, en het ruisen was harder geworden, maar het werd overstemd door het loeien van de wind. Hij pakte de camera, richtte hem op het ravijn, maar verloor zijn interesse, stond op en zei dat hij moest pissen. De andere twee keken niet op.

Hij liep de hoek om, naar de zijkant van de loods, waar het nog wel waaide, maar in elk geval luw genoeg om zijn 'geheime wapen' op te steken dat hij uit zijn borstzakje opdiepte. Tijdens het plassen inhaleerde hij, hield zijn adem even in en blies de rook in een blauwe, kaarsrechte streep uit.

Hij had sterk het gevoel dat al zijn haren overeind gingen staan; als een oude gewonde soldaat had hij ontegenzeglijk een kogel door zijn hoofd horen fluiten, pijn in zijn frontale kwab gekregen, was hij zelfs zijn zelfbeheersing verloren en om zich heen gaan schieten. Ja, nu hij erover nadacht lag zoiets erg voor de hand in zulk zenuwslopend weer.

Hij deed zijn gulp dicht, leunde met zijn rug tegen de muur en rookte door; hij keek toe hoe de zandstorm in kracht afnam en een roodachtige schijn kreeg, hoe de zandkorrels om elkaar heen buitelden en hun geheimen fluisterden over de zon in het middelpunt van de aarde, hoe de tektonische platen als rusteloze draken over elkaar heen schoven. Als hij weer terugging, zou Hrafn hem een onderzoekende blik toewerpen en de tekens zien – en hem benijden, hij zou zelfs nog dieper in zichzelf keren en zichzelf niet meer in de hand hebben. Het was onvermijdelijk.

Na zijn afstuderen werkte Egill op een advocatenbureau midden in het centrum van Reykjavík tot hij genoeg ervaring had opgedaan om voor zichzelf te beginnen. Hij begon samen met twee studiegenoten een eigen firma, huurde een kantoor aan de Sudurgata en begon cliënten te acquireren. Op een van de eerste recepties die ze hielden, liep hij Hrafn tegen het lijf; lange tijd hadden ze elkaar ontlopen, maar Egill had de naam van zijn oude vriend steeds vaker horen noemen als het over de zakenwereld ging.

'Dacht je dat je van me af was?' zei Hrafn en hij stak zijn hand uit. Ze begroetten elkaar en het bleek dat Hrafns broer, ook advocaat, voor de receptie was uitgenodigd, hij was verhinderd en had Hrafn in zijn plaats gestuurd.

Hrafn beweerde dat hij niet wist dat Egill een van de eigenaren van het advocatenbureau was, wat bluf was, dacht

Egill – hoe absurd het ook klonk – maar hij begreep niet waarom Hrafn over zoiets zou liegen. Ze zeiden tegen elkaar dat ze snel weer zouden afspreken, om 'oude herinneringen op te halen', en met het oog op het feit dat Hrafn erg succesvol was, keek Egill er best naar uit, maar hij was niet van plan zelf het initiatief te nemen.

Niet veel later kwamen ze elkaar opnieuw tegen, bij een gelegenheid die ze allebei vreselijk vonden, maar waarvan ze zeiden dat ze er niet onderuit konden – het vrijgezellenfeest van een gemeenschappelijke kennis. 's Avonds belandden ze samen dronken in Vegas, een stripclub aan de Laugavegur, waar Hrafn bekende dat zijn vriendin hem een week daarvoor eruit gegooid had omdat hij haar ontrouw was, en nu zat hij in een hotel, had geen idee hoe het verder moest en had overal spijt van. Hij stelde Egill voor aan zijn kennis als zijn eerste en beste vriend; later die nacht beweerde hij dat hij van hem hield en hem wilde vergeven voor datgene wat 'toen een keer' tussen hen was voorgevallen. Egill wist niet meer wat hij had geantwoord, maar op de een of andere manier belandden ze thuis bij Anna en hem, die op dat moment net bij hem was ingetrokken, en Hrafn viel op de bank in slaap.

De maanden daarop spraken ze altijd alleen af, zonder vriendinnen, normaal gesproken op donderdag, en ze maakten lange wandelingen op Grótta, waar ze met elkaar praatten en sigaren rookten; daarna gingen ze uit eten, trakteerden soms dames op een drankje en belandden uiteindelijk in Rex, waar ze whisky achteroversloegen en laveloos dronken werden.

Gaandeweg lukte het Egill een soort tijdpad te reconstrueren van wat er in Hrafns leven was gebeurd vanaf het moment dat ze het contact met elkaar hadden verbroken. Na zijn eerste afkickbehandeling rond zijn twintigste verliet Hrafn het schimmige drugswereldje, keerde met de staart tussen de benen weer in de schoot van de familie terug en zonk diep weg in hun vangnet, deed mooie beloftes en alles werd hem vergeven – onder een paar voorwaarden. Hij had geen eindexamen gedaan, wat jammer was, maar verre van ongewoon in zijn familie; maar met zijn achtergrond in de cocaïne begreep hij daarentegen beter dan de meeste anderen de grondbeginselen van het nieuwe marktdenken, dat op dat moment opgeld deed in het land. Met hulp van zijn vader kreeg hij de kans om zich op te werken in de visindustrie, hij begon in pak rond te lopen, ontmoette zijn vaders vrienden op recepties, sprak hun zonen, leerde het netwerk van zijn familie kennen, leerde de andere families opnieuw kennen, en daarna ging het allemaal snel.

Toen hij een jaar of zesentwintig was, had hij het grootste deel van de tijd de dagelijkse leiding over een bedrijf dat vele miljoenen per jaar omzette, en ook al was zijn vader in naam nog steeds directeur, hij legde hem over het algemeen geen strobreed in de weg. Zijn oudere broer, Geir, kwam terug naar IJsland na een rechtenstudie in Boston, werd de advocaat van het bedrijf en nam deel aan vergaderingen met politici en bankiers, en maakte de formaliteiten in orde toen hun vader het bedrijf aan de broers overdroeg en meer tijd in Florida ging doorbrengen. Hoewel de broers niet goed met elkaar konden opschieten bloeide de handel en ten slotte bekenden ze kleur en gaven acte de présence op bijeenkomsten van de Kamer van Koophandel, de exportraad, de vereniging van rederijen, de werkgeversbond en de landelijke vergaderingen van de conservatieve Zelfstandigheidspartij – niet dronken, zoals hun vader, hoewel ze niets tegen hadden op rokerige achterkamertjes en Geir zelfs af en toe een glas jus d'orange met een tic dronk – en daarmee voldeden ze aan de belangrijkste eisen die aan IJslandse ondernemers werden gesteld.

Gezien de andere mannen in hun familie was het weinig verrassend, en toch bleef iets in Hrafn waakzaam, hij hield afstand en ging niet helemaal op in zijn werk, zoals hij op een avond tegen Egill zei, een klein jaar nadat ze hun vriendschap weer hadden opgepakt en dronkener dan ooit waren. Hij zei dat hij nooit aan zichzelf had getwijfeld, maar dat hij zich er tegelijkertijd heel goed van bewust was dat hij net zo goed gelukkig had kunnen worden op een ander gebied dan zaken en investeringen. Hij had ergens zijn twijfels bij het geld, verachtte het zelfs, was op een of andere onaardse manier rusteloos, en soms kreeg hij het idee – net als vroeger als ze bij Aegisída zaten te blowen – dat hij kunstenaar had kunnen worden.

'Is het niet gewoon zo dat je jezelf een beetje kwijt bent geraakt?' vroeg Egill plagerig en hij porde hem in zijn rug. 'Moet je niet een keer naar zee om een hengel uit te gooien en een visje te vangen? Met beide benen op de grond komen?'

Maar het was er de tijd niet naar; nooit eerder in de wereldgeschiedenis was het zo voordelig geweest om kapitaal te lenen en het idee om geld te laten werken was Hrafn niet vreemd. Hij wist allang hoeveel zijn vader per jaar alleen al aan rente betaalde, maar het verraste hem hoe hoog de leningen waren die hem tegen weinig onderpand werden geboden. En dat benadrukte misschien wel de uitzonderlijke positie van de IJslanders, die het woord *lán* kennen, dat zowel 'lening' als 'geluk' betekent. Geir en hij begonnen eigendom te verkopen in overleg met een accountant en financieel adviseur die ze in dienst namen en leenden met toekomstige vangstquota als onderpand of liever gezegd, met de schepen die die vis zouden vangen, omdat dat eerste illegaal was. Ze investeerden in IJslandse banken en holdings, in vastgoed in het voormalige Oostblok, in telecombedrijven, communicatie, energie, ze richtten zelf investeringsbedrijven op en zagen langzaam de contouren verschijnen van iets wat ze op dat moment niet helemaal begrepen, maar wat maakte dat het nieuwe marktdenken eruitzag als een broodrooster naast een stealthvliegtuig. Alleen maar door geld van de ene plek naar de andere te verplaatsen, van de ene rekening naar de andere, van het ene aandeel naar het andere, leerden ze hun waarde te laten stijgen; het was alsof ze een gelddeeg kneedden, het lieten staan en toekeken hoe het begon te rijzen, wat goed ging zolang niemand met de deuren smeet.

In die periode werd Egill zelf ook rijk, maar hoeveel hij ook had, Hrafn leek altijd het tienvoudige te bezitten; hij beweerde dat hij bijna verzoop in het geld, hij wist niet meer hoeveel rekeningen hij had, droomde van gouden bergen, droomde dat hij Jóakim heette, een rode muts met robijnen had en diamanten dieren voor zijn wagen spande. Maar op een dag hield hij erover op, tenzij Egill hem met vragen ertoe aanzette. Plotseling was hij niet langer geïnteresseerd in geld, hij zei dat hij een vrouw had leren kennen die nog even anoniem moest blijven, maar ze was zijn grote liefde. Op een donderdagavond meldde hij dat hij weer naar de afkickkliniek ging – na overleg met zijn geheime vriendin.

'Ik ben alcoholist, een onverbeterlijke zuiplap,' zei hij met dikke tong bij een cocktail in 101 Hotel, net terug van een receptie op de Canadese ambassade. Hij zei dat hij dronken wakker was geworden, niet meer wist hoeveel aandelen hij die ochtend in New York had gekocht en verkocht, waarschijnlijk was het beter geweest als hij in plaats daarvan weer was gaan slapen. 'Vertrouw me nooit. Vertrouw mij... nóóit,' voegde hij eraan toe en hij zei dat hij in Zweden ging afkicken.

Toen Hrafn terugkwam, was hij een compleet ander mens. Hij kreeg wat met Vigdís en Egill dacht te begrijpen dat zij die ene geheime vriendin was. Grótta en Rex waren niet meer aan de orde, maar omdat Egill nog steeds met hem wilde afspreken, zijn vriend eigenlijk harder dan ooit nodig had, stelde hij voor om bergwandelingen te gaan maken. Hrafn ging daarmee akkoord. Ze wandelden op de Esja, namen hun vriendinnen mee, en op een van die wandelingen werd het idee geboren om een trip naar de hoogvlakte te maken. Een bedrijf waar Hrafn aandeelhouder van was, leasete echte jeeps met vierwielaandrijving en hij stelde voor dat ze allemaal samen naar de hoogvlakte zouden gaan. Ze konden proviand, een tent en slaapzakken meenemen, een beetje relaxen en op krachten komen na een winter die voor hen allemaal zwaar was geweest.

Egills eerste impuls was te zeggen dat hij iets anders te doen had; hij stond aarzelend tegenover de gedachte dat Anna en Hrafn elkaar te goed leerden kennen en bovendien vond hij het tijdstip slecht gekozen. Alles in zijn leven had plotseling een wending genomen, niet in de laatste plaats de band tussen Hrafn en hem. Niet lang daarvoor had hij Hrafn om een lening gevraagd die hem moest redden, een paar instanties moest tegenhouden die wat dingen aan het onderzoeken waren, en die hem tenminste tijdelijk van de rand van de afgrond weghield. Toen Hrafn weigerde, dacht Egill dat zijn vermoedens, die steeds sterker waren geworden na Hrafns afkickbehandeling, bewaarheid werden: hij was alles kwijt. Het stond er voor hen allebei slecht voor, maar Hrafn was beter in mooi weer spelen. Het kon ook zo zijn dat Hrafn genoeg geld had, maar slechts in één ding geïnteresseerd was: wraak.

Anna stond erop dat ze gingen. Ze zei dat ze er genoeg van had dat ze zich afzonderden, genoeg had van de jaloezie op Hrafn en al die anderen die niet platzak waren, genoeg van de zelfdestructie, de zwaarmoedigheid, het drinken, en Egill kreeg steeds sterker het gevoel dat alles onvermijdelijk was. Een maand later reden ze de hoofdstad uit, maar deze reis had nooit mogen plaatsvinden, en dat wisten ze allemaal.

17

Hij verkruimelde de joint tussen zijn vingers en zag de gloed over het zand wegblazen. Het wervelende zand was weer donkerder geworden, maar de rode kleur en de zachtheid zaten nog in hem, het kloppen van zijn hart was zwaar maar niet te snel.

Terwijl hij langs de kleine deur van de loods liep – de deur die voor mensen bedoeld was – had hij het gevoel alsof er iets was veranderd. Hij stond er lang voor, duwde ertegen en zag de ketting uit de spleet glijden en op de grond vallen. Als hij zich niet vergiste.

Hij liep terug naar Hrafn en Vigdís, had zich voorgenomen niets te zeggen, maar deed onmiddellijk zijn mond open. 'De loods is open,' zei hij en hij verzekerde hun dat hij zich niet vergiste. Ze stonden op en liepen achter hem aan naar de deur. Die was open. Hrafn had nauwelijks oog voor de deur, maar boog zich over de ketting die in het zand lag.

'Wat heb je gedaan?' vroeg hij en hij keek naar het hangslot, dat vastzat aan het ene eind van de ketting en niet ook aan het andere, zoals ze eerder die dag gezien dachten te hebben. 'Zo zag het er niet uit, ik heb straks naar die ketting gekeken. Ik weet zeker dat het zo niet zat.' Egill haalde zijn schouders op en zei dat hij nergens van wist.

Vigdís ging de loods in en Egill liep achter haar aan.

'Mogen we hier wel zijn?' vroeg ze en Egill hoorde zichzelf zeggen wat hij op dit moment verstandig vond – hoezeer dat ook tegen zijn fundamentele levensovertuiging inging – dat privé-eigendom op deze plek een beetje belachelijk was, of in elk geval onrealistisch. Als iemand in nood rondzwierf en bij een gebouw als dit aankwam, zou hij zich natuurlijk nergens door laten tegenhouden om binnen te komen; het alternatief was immers om voor de deur dood te vriezen, wat storender zou zijn voor de eigenaren dan de schade na een inbraak. De mening verraste hem, er schemerde als het ware iets menselijks doorheen, wat hem een glimlach ontlokte.

Het was donker in de loods, maar helemaal boven in een van de wanden zat een raam waar een streepje licht doorheen kwam. Bovenin zag je nog net de contouren van zware balken, maar het plafond zelf was niet te zien. De vloer werd door zand gevormd, hetzelfde dat buiten rondwervelde. Egill ging midden in de loods staan en vond het er leeg uitzien, hij was tenminste nergens over gestruikeld en had niet zijn hoofd gestoten tegen een vliegtuig of een tractor of een honderd voet lange, donkere speedboot. Hij gniffelde zachtjes.

Dankzij Hrafns voortvarendheid bleek dat de grote poort van de loods ook open was, en daar was het precies zoals net: het hangslot zat maar aan één uiteinde van de ketting vast. Ze maakten de poort met vereende krachten open en daardoor viel er meer licht naar binnen, ook al was het langs de muren nog steeds donker. Ze verzekerden zich ervan dat de loods leeg was en dat er verder niemand anders was, gingen in de deuropening zitten wachten tot de wind ging liggen. Het was al veel te laat om de Askja nog voor het vallen van de avond te bereiken, en ze hadden besloten om de tocht tot de volgende dag uit te stellen.

'De storm gaat vast zo liggen,' zei Egill. Hij schopte zijn schoenen uit en masseerde zijn tenen. 'Op z'n laatst vanavond, denk je niet? De wind gaat meestal tegen de avond liggen.'

‘Ja,’ zei Vigdís. ‘En zo niet, dan zouden we met behulp van een kompas en een horloge de weg naar het huis terug moeten kunnen vinden. Ik ben niet van plan om vannacht hier te blijven, wat er ook gebeurt.’ Ze pakte de handfakkels uit haar rugzak, en Egill en zij vroegen zich af hoe ze werkten.

Hrafn liep bij hen vandaan en ging in de schaduw bij de muur liggen. Hij mompelde iets van dat hij ging slapen en leek chagrijnig.

Vigdís haalde haar proviand tevoorschijn en begon wat te eten. Egill vond het ongemakkelijk om zo dicht bij haar te zitten, omringd door het gehuil van de wind dat als het ware nabijheid vereiste. Hij vroeg zich af, niet voor het eerst, hoe Vigdís in bed was; iets meer beheerst dan Anna, dat vlindertje, met borsten, zware borsten, zoals iemand het had uitgedrukt, en ze huilde vast soms van geilheid, jammerde diep en duidelijk, onder gesnik, het spoot zelfs uit haar als ze klaarkwam – ze squirtte.

Hij kon zich niet herinneren wanneer squirten voor het eerst een item werd; meestal was het zo met pornogenres op internet dat hij ze pas opmerkte als hij er genoeg van kreeg. Misschien werkte dat bij iedereen wel zo en ongetwijfeld zei dat iets over je libido. Squirten had iets charmants. Hij kon zich herinneren dat hij er voor het eerst over gelezen had toen hij een jaar of twintig was, in een Britse erotische roman uit de achttiende eeuw – in *Fanny Hill, A Woman of Pleasure*, en op een gegeven moment was hij in dronken toestand met een vrouw naar bed gegaan die zo spoot. Voor die tijd had hij niet gedacht dat het fysiek mogelijk was, en hij kon het er niet met anderen over hebben. Hij las de roman *Het taboe* van Sigrún Davídsdóttir, de correspondent van de IJslandse publieke omroep in Londen, die ging over een jonge IJslandse fotograaf in New York, die verliefd wordt op een oudere vrouw, een weduwe, ook IJslands. Normaal gesproken hield Egill zich niet bezig met hedendaagse IJslandse literatuur en hij wist niet meer hoe hij aan het boek kwam, maar de hoofdpersoon squirtte, of 'spoot', zoals het in het boek heette. Hij begreep niet waar het vocht vandaan kwam – was het iets wat zich in de eierstokken verzamelde? Wat vervolgens bij een orgasme via de baarmoederhals door de vagina naar buiten spoot? Zat er daar een blaasje waar de medische wetenschap over zweeg of dat ze zelfs nog niet ontdekt had, een nog onontgonnen shangri-la dat zich onder alle dagelijkse omstandigheden verborgen hield, maar dat zich op het hoogtepunt van het genot nadrukkelijk openbaarde?

Vigdís was klaar met eten, legde haar proviand neer en zei dat ze even 'wilde gaan liggen'. Ze leunde met haar rug tegen de deurpost, deed haar ogen dicht, maar de bovenste knoopjes van haar blouse waren open, zodat je een glimp van een schaduw tussen haar borsten zag. Op haar voorhoofd en haar borst glansden zweetdruppels.

Egill stond snel op, ging naar buiten en liet zijn blik over de omgeving van de loods gaan, naar de heuvel die het dorp 's winters tegen de koude noordenwind beschermde en naar de brug, die soms tussen het wervelende zand door schemerde. Het viel hem op dat er aan deze kant van het ravijn geen bordje was opgehangen, niets wat waarschuwde voor levensgevaar. Waarom niet?

En wie had die piramides van dierenbotten gebouwd? Die vraag was gemakkelijk te beantwoorden: dezelfde mensen die de ganzen, zwanen en rendieren, de muizen, sperwers en ratten hadden gedood, of waar die botten dan ook van waren. De vogelvrijverklaarden. Nadat ze de dieren hadden gedood beenden ze ze uit, ze stapelden hun botten op tot piramides, op dezelfde manier als je houtskool op een barbecue legt – vogelvrijverklaarden gingen niet naar de bewoonde wereld om houtskool te halen – en konden zo het vlees bakken.

Vlees bakken met behulp van de botten?

Hij rilde. Hij hield er niet van om dat te doen, maar hij deed het toch. Toen hij naar beneden keek, zag hij dat hij op blote voeten was, hij liep de loods weer in en haalde de camera uit de rugzak.

'Eens even kijken,' mompelde hij en hij glimlachte, drukte op het opnameknopje en dacht bij zichzelf dat dit misschien, heel misschien, ooit interessant zou kunnen zijn, als alles voorbij was en alleen nog een boze droom leek.

Hij liep zo ver mogelijk de loods in, leunde met zijn rug tegen de muur en voelde hoe high hij nog was van de joint. Hij richtte de camera op de deuropening, waar zich een donker silhouet aftekende: Vigdís.

'Ik sta in een loods aan de noordzijde van Vatnajökull,' zei hij in het apparaat, 'een van de meest mensonvriendelijke en onvruchtbare gebieden van de wereld. En inderdaad, anders dan alle andere. We kennen allemaal bijvoeglijke naamwoorden als zuur, dat soms wordt gebruikt voor traditioneel geconserveerd vlees of voor hoerenkasten waar iedereen al een tijd niet meer heeft gedoucht, maar waarom zou je altijd met een bochtje om de andere kant van de pH-schaal heen lopen? De IJslandse natuur is basisch, alsof je het schoonmaakmiddel Grettir Sterki naar binnen giet...' Hij zag iets over de grond aan komen rennen dat vlak bij hem bleef staan. Een muisje. Het snuffelde wantrouwig in zijn richting.

Hij zwenkte de camera van Vigdís naar de muis en zoomde erop in. 'Maar ondanks alles hebben we hier een muisje...' ging hij verder, maar hij kon geen goede clou bedenken, er klonk een soort naïeve verwondering door in zijn stem, waar hij zich voor schaamde.

De muis schoot weg en Egill liep weer naar de deuropening, waar Vigdís haar plan om te gaan slapen had laten varen en in *De flora van IJsland* zat te bladeren.

'En daar zit de vrouw die niet kan slapen. Wat zou je zeggen van een kort interview dat de mensen later kunnen terugkijken? Zeg eens, Vigdís, hoe combineer jij jouw baan als therapeut met het lidmaatschap van de Vereniging Vrienden der Natuur, die omstreden is vanwege het feit dat de leden naakt over de hoogvlakte trekken en 's avonds behoorlijk losgaan?'

Vigdís keek op van haar boek. 'We zijn natuurlijk allemaal goede vrienden van elkaar.' Ze lachte. 'Hier in de woestijn zijn we vrij en lopen we met ontbloot bovenlichaam. We kunnen hier allemaal zijn zoals het ooit bedoeld was, vrij en ongeremd.'

'Ik hoor enig sarcasme in de stem van de therapeut, en zelfs onderdrukte woede jegens de natuur. Verrassend, aangezien onderdrukking haaks staat op de ideeën van de Vrienden der Natuur, toch?' Ze gniffelden en het verraste hem dat ze in zo'n goed humeur was, ze flirtte bijna. Misschien kwam het door de camera.

'Zeg eens, ik vraag me soms af wat er mis is met dit land. Wat denk jij, wat is er aan de hand?'

'Ik weet het niet.' Ze deed haar boek dicht en dacht na. 'Ik las ooit cijfers waaruit bleek hoeveel IJslandse vrouwen per jaar op de spoedeisende hulp belanden als gevolg van verkrachting; ongeveer honderdvijftig, in een land met maar ruim driehonderdduizend inwoners. Dat is naar verhouding ongeveer drie keer zoveel als in de andere Scandinavische landen. En Reykjavík stond op de derde plaats in een onderzoek van de VN naar zinloos geweld in steden overal ter wereld – na twee havensteden in de derde wereld.'

'Ik begrijp het. Ik heb daar zelfs een theorie over, waarom deze samenleving zo verrot is, waarom vrouwen hier net zo goed als in elke willekeurige criminele havenstad worden verkracht zonder dat er een haan naar kraait, politici niet en de media ook niet. Wil je weten waarom?' Vigdís knikte. 'Ik heb het ook nooit begrepen, pas toen ik een keer 's nachts buiten liep. Als je in het weekend 's nachts over de Laugavegur loopt, zie je de oorzaak van alles wat er in IJsland gaande is: dronkenschap. Ga eens op een zaterdagnacht om drie uur op de hoek van de Laugavegur en de Skólaverdurstígur staan en kijk om je heen: het lijkt wel een dierentuin waarin alle hokken zijn opengegaan en de dieren een klap op hun achterste hebben gekregen om ze eruit te jagen om rotzooi uit te gaan halen – ze hebben geen idee wat, maar ze kijken alsof ze daar vast en zeker binnenkort achter gaan komen.'

'Ik ben er zelf bij geweest,' zei ze en ze lachte haar glanzend witte, rechte tanden bloot. 'Wat deed je daar, was je gewoon een wandeling aan het maken?'

'Ik heb in elk geval niemand verkracht! In alle geciviliseerde samenlevingen zou de situatie als een rel zijn gedefinieerd, met politie op alle straathoeken, de straten zouden met waterkanonnen en traangas worden schoongeveegd. Het IJslandse volk wordt van bovenaf bestuurd door zuiplappen, in de publieke sector, bij de banken, in de politiek, de medewerkers van de benzinestations hebben een kater of staan ongetwijfeld op het punt om te gaan zuipen, de caissière bij de supermarkt, de klantenservicemedewerker, je advocaat, die jongen bij de bouwmarkt, die vent van de worstenkraam, het meisje van de boekhandel, iedereen is dronken of staat op het punt dat te worden. Wie het niet is, maakt plannen om de wereld te veroveren, kletst uit zijn nek, of hij nou links of rechts is. En dan zijn er nog een stuk of twee, drie, die in een stille voorstad wonen en het rustig aan doen, een beetje knutselen, stenen verven en zo. En die nooit iets te zeggen zullen hebben in deze samenleving.'

Vigdís lachte en vroeg of hij het over zichzelf had. 'Weet je wat het verschil is tussen mannen en vrouwen?' voegde ze eraan toe. 'Als een man een glas op de grond laat vallen, vloekt hij op het glas, als een vrouw dat doet, vloekt ze op zichzelf.'

'Precies, *go figure*,' zei Egill. Er klonk wat lawaai in de loods en even later kwam Hrafn uit het donker tevoorschijn.

Egill zwenkte de camera, overwoog hem uit te zetten, maar richtte hem toen op Hrafn.

'Hallo,' zei Vigdís.

Hrafn gaf geen antwoord, liep naar hen toe en keek naar de zandstorm. 'Moeten we niet eens haast gaan maken?' vroeg hij en hij haalde een pakje sigaretten tevoorschijn.

'Er is niet genoeg zicht,' zei Vigdís. 'Zoals je vast zelf ook wel ziet... Heb je lekker geslapen?'

Hrafn schudde zijn hoofd, schopte tegen de rugzak waar Vigdís de handfakkels in had gedaan. 'Ik kon niet slapen.' Hij stak een sigaret op en Egill zoomde op hem in, zonder dat hij wist waarom, misschien had hij gewoon zin om hem te irriteren. 'Rot op met die klotecamera,' zei Hrafn zonder hem aan te kijken.

'Niet zo onaardig, Hrafn,' zei Vigdís en Egill richtte de camera op haar. 'Voel je je niet goed?'

'Ik voel me prima, dank je. Moeten we niet een van die handfakkels uitproberen om te zien hoe ze werken? Dat is goed om te weten,' zei hij en hij probeerde zich zichtbaar in te houden. Maar die oude woede zat er nog steeds, precies zoals Egill altijd al had geweten – alleen wat beter gecamoufleerd na te zijn ingedamd door een stappenplan, een hogere macht, of wat het dan ook was.

'Om te kijken of die oude vrouw ons komt redden?' vroeg Egill en Vigdís lachte. Ze had blijkbaar besloten zijn kant te kiezen.

'Jezus, wat zijn jullie een triest stel,' zei Hrafn. 'Ik wil in ieder geval iets doen, en niet hier naar de lucht zitten turen. Ik wil teruglopen...'

'Nou, dan ga je toch lekker,' zei Vigdís en ze werd boos. Ze stond op. 'Wij komen niet meteen achter je aan! Of dacht je soms dat we meteen met je meerennen nadat je net hebt lopen snauwen dat we zo triest zijn? Wat had je dan verwacht?'

'Jij noemt mij onaardig. Ik kon niet slapen. Het is vervelend om naar jullie te liggen luisteren. Jullie lachen de hele tijd, jullie zijn net kinderen die doen alsof ze dronken zijn.'

Egill keek van de een naar de ander, maar hield de camera stil. Hun woorden echoden zacht tegen het dak van de loods.

'Hebben we het hier niet over gehad voordat we op reis gingen?' vroeg Vigdís. 'Je bent zelf geïrriteerd en je probeert ons daar de schuld van te geven. Je bent een volwassen vent, hou eens op met je als een kind te gedragen!'

Hrafn liep een stukje verder de loods in, klemde zijn tanden op elkaar en kwam toen terugstormen. 'Hoezo gedraag ík me als een kind? Ik ben niet degene die recht voor je neus met jouw vriendin zit te flirten! Zo gaat het de hele reis al! Wat had je dan verwacht, waar denken jullie dat ik mee bezig ben?'

'Lieverd...' begon Vigdís, maar ze hield op toen Hrafn haar onderbrak.

'Ik ben moe, ik weet het. Ik weet niet meer of ik het me inbeeld, maar ik geloof van niet. Tenminste niet als het om jou gaat, zoals je naar haar kijkt.' Hij richtte zich tot Egill. 'Waarom kijk je zo naar haar? Denk je soms dat ik dat niet merk? Ben je zo suf geworden van al dat zelfmedelijden, van al die zorgen om je onbeduidende leventje...'

'Waar heb je het over?' vroeg Egill en hij liet de camera zakken, maar Hrafn rukte hem uit zijn handen en smeet hem door de deuropening, waar hij geruisloos in de zandstorm verdween.

'En hou op met over mijn vrouw te praten alsof je iets met haar wilt beginnen. Alsof alleen jij haar kunt waarderen, alsof jij haar verdient en ik niet! Hou op met haar te besnuffelen en om haar te janken als om de moeder die je nooit had, hou op met misbruik te maken van alles wat op je pad komt...'

'Ik heb echt geen idee waar je het nu over hebt, kerel.' Egill stak zijn handen in de lucht alsof hij het opgaf, en moest tegelijk denken aan die muis en zijn veilige holletje.

'Je weet best waar ik het over heb. Maar het is wel typisch dat je doet alsof je van niks weet. Of liever gezegd: dat het je niet interesseert. Je vindt jezelf zo zielig dat je niet begrijpt dat anderen ook kunnen lijden of problemen kunnen hebben...'

'Natuurlijk interesseert dat me wel! Als je dat niet weet, dan ken je me niet goed genoeg. Het spijt me wat er toen met dat meisje is gebeurd. Ik heb je al om vergeving gevraagd. Het spijt me als ik iets gedaan heb, of hoe zeg je dat: dat ik te veel met je vriendin heb gepraat? Wat wil je dat ik doe?'

'Waar hebben jullie het over?' vroeg Vigdís en ze keek van de een naar de ander.

'Te veel met mijn vriendin gepraat?' zei Hrafn ironisch en hij bleef zijn blik strak op Egill gericht houden. 'Wanneer heb ik dat gezegd? Je begrijpt er niks van, je bent niet in staat om met andere mensen te communiceren. Je dwaalt een week lang in de vrije natuur rond, half jankend omdat je in een dipje zit, en kaffert iedereen om je heen uit, of je zweeft totaal zelfingenomen hoog boven iedereen uit...'

'Je hebt hier blijkbaar een duidelijke mening over. Maar ik zal je één ding vertellen dat ik nooit heb gedaan – ik heb nooit zoiets gemeens over iemand gezegd als jij nu over mij. Nooit. Niet erg fraai zoals je nu praat over de man die je oudste vriend is, maar blijkbaar niet je beste...'

'Och, och,' zei Hrafn smalend. 'Arme jongen, iedereen spreekt kwaad over je. Wie was degene die zijn vrienden uitschold en vervolgens onder een lantaarnpaal in slaap viel? Wie gedroeg zich als een idioot gisteren tijdens het avondeten? En de dag daarvoor, en de dag dáárvoor? Was dat niet onze lieve Egill?'

'Je zit ernaast, Hrafn, je zit er helemaal naast,' begon Egill en hij voelde dat zijn gezicht vertrok van woede, als een masker, en dat een vuur eruit wilde ontsnappen en zich in zijn vuisten wilde nestelen.

'En wat heb je vannacht uitgespookt; waar is de fotocamera, Egill? Heb je die in de auto gevonden toen je daarheen ging om dood te gaan? Heb je misschien een foto van haar gemaakt, wilde je iets bemachtigen waarvan je wist dat je het alleen zou kunnen krijgen als je het zou stelen?'

'Ik weet niks van die foto. Dat is onzin en dat weet je best...'

'Waarom probeerde je hem dan te verbergen?'

'Om rekening te houden met jou! En omdat ik wist dat je me niet zou geloven.'

'Je liegt. Wie moet het anders hebben gedaan? Er is niemand anders zoals jij hier,' zei Hrafn en hij prikte Egill hard met een vinger in zijn borstkas, één keer, twee keer. 'De enige miezerige eikel ben jij. Je bent een miezerige eikel, Egill, en dat ben je altijd geweest...'

'Je bent zelf anders ook geen lieverdje,' zei Egill en hij zette een stap bij hem vandaan, voelde dat zijn woede was afgezwakt tot apathie, zijn spieren voelden zwaar en zijn huid was als het ware dik en vochtig. 'Ik ben niet degene die de auto in puin heeft gereden. En als we het dan toch over gisteren hebben, volgens mij was ik niet de enige die zijn zelfbeheersing verloor. Hoeveel wiet heb jij gerookt? Je klinkt in ieder geval fucking gestoord. En dan zeg je ook nog dat ík mijn vrienden slecht behandel, ik bied tenminste mijn excuses aan als ik me heb misdragen! *En ik lieg niet tegen mijn vriendin.*'

'Volgens mij moeten jullie even dimmen,' zei Vigdís en haar stem klonk alsof ze heel ver weg was.

'Hou je kop, lafaard,' brulde Hrafn en hij greep Egill bij de keel, verkreukelde de kraag van zijn overhemd. 'Dat zeg je gewoon niet, zo mag je niet tegen me praten waar zij bij is, laffe klootzak...'

Egill greep Hrafns handen vast, krabde en klauwde ernaar, maar het was net of hij met elke beweging die hij maakte apathischer werd. Vigdís probeerde zich ertussen te wringen, hij rook haar geur, licht en vrouwelijk, hij zag hoe Hrafns mond bewoog, zijn woorden klonken schel en tegelijkertijd bulderend, en alles werd licht en glanzend. Hij moest ervoor zorgen dat hij een betere conditie kreeg, dacht hij, hij had het de laatste tijd laten versloffen, zijn lichaam was op...

Toen liet Hrafn los. Egill kokhalsde, haalde reutelend adem en hij hoorde weer iets, een echo van het dak, de wind. Vigdís hield hem bij zijn schouders vast en vroeg hoe het met hem ging. Hij rechtte zijn rug en lachte. Hij lachte meestal als alles in het honderd liep, hij kon zich niet herinneren dat hij ooit om een andere reden had gelachen, in elk geval niet zo hartelijk als nu, vanuit zijn buik. Hij keek Hrafn na, die de loods uit liep, door de grote poort die niet voor mensen bedoeld was. Vigdís riep hem iets na, richtte zich toen tot Egill en vroeg of hij even alleen kon blijven. Hij antwoordde van wel en keek haar na terwijl ze het wervelende zand in liep, in de richting van de brug.

Egill liet zich op de grond vallen, stak een sigaret op en werd overmand door een diepe en hartgrondige afschuw omdat hij was zoals hij was, hij zat vast in de rol die hij niet meer begreep en waarmee hij niets meer te maken had. Maar had het allemaal niet ook iets edels, iets onverschrokkens, iets Vikingachtigs? Om aan elkaar vast te zitten, met al je zwakheden, te veel van elkaar te weten om te kunnen roddelen, te veel te verliezen te hebben? Tot voor kort, tenminste.

Hij ging op zijn rug liggen, deed zijn ogen dicht en hoorde het lawaai van een onvoorstelbaar groot gevaarte dat over de zandvlakte dwaalde, hen in de gaten hield en afwachtte.

VIGDÍS

18

De Minotaurus

Ze liep heel voorzichtig over de brug met de wind in haar rug, maar daarna rende ze het wervelende zand in. Een meter of twintig, dertig voor haar, waar het vliegende zand een zwarte muur vormde, zag ze nog net een glimp van Hrafn. Soms ging hij op in de muur, dan weer bevond hij zich er half in.

‘Hrafn! Wacht!’ Het zand gierde om haar oren en vloog en zweefde overal om haar heen. Ze kwam snel dichterbij, maar zelfs op maar een paar meter afstand leek Hrafn haar niet te horen, en hij werd ook niet duidelijker zichtbaar.

Ze rende het laatste stuk, stak haar hand uit en wilde hem net aanraken toen hij oploste en verdween. ‘Verdorie,’ mompelde ze en ze bleef staan en greep naar haar hoofd, alsof ze wilde nagaan of ze er zelf eigenlijk wel was. Na even te hebben nagedacht besloot ze om niet terug te gaan naar de loods, ook al zou dat relatief gemakkelijk zijn: als ze recht tegen de wind in liep, kwam ze terug bij het ravijn, en het was dan maar een paar minuten lopen naar de brug, en daarna zou ze weer terug bij de loods zijn. Maar ze wilde daar niet alleen met Egill zijn.

Ze pakte een zonnebril uit haar rugzak, en knoopte haar sjaal strakker voor haar mond en neus. Zonder zonnebril prikte het zand zo in haar ogen dat ze maar een paar meter zicht had.

Van het huis naar het ravijn was het ongeveer een halfuur

lopen, afgaand op wat ze eerder die dag had gezien; door de tijd te nemen voor de wandeling en in noordoostelijke richting te lopen zou ze het huis moeten kunnen vinden, en met een beetje geluk zou ze onderweg Hrafn tegenkomen – om hem vervolgens uit te schelden of hem te redden, daar was ze nog niet over uit.

Ze ging op weg, vond een ritme en probeerde niet na te denken. Het zand kroop in de boord van haar hals, in haar mouwen en broekspijpen, en schaafde haar dijen, die nog rood zagen van die poging om naar het toilet te gaan van de dag daarvoor.

Flarden van de ruzie tolden rond in haar hoofd. Als Hrafn had geblowd was hij weer gezwicht, wat voor haar niet echt als een verrassing kwam na al dat gedoe thuis de laatste maanden. Wat Egill zei over 'dat meisje' ging waarschijnlijk over iets wat er was gebeurd toen die twee nog jong waren. Hrafn had het een keer met haar over zijn eerste liefde gehad, een meisje met wie hij verkering had toen hij een jaar of zeventien, achttien was. Bij de mannen die ze in haar praktijk zag, was het niet ongebruikelijk dat de eerste liefde fungeerde als een schoothondje dat ze konden voeren met de fouten van hun huidige partner, waardoor ze heel erg medelijden met zichzelf hadden en voelden hoe de nostalgie met haar staart kwispelde, gekwetst maar lieflijk jankte; hoe het meisje steeds onschuldiger werd, hun liefde smettelozer en mooier en hoe die steeds mythischer vormen aannam. En het lot van de partner, in dit geval Vigdís, was dat van de reproductie: niet noodzakelijkerwijs slecht, maar minder betekenisvol, aardser, moederlijker. Hrafn liet doorschemeren dat hun relatie niet serieus was geweest, maar op een gegeven moment was die voorbij, volgens hem omdat hij niet met haar naar bed kon, zijn schaamte probeerde weg te nemen door meer drugs te gebruiken en te vergeten hoe ze heette. Maar hij had nooit verteld wat Egills rol in het verhaal was.

Er kwam iets uit de wervelstorm tevoorschijn, iets grijs en gestroomlijnds. Toen Vigdís dichterbij kwam zag ze dat het een auto was. Ze voelde zich opgelucht dat ze iets had om naar te kijken wat niet de hele tijd bewoog. Ze liet haar vingers over de carrosserie glijden, waar geen lak meer op zat, gezandstraald metaal, maar de vorm was herkenbaar. Alle ruiten leken heel.

Ze keek door het raampje aan de bestuurderskant naar binnen, maar zag niets bijzonders. Ze maakte het portier open en liet zich snel naar binnen glijden, zodat de auto niet vol zand zou waaien, en trok het portier dicht. Ze was moe na de wandeling en haar ademhaling was duidelijk te horen in de stille auto. Ze haalde haar zonnebril van haar neus en deed haar sjaal af, knoopte haar blouse open en veegde het meeste zand van zich af. Uit gewoonte keek ze om zich heen op zoek naar een spiegel, maar de houder waarin de achteruitkijkspiegel hoorde te zitten was leeg, en de zijspiegels ontbraken ook, aan allebei de kanten van de auto.

Ze stak een sigaret op, maakte het handschoenenvakje open zodat ze zich niet meer hoefde af te vragen of er iets in zat. Het was leeg, op een onderhoudsboekje na waar niets in stond. De wind kwam van voren en wiegde de auto zachtjes. Het zicht was net zo slecht als eerst, maar als je recht in de wind keek zag je de zandkorrels niet meer, alleen de sporen ervan. Als ze haar mond bewoog knarste het zand tussen haar tanden. Ze rookte de sigaret op tot aan de filter en legde de peuk toen op het dashboard. Er stond vijftienduizend kilometer op de teller van de auto, wat niet zoveel was. Te weinig om hem daar op de zandvlakte te laten staan, toch?

Het meeste wat ze van Hrafn wist, van zijn gemoedsleven, kreeg ze meteen tijdens de eerste maanden van hun relatie te horen, toen hij nog bij haar in behandeling was. Hij zei dat hij alcoholist was, recentelijk weer met drinken was begonnen en niet kon slapen; de alcohol maakte alles in zijn leven erger, maar er zat meer achter, ergens diep vanbinnen voelde hij een soort misselijkheid of chaos, een gevoel dat hij al lange tijd had en waarvan hij vermoedde dat het was terug te voeren op een herinnering, iets wat lang geleden was gebeurd, maar waar hij de vinger niet achter wist te krijgen.

'En het kan gevaarlijk zijn om dat in je eentje te doen,' opperde Vigdís, en ze begonnen elkaar elke week te zien. Vanaf dat moment beschreef hij haar zijn leven: hoe hij als kind gewelddadige woedeaanvallen kreeg en afstandsbedieningen tegen de muur smeet, elektrische apparaten kapotsloeg, boeken aan flarden scheurde, zijspiegels van auto's schopte, en toen hij drugs was gaan verkopen, mishandelde hij mensen soms zwaar, hij gooide een bierglas stuk in het gezicht van een kerel, waardoor hij onherkenbaar werd; trapte mensen in hun gezicht, brak ze hun benen, sloeg en stak ze neer. In de loop der jaren was hij rustiger geworden, maar hij vermoedde dat hij alleen beter was geworden in het op zichzelf richten van de woede, of het verbergen ervan. Soms barstte hij uit in verbitterde politieke tirades over de incompetente IJslandse elite, het graaigedrag en de immoraliteit – niet gewoon het oude liedje, maar iets wat volgens hem van een vernietigende omvang was, en soms zei hij dat hij daar ook allemaal aan meedeed, de woede over en de schaamte voor zijn eigen werk liepen in elkaar over.

Hij leek weerzin te voelen tegen kleine ruimtes, en op haar divan klaagde hij vaak dat hij zich opgesloten voelde, ging dan rechtop zitten en trok zonder waarschuwing vooraf zijn stropdas los; één keer smeet hij hem op de grond en trok het bovenste knoopje van zijn overhemd. Na een maand kreeg hij een heftige ervaring toen hij zich herinnerde dat hij lange tijd in bed had geplast, dat was begonnen vlak na zijn elfde verjaardag; hij herinnerde zich de schaamte en hoe hij midden in de nacht wakker werd, het beddengoed afhaalde en naar het washok bracht, en de woede van zijn vader toen die het ontdekte, een opvallend heftige woede, die hij met het bedplassen associeerde, maar dat wist hij niet zeker.

Vigdís was ervan overtuigd dat ze in de goede richting zaten en dat Hrafn waarschijnlijk gelijk had: er zat iets diep binnen in hem verstopt, daar verspreidde het zijn gif en de grootste uitwerking had het op zijn seksleven, dat al vanaf het eerste begin een mislukking was geweest. Zijn eerste keer was 'in een kleine, donkere kamer', zoals hij het verwoordde, en hoewel hij dronken was, werd hij bevangen door angst en een claustrofobisch gevoel, wat ervoor zorgde dat hij hem niet meer omhoogkreeg. Het leek er zelfs op, ondanks vele pogingen, dat hij pas toen hij een jaar of twintig was voor het eerst met een meisje een orgasme had beleefd. Seks riep een diepgewortelde angst bij hem op, die, zei hij overtuigd, normaal was bij mannen en die hij 'prestatieangst' noemde. Het bleek dat hij, voordat hij hulp had gezocht, een heleboel relaties met meisjes had gehad die meestal na een paar weken weer stukliepen, wanneer hij het gevoel kreeg dat van hem verwacht werd dat hij met hen naar bed ging. Hij zei dat hij zich niet kon voorstellen om regelmatig seks te hebben, gedurende langere tijd, met dezelfde persoon; hij voelde weerzin tegen seks in het donker of in te fel licht, 's morgens, laat in de avond of meteen na het journaal, in een te klein of juist een te groot bed, in een kelder, op de begane grond, in een kamer zonder ramen of onder een schuin dak, met een vrouw die te grote of te kleine borsten had, te gretig of te passief was. Soms voelde hij een bijna ondraaglijke angst als hij met iemand naar bed ging, alsof hij alleen op de wereld was, de muren kwamen op hem af en sloten zich boven zijn hoofd. Hij zei dat seks hem altijd van mensen had vervreemd, van iedereen die hij liefhad.

Hoewel zijn seksuele onvermogen met de jaren minder werd, lag het altijd 'op de loer', wat ervoor zorgde dat hij excuses verzon voordat hij met een vrouw naar bed ging, hij vertelde de raarste dingen over zichzelf, zoals dat hij in de kroeg waar ze elkaar hadden ontmoet op het toilet had gemasturbeerd, dat hij die ochtend met zijn ex naar bed was geweest, of dat hij zichzelf eerder die dag helemaal had uitgeput door te sporten, en het deed hem niets als de vrouw met wie hij op dat moment samen was hem vervolgens liet zitten.

Toen hij dat had erkend, raakte hij enorm overstuur en begon te huilen, vervolgens werd hij ontzettend boos en het kostte haar de rest van het uur om hem te kalmeren. De volgende keer dat ze elkaar zagen, zei hij dat hij 'de kwestie had overdacht', dat wil zeggen, waarom zijn leven zo 'vol angst' en 'mislukt' was; hij sprak onderkoeld en keek Vigdís niet aan, alsof hij het risico niet wilde lopen nog een keer in te storten. Hij vertelde haar over de epileptische aanvallen die waren begonnen toen hij een jaar of elf was, en dat hij niet begreep wat de oorzaak ervan was. Zijn ouders konden het zich niet herinneren, maar een arts die hij op een receptie had ontmoet vertelde hem dat epilepsie bij een kind soms de fysieke reactie was op een trauma. Hij had een jaar of twee last gehad van epileptische aanvallen, tot hij begon te drinken, en de alcohol leek ze te onderdrukken. Toen hij ophield met drinken, kwamen de aanvallen niet terug, alsof ze ergens in zijn binnenste waren verdwenen; een keer vergeleek hij ze met de Minotaurus, half mens, half dier, opgesloten in een labyrint, gebouwd door koning Minos om zijn schande te verbergen.

Het gesprek over de epileptische aanvallen vormde slechts de aanleiding om te vertellen dat hij een paar dagen daarvoor naar Stígamót was gegaan, een vereniging voor slachtoffers van seksueel misbruik. Hij zei dat hij bij een tijdschriftenrek in een café had gestaan en dat zijn blik op een brochure van de vereniging was gevallen, hij had hem doorgebladerd, en voordat hij het wist had hij zijn mobiele telefoon gepakt, het nummer ingetoetst en een afspraak gemaakt. De nacht voor het gesprek werd hij ziek, hij moest overgeven en had koorts, kon niet zelf naar Stígamót rijden, maar dwong zichzelf in een taxi te stappen; het laatste stukje naar de ingang moest hij na elke stap blijven staan en zijn spieren werden slap, alsof hij – of iemand anders, die hem moest voorstellen – niet door de deur naar binnen kon lopen. In het kantoor op de eerste verdieping stond hij voor een vrouw van een jaar of vijftig die 'in geen enkel opzicht opvallend was', maar hij zag haar als een volwassene en zichzelf als een kind of een zwakkeling. Hij vertelde haar dat hij niet helemaal zeker was van de aanleiding voor het gesprek, had het met allerlei slagen om de arm gehad over 'iets wat was voorgevallen', maar de vrouw had hem ervan verzekerd dat het normaal was om zo te twijfelen en dat ze alle tijd hadden. Toen onderbrak hij haar door te zeggen dat hij niet was gekomen om iemand aan te geven; ze zei dat ze het begreep, maar vroeg hem te proberen zich te herinneren wat er was gebeurd, en als het moeilijk voor hem was kon hij gewoon gissen, dat was vaak de eerste stap – wat hij om de een of andere reden komisch vond, maar hij lachte niet hardop.

Hoewel dit niet het eigenlijke onderwerp van zijn verhaal was, vormde het wel het kader ervan, een inleiding die een belangrijke rol leek te spelen. Het kostte Vigdís even voordat ze dat in de gaten had. Met het voorbehoud dat alles op gissingen uit het gesprek bij 'die andere vrouw' was gebaseerd, kreeg Vigdís hem zover dat hij vertelde wat er was gebeurd.

Hrafn was elf jaar oud. Op een dag, na school, nam hij op het schoolplein afscheid van zijn vriendje en liep rechtstreeks naar de kiosk, waar hij soms snoep kocht. Daarna ging hij op weg naar huis, tot hij twee oudere jongens tegenkwam die hij herkende, een paar zogenaamde kwajongens, berucht in de buurt. Ze stonden bij een bushalte een beetje te roken. Een van de jongens had hem geslagen en zijn muts gejat toen ze nog klein waren, maar nu sprak hij hem aan en lachte alsof ze vrienden waren. De tweede jongen stond erom bekend dat hij zijn sigaret had uitgedrukt op de hand van een ander, en hij was dronken en keek boos; hij zweeg voornamelijk, maar als hij wel iets zei, kreeg Hrafn een onheilspellend gevoel omdat hij over Hrafn praatte zonder hem aan te kijken, zich de hele tijd tot zijn maat richtte en veel lachte, hij scheen iets wat Hrafn totaal niet begreep enorm grappig te vinden.

De eerste jongen, Hjalti heette hij, vroeg Hrafn mee de buurt in te gaan en hen tegen betaling met iets te helpen, wat was Hrafn vergeten. Hrafn aarzelde, maar zwichtte toen voor de druk en sjokte mee. Hjalti praatte aan één stuk door en de andere jongen grijnsde en gaf commentaar dat Hrafn niet begreep. Waarschijnlijk keek hij verschrikt of zei hij dat hij bang was, maar Hjalti pakte hem bij de schouders en legde hem – niet onvriendelijk – uit wat de gemene jongen had gezegd.

Ze kwamen op de binnenplaats bij de kiosk en staken hem over. Hrafn zag een jongen uit zijn klas met een klein jongetje voetballen; het leek net of hij ze van grote afstand zag en geen oogcontact met hen kon maken, wat hij ook probeerde. Hij stelde een vraag, maar was ervan overtuigd dat het niet ver meer was. De volgende binnenplaats was leeg en er was geen trapveldje in het midden. Ze liepen naar een hoek van de binnenplaats, naar een portiek die openstond, en gingen de trap op, Hjalti voorop en de ander erachteraan. Hrafn was bang geworden, maar wilde niet dat de anderen dat wisten, dan zouden ze hem alleen maar uitlachen en zou er iets ergs gebeuren; in plaats daarvan wilde hij hun gehoorzamen, doen wat er van hem verwacht werd en er daardoor snel vanaf zijn en naar huis kunnen. Ze kwamen bij een deur, waarschijnlijk op de eerste verdieping, die niet op slot zat, en ze gingen naar binnen en deden de deur achter zich dicht. Op dat moment begon Hrafn zachtjes te jammeren, zei dat hij nu meteen weg wilde, maar de twee anderen lachten alleen maar en versperden hem de weg naar de deur.

Het was stil en leeg in het appartement, maar de gemene jongen riep iets, trok Hrafn mee een gang in richting een deur aan het eind ervan. Aan de andere kant van de deur klonk het gedreun van een bas, regelmatig en diep, en voetstappen van iemand die naar de deur liep.

Daar eindigde het verhaal. Hrafn excuseerde zich bij de vrouw, zei dat hij niet wist wat er daarna was gebeurd en hij wilde haar tijd niet verdoen met gokken over iets wat er niet was. Hij haastte zich de deur uit, de Hverfisgata op, en het volgende wat hij zich kon herinneren was dat hij op de rotsen bij de sculptuur Sólfarid stond, de golven met een rustgevend geruis aan land zag rollen.

De weken daarna bleef Hrafn tijdens de gesprekken met Vigdís zijn verhaal herhalen, maar altijd met het voorbehoud dat het zo had geklonken in de oren van 'die andere vrouw'. Ondanks alle slagen om de arm veranderde het verhaal in de tussentijd bijna niet; vanaf het allereerste begin leek het in steen gehouwen, en ondanks herhaalde pogingen van Vigdís kregen ze die deur aan het eind van het verhaal nooit open. Uit de context bleek duidelijk dat de reden voor zijn bezoek aan Stígamót zich achter die gesloten deur bevond, en het leek Hrafn 'waarschijnlijk' dat daar de oorzaak van zijn seksuele problemen lag; de oorsprong van zijn angst en alles waar hij 'zich voor schaamde' lag daar. Ze paste ontspanningshypnose op hem toe, maar zelfs toen kreeg ze alleen maar wat vage opmerkingen over donker en een rode gloed uit hem die nooit tot meer leidden. Niets nam concreet gestalte aan, er werd niets aan toegevoegd, en toen ze hem nog meer onder druk zette, had hij nog een laatste uitvlucht, die altijd dezelfde was: als puntje bij paaltje kwam, wist hij niet zeker of er überhaupt wel iets was gebeurd.

Hoe het ook zat, het opfrissen van zijn geheugen leek zijn leven op een positieve manier te beïnvloeden: hij had minder last van stemmingswisselingen en hij meldde zich aan voor een afkickbehandeling. Maar Vigdís was niet overtuigd. Er zat iets achter dit hele verhaal wat haar niet zinde. Ze kregen een relatie en rondden de therapie af, maar regelmatig dacht ze terug aan de dingen die ze hadden besproken. In al haar jaren in de praktijk was het de allereerste keer dat ze een barrière was tegengekomen die zo groot was dat die niet uiteindelijk kon worden doorbroken; herinneringen ontluiken, ongeveer zoals een plant die uit de aarde groeit, grotendeels zijn definitieve vorm aanneemt en gaat bloeien. En ook al was het voor veel mensen lastig om met zekerheid te zeggen hoe dingen precies waren gebeurd, de herinnering was van zijn inhoud ontdaan, in die zin dat er alleen een vast begin en eind aan zat. Bij Hrafn was het daarentegen zo dat het verhaal van begin af aan al een vaste vorm had, de waarheid ervan was bevestigd en in twijfel getrokken en er veranderde in de loop van de tijd niets aan; het was rond en glad en je kon er onmogelijk vat op krijgen, er zat niets anders op dan het rond te laten tollen.

Ze vond het ook verdacht dat het verhaal altijd bij Stígamót begon; daarmee wilde hij zich distantiëren van de gebeurtenissen, dacht ze eerst, maar daarmee gaf hij het verhaal ook authenticiteit. Ze kreeg plotseling het idee dat 'wat er was voorgevallen' verzonnen was en niet gebaseerd was op Hrafns wens om haar of iemand anders om de tuin te leiden, maar zichzelf; een leugen waar hij zichzelf niet van bewust was, ontsproten aan tegenstellingen, diep in hem geworteld, die hij niet langer kon negeren. Door het verhaal probeerde hij de krachten die zijn leven kapotmaakten te beteugelen, en toen hij het niet in zijn eentje af kon, moest hij hulp zoeken.

Ze had haar eigen theorie ontwikkeld: na een reeks mislukte pogingen tot seks als jongeman – een gevolg van zijn gebrekkige interesse in meisjes, van een veeleisende vader en een onbetrouwbare moeder die hem afwijzend maakte tegenover vrouwen die emotie toonden – belandde Hrafn in een neerwaartse spiraal die zijn omgang met vrouwen steeds negatiever beïnvloedde. Hij had naar eigen zeggen toen niet, en later ook niet, begrepen hoe het bij hem vanbinnen zo'n 'chaos' had kunnen worden, in een leven dat meer werd gekenmerkt door ondernemerschap, concurrentie en een bijna constante hardheid; het idee van zichzelf als slachtoffer was iets wat pas bij hem opkwam toen de 'herinnering' boven kwam drijven.

En wat was haar rol dan? Alles waar in zijn dagelijkse leven geen plaats voor was, werd in één abrupt eindigende herinnering gestopt; zijn schaamtc, zijn zelfhaat, zijn zachtheid – alles wat vrouwelijk aan hem was – werd door dit verhaal gerechtvaardigd en onder controle gehouden. Maar ook al was zijn verhaal effectief, dacht Vigdís, dan wilde dat nog niet zeggen dat het waar was.

19
Mary Poppins

Ze drukte haar sigaret uit op de vloer en legde de peuk op het dashboard. Vier peuken, verder wist ze niet hoelang ze daar al zat, ze was haar gevoel voor tijd kwijt.

Voor op de motorkap zag ze een welbekend merk, dat haar altijd deed denken aan het vizier van een geweer: het logo van Mercedes-Benz. Ze zat in een Mercedes met vijf stoelen, met leer bekleed, een automaat die door iemand was achtergelaten – na vijftienduizend kilometer. Ze keek snel over haar schouder naar de achterbank, maar richtte haar blik toen weer op de motorkap en was er zeker van dat ze het logo daar pas had zien zitten toen ze in de auto stapte.

Ze keek opzij, naar de houders van de zijspiegels, die nog steeds leeg waren. Ze kon niet met zekerheid zeggen of de auto scheef stond. Ze ging op de passagiersstoel zitten, aan de kant waar de auto lager leek te zijn, en keek door het raam naar buiten. De auto had een lekke voorband of stond in een kuil in het zand; niet zo'n diepe, maar misschien diep genoeg om hem ooit te hebben kunnen tegenhouden. Ze durfde niet naar buiten om het verder uit te zoeken.

Er had ooit eerder een Mercedes in haar leven gefigureerd, maar ze wist niet meer hoe, het was iets kortstondigs geweest en niet erg fijn.

Durfde ze niet naar buiten?

Ze was sneller gaan ademen zonder te weten waarom. Er

was buiten niets waar ze bang voor was. Ze had een horloge, een kompas en een kaart. Ze vond het niet fijn dat ze geen zijspiegels had en dus niet achter de auto kon kijken – de spiegels waren misschien kapotgeslagen door een harde windstoot, door langswervelend grind, maar dat verklaarde niet wat er met de achteruitkijkspiegel boven het dashboard was gebeurd.

De ramen van de auto waren elektrisch, daarom kon ze ze niet openmaken om frisse lucht binnen te laten. In plaats daarvan sloot ze haar ogen, concentreerde zich op haar hoofd en ging in gedachten haar lichaam langs, van top tot teen, ontspande haar spieren, ontspande haar geest en voelde hoe haar ademhaling tot rust kwam. Ze hoorde hoe het zand om de auto raasde en stelde zich voor dat ze op weg was naar haar werk, vroeg in de morgen thuis in Reykjavík in de auto zat; voor en achter haar bevond zich een lange rij eendere auto's – vormgegeven door windtunnels in Duitsland, zoals Hrafn zei – vol mensen die net als zij op weg waren naar hun werk, maar die nu op groen licht zaten te wachten, alle auto's liepen stationair en mensen staarden door de voorruit en luisterden naar het draaien van de motor.

Als ze eraan terugdacht, verbaasde het haar hoe hard ze in haar leven had gewerkt en hoeveel belang ze aan haar lief en leed had gehecht. Waarom? Er kwamen beelden uit het verleden bij haar boven die veel emoties bij haar hadden losgemaakt, maar ze liet zich daar niet langer door hinderen, vatte het niet meer zo persoonlijk op als vroeger. Waar kwam dat voortdurende verzet tegen de wereld vandaan? Ze voelde zich kalm. Ze bevond zich in de tuin bij haar ouderlijk huis, na de dood van haar moeder. Het gras was in geen jaren gemaaid, de moestuin was door onkruid overwoekerd, er was geen bloem te bekennen en de ruit van het schuurtje was gebroken. Ze zat in het schuurtje, hield haar gezicht in haar handen en huilde, voelde iemands aanwezigheid, wat ze niet begreep.

'Vigdís...' zei ze en ze opende haar ogen. Toen ze naar haar handen keek hielden die het stuur vast. Ze liet niet los en het voelde alsof ze dat wel en tegelijkertijd niet wilde. Het stuur was met bruin leer bekleed, hier en daar zaten piepkleine gaatjes zodat het leer kon ademen en nauwer om het stuur sloot.

Ze deed haar ogen dicht. Achter haar klonk een knal van een portier dat openging, het gehuil van de storm, en daarna een nieuwe klap toen het portier weer dichtging. Haar gedachten verdrongen elkaar, er sloop iets tussen, maar het ging er net zo snel weer in op. Nu ze erover nadacht, was het net of ze was veranderd – in een paar belangrijke opzichten; ze begreep niet hoe, alleen maar dat het niet zo lang geleden was gebeurd. De vrouw die ze zichzelf noemde, was vager en tegelijkertijd duidelijker; ze kon haar silhouet zien, alles waar ze uit bestond, bijna alsof ze een personage in haar eigen leven was, zowel binnen in als buiten zichzelf.

Het voelde anders dan toen ze net in de auto ging zitten; dit ging te snel. De angst bekroop haar weer, ze opende haar ogen en wist dat ze niet meer alleen in de auto zat. Ze had het voor die tijd ook al geweten, maar toen was het net of het niet uitmaakte. Iemand was op de stoel achter haar gaan zitten, maar ze zag niets omdat er geen spiegels waren en ze niet achterom durfde te kijken; als ze zich omdraaide, zou ze sterven, haar hart zou tot een keiharde rode punt ineenkrimpen en verstijven.

De man zat achter haar en de auto bewoog, ze voelde hoe het stuur in haar handen trilde, en de auto schommelde heen en weer. Ze keek door de voorruit naar de zandkorrels die op haar afvlogen en de auto die zich snel en trefzeker in het wervelende zand boorde. Haar handen grepen het stuur steviger vast, en aan de zijkanten kwamen gebouwen tevoorschijn. Op het dashboard brandden lampjes die haar nog niet eerder waren opgevallen, en er klonk een zacht gemompel uit de radio. De auto raasde verder, maar de man op de achterbank verroerde zich niet, zat muisstil en keek niet door de ruiten maar recht in haar nek. Vóór hen stond een gebouw dat hoog de hemel in torende, en aan allebei de kanten van de auto kwamen welbekende gebouwen voorbij, de zandstenen huizen aan de Hringbraut, en ze wist wat er daarna zou komen. Na een tijdje kwam ze bij een bocht en na die bocht, op het moment dat de weg weer recht werd, zou het gebeuren, ze kon het niet voorkomen en al haar pogingen daartoe waren mislukt. Ze probeerde haar ogen te sluiten, maar dat lukte niet, ze trok haar handen van het stuur, maar toen grepen die het stuur nog steviger vast.

Ze ging veel te snel de bocht in, hoorde de banden gillen en zag de kerk uit het gras rechts van haar opdoemen – een donkere schaduw die zich tegen de lucht aftekende. Midden op de rijbaan was iemand te zien, met haar dat zwart was, maar grijs aan de wortels, tassen in de handen en de ogen opengesperd van verbazing: haar moeder. Er klonk een harde klap tegen de auto en Vigdís werd tegen het stuur gesmeten, ze zag haar moeder in een lange, vloeiende boog de lucht in worden geslingerd. Ze schreeuwde, tastte naar de klink van het portier en rolde de auto uit.

De storm was gaan liggen. Het zand lag stil op de aarde, alsof het nooit iets anders had gedaan. Vigdís stond op en keek om zich heen. Aan de horizon zag ze het huis, zwart tegen de grijze hemel.

ANNA

20

De deur van de keuken

Anna sliep een gat in de dag en had hoofdpijn en een droge mond toen ze wakker werd. Toen ze weer wist waar ze was, kroop ze nog verder onder de deken, jammerde zachtjes en wilde dat Egill er was om haar te troosten en vast te houden.

Plotseling kreeg ze zo'n dorst dat ze niet kon blijven liggen. Ze pakte haar badjas en liep naar de badkamer, haar lichaam voelde stijf als een gesloten slakkenhuisje en ze had de komende tijd geen mogelijkheid om te douchen. De kraan was verroest en spuugde bruin water uit. Ze wachtte tot de leidingen doorgespoeld waren, proefde het water voorzichtig en dronk toen grote slokken, smeerde haar gezicht in met crème en deed deodorant op, nam haar pillen en daar moest ze het voorlopig mee doen.

Ze bracht haar toilettas terug naar hun kamer en ontdekte toen een plasje opgedroogd braaksel op de vloer naast het bed. Op dat moment herinnerde ze zich weer de werkkamer van de oude man en iets wat daar was gebeurd – de schok die ze kreeg toen ze per ongeluk een lamp aanraakte of het licht aandeed. Ze wilde er niet aan denken; ze wist zo gauw niet meer wat er was gebeurd, maar ze liep snel naar de badkamer om een handdoek nat te maken en het plasje weg te vegen.

Het liep tegen zeven uur. Ze besloot wat te eten te gaan halen, liep naar de auto, waar ze wat in de koelbox in de achterbak rommelde, zag een in plastic verpakte pizza *quat-*

tro formaggi waar ze veel zin in had, iets warms waar ze niet al te veel moeite voor hoefde te doen, en nam ook nog snel een halve fles rode wijn mee.

In de keuken stond de oude vrouw, Ása.

'Daar bent u!' riep Anna.

'Waar anders?' De vrouw stond over een schaal gebogen en kneedde deeg.

'Ik had u net niet gezien toen ik naar buiten liep... Het stormt vreselijk,' voegde ze eraan toe en ze stond met de pizza in haar handen te draaien.

'De storm gaat alweer liggen,' zei de vrouw.

'Mooi. Hopelijk zijn mijn vrienden niet in moeilijkheden geraakt.' De vrouw gaf geen antwoord. Anna hield de pizza omhoog en vroeg of ze die mocht opwarmen.

'Maar natuurlijk. Ik zal er wel voor zorgen,' zei de vrouw en ze keek op van het deeg. 'Ga maar naar de kamer, dan kunnen we zo meteen even praten.'

Anna ging in de woonkamer zitten, pakte haar blauwe nagellak uit haar zak en lakte haar nagels. Af en toe nam ze een slok rode wijn, zo uit de fles, omdat er een laagje zand op de bodem van het glas zat dat de vrouw haar had gegeven. Haar tenen waren veel te vuil om er moeite voor te doen, hoezeer het lakken haar ook kalmeerde.

Haar enkel voelde weer goed. Ze bekeek hem en zag dat de zwelling weg was. Misschien had ze het zich maar ingebeeld, ze had altijd een hekel gehad aan lopen. Of had die elektrische schok ervoor gezorgd dat de zwelling was afgenomen? Het was geen lamp maar een lichtknopje dat haar had gevloerd, en er had iets boven geschreven gestaan. Ze herinnerde zich ook het dichtgeschilderde raam in de kamer, en de revolver. *Had ze die revolver meegenomen?* Als ze zich niet vergiste, lag de revolver, in de zijden doek gewikkeld, onder het bed of zelfs onder het kussen. Ze moest hem onmiddellijk terugleggen.

De wijn steeg haar naar het hoofd en ze liep naar de trap

buiten om een luchtje te scheppen. Het waaide minder hard dan eerst. Langs de horizon bewogen zandhozen en een stofwolk wapperde als een sluier en vaagde de grens tussen hemel en aarde weg.

Iets kwam over het erf aangerend. Eerst dacht ze dat Tryggur terug was, maar toen zag ze dat het een van de vossen was. Een smerig scharminkel.

Waarom wilde de oude vrouw zo meteen even praten? Als ze sporen had achtergelaten in de bibliotheek, besloot ze te zeggen dat ze buikloop had gehad en slaapdronken op zoek naar het toilet was geweest en de verkeerde deur had genomen. Als haar beroep ter sprake kwam, zou ze zeggen dat ze leraar was – ze vermoedde dat journalisten niet zo populair waren hier.

Ze hoorde Ása vanuit de keuken naar haar roepen, iets wat klonk als 'Meisje!'. Ze haalde nog een fles rode wijn uit de achterbak en onderweg naar binnen besloot ze dat het uitgesloten was dat ze in het donker weer naar de werkkamer ging. Misschien was het 't gemakkelijkst om de revolver gewoon te vergeten en de oude vrouw hem onder het bed te laten vinden als ze weg waren.

Ása was opgehouden met kneden en zette koffie terwijl het deeg in de schaal aan het rijzen was. Ze zei dat het eten klaar was en wees naar een bord op tafel, waar een dampende plastic zak op lag met een bruine smurrie erin. Het duurde even voor Anna de pizza herkende. De vrouw leek hem in het plastic te hebben gekookt.

'Mooi,' zei ze en ze knikte, zo snel dat haar halswervels ervan kraakten. 'Heel fijn.' Ze ging zitten en Ása vroeg of ze een schaar of een mes nodig had. Anna begreep eerst niet wat ze bedoelde, maar stelde zich toen voor hoe ze een hoekje van het plastic afknipte en de inhoud op het bord goot. Ze moest al kokhalzen bij de gedachte, griste de pizza van het bord en legde hem op de stoel naast zich.

'Ik wacht nog even,' zei ze en ze wreef in haar gezicht,

voelde hoe er een lach in haar opborrelde maar wist zich in te houden.

'Heb je geen honger meer?' vroeg Ása en ze keek verbaasd.

'Dat komt zo wel.' Ze sloeg de koffie af, maar bedacht zich toen. 'Of trouwens, koffie zou lekker zijn. Ik moet wat wakkerder worden.'

Ása schonk hun beiden een kop koffie in, deed de keukendeur dicht en ging toen tegenover Anna zitten en vroeg of ze de laatste tijd niet goed sliep. 'Je hebt vandaag geslapen, toch?'

Anna knikte. 'Jawel, ik heb heel goed geslapen. Ik wilde alleen even gaan liggen en toen heb ik veel te lang geslapen. U vindt me vast een slaapkop.' Ze keek even naar de deur en probeerde te bedenken waarom de oude vrouw hem had dichtgedaan.

'Ik vind niks van je,' zei de vrouw scherp en ze schudde haar hoofd. 'Maar je ziet een beetje bleek. Ben je ziek aan het worden?'

'Het gaat prima met me... Ik heb een vos op het erf gezien,' voegde ze eraan toe om van onderwerp te veranderen. De koffie was zuur en rook naar koeienmest.

'Ze houden de muizen voor ons weg, de arme beestjes. Ze doen hun best.'

'Ik begrijp het. Waar komen die vossen eigenlijk vandaan?' De vrouw keek haar niet aan, maar Anna ervoer dat niet direct als onvriendelijk, meer als een ouderwets soort beleefdheid.

'Ze komen vast uit de aarde, net als wij allemaal. En vervolgens houden ze weer op te bestaan.' De vrouw keek Anna even strak aan, alsof ze een reactie verwachtte. Vreemde woordkeus, dacht Anna, 'uit de aarde', en ze onthield het.

'Domme vraag,' zei Anna glimlachend. 'Ik denk dat ik wilde vragen of ze tam of wild zijn. Denkt u dat ze mijn hond hebben aangevallen? Hij is verdwenen.'

'Wat vervelend.'

'Nee, nee, hij redt zich wel. Ik maak me geen zorgen om hem.' Anna hoorde dat ze klonk alsof ze het tegen een klein kind of een imbeciel had. Ze besloot om Kjartan ter sprake te brengen toen ze zich herinnerde wat ze die ochtend had gelezen. 'Is uw man ergens daarbuiten?'

'Die weet hier overal de weg, geen zorgen.' Ze leek niet geïnteresseerd in de vraag.

'Ik zag die foto binnen. Van Kjartan en die vrouw... Wat een mooie mensen. Ze zien eruit als...' Ze zweeg, het had op het puntje van haar tong gelegen om 'filmsterren' te zeggen, maar misschien zou de oude vrouw dat brutaal vinden, kwetsend zelfs, vergeleken met haar eigen uiterlijk. Ze was nou niet bepaald een schoonheid, dat was moeilijk over het hoofd te zien.

'Welke foto?'

'Die in de woonkamer. Van Kjartan en die vrouw naast hem. Ik vroeg me af wie die vrouw was.'

'Daar weet ik maar weinig van...' Ze mompelde iets wat Anna niet goed kon verstaan, maar ze dacht dat het woord 'huishoudster' viel.

'Is dat de huishoudster die met hem op de foto staat?'

'Dat zou kunnen.' Ása knikte, glimlachte zwakjes en keek uit het raam.

'Ik begrijp het... Misschien is het de vrouw van degene die voor jullie de rendieren afmaakt? Waar jullie de vossen mee voeren?'

Ze gaf geen antwoord. Anna moest in zichzelf glimlachen bij de gedachte aan een man die zich met de huishoudster liet fotograferen en die foto in de woonkamer hing. De oude vrouw was bepaald geen goede leugenaar, maar daarmee was niet gezegd dat ze erg veel informatie losliet.

'Hoelang zijn uw man en u trouwens al getrouwd?' Ze was ervan overtuigd dat hun gastheer en -vrouw geen echtpaar waren, maar ze wilde dat uit de mond van de oude vrouw horen en uitvinden wat haar rol hier in huis was. Huishoudster zeker, wat misschien de reden was waarom ze loog over anderen die met het huis te maken hadden. Maar waarom zou ze liegen? 'Het is vast al heel lang geleden dat u elkaar hebt ontmoet?' ging Anna verder.

'Wat doe je voor werk?' vroeg de oude vrouw en ze keek haar eindelijk aan. In haar ooghoeken had ze een rode zwelling die helemaal tot aan haar mondhoeken liep, het leken wel littekens; het uiterlijk en de glans ervan deed Anna denken aan de uitvergroting van een clitoris die ze toevallig eens had gezien – ze zette de gedachte van zich af.

'Ik ben docent. Ik geef IJslands.' Plotseling zag ze dat er geen klink aan de binnenkant van de keukendeur zat, alleen een kleine vierkante uitsparing. Ze probeerde de vraag in te houden, maar dat lukte niet: 'Zit er geen klink in die deur daar?'

'Waarom vraag je dat?' vroeg de vrouw zonder haar met haar blik los te laten.

'Gewoon, uit nieuwsgierigheid.'

'Juist ja, nieuwsgierigheid. Je bent behoorlijk nieuwsgierig, meisje. Dat heb ik wel door. Zo kijk je om je heen. En je stelt vragen. Het kan gevaarlijk zijn om te nieuwsgierig te zijn.'

'Wat bedoelt u?'

'Gewoon, wat ik zeg.'

'Ik ben geïnteresseerd in mijn omgeving.' Anna nam een slok koffie, keek de keuken rond en zag nog een deur in de hoek, die haar niet eerder was opgevallen. Hoewel ze meer geïnteresseerd was in die andere deur, en in daar wegkomen, stelde ze zich voor dat deze naar de benedenverdieping leidde – waar de ramen dichtgemetseld waren.

'Er zijn hier veel deuren,' ging de oude vrouw verder alsof ze Anna's gedachten kon lezen. 'En ik zal je nieuwsgierigheid bevredigen, antwoord geven op al je vragen, als je eerst mijn vraag beantwoordt.'

Ze keken elkaar aan.

'Wat dan?' vroeg Anna en ze dwong zichzelf niet haar ogen neer te slaan.

'Ben je op de kamer boven geweest? Eerder vandaag, toen je zei dat je lag te slapen?'

'Wat voor kamer?'

'Wat voor kamer?' herhaalde de vrouw. 'Ben je misschien in meer kamers geweest? En weet je niet over welke ik het heb?'

Anna glimlachte. 'Ik ben nergens geweest. Ik zat in mijn kamer te lezen, daarna heb ik een tijdje geslapen en toen heb ik nog even gelezen.'

'Ik weet wat je hebt gedaan,' fluisterde de oude vrouw. Ze leunde over de tafel en kneep haar ogen tot spleetjes. 'Je bent die kamer in gegaan en hebt iets meegenomen. Wat weet ik niet, dat kan ik niet weten. Je moet het me zelf vertellen. Wat heb je uit die kamer meegenomen?'

'Ik heb niks uit een of andere kamer meegenomen!'

'Het is belangrijk dat je het me vertelt, ik moet het weten om te kunnen...'

'En het is ook belangrijk dat u mij naar buiten laat,' zei Anna. Ze stond op, hield het daar geen seconde langer uit. Ze zette een paar stappen in de richting van de deur en duwde ertegen. Hij ging niet open. 'Waar is de klink? Geef hier.' Ze liep naar de oude vrouw en stak haar hand uit.

'Als je me antwoord geeft,' zei de vrouw en ze vertrok geen spier.

'Ik hoef nergens op te antwoorden!' riep Anna en ze voelde hoe de angst zich door haar hele lijf verspreidde. 'Ik ben in dit huis te gast. Niet omdat ik dat wil, maar omdat ik daartoe gedwongen ben! En ik ben er totaal niet in geïnteresseerd om erachter te komen wat zich wel of niet in dit huis bevindt, ik wil naar buiten...' Toen ze dat laatste zei, zag ze iets voor het raam bewegen: een schaduw die in het donker over het erf liep.

Ze waren terug.

'Daar zijn mijn vrienden. Maak de deur open!' riep ze en de vrouw stak haar hand in haar zak en pakte de klink. Anna griste hem uit haar hand, stak hem in het gat in de deur en maakte hem open, haastte zich naar buiten en rende de trap af naar Egill, die op het erf stond. Ze vloog hem om de hals en was te geëmotioneerd om te praten. Zijn gezicht zat onder het zand maar desondanks bedolf ze hem onder de kussen, klampte zich aan hem vast en besefte dat ze niet had gedacht dat ze hem zou weerzien.

21

De oude man is aan het graven

Egill bleek alleen te zijn. Hij zei dat Vigdís en Hrafn eerder naar huis waren gegaan.

'Hier zijn ze niet,' zei Anna. 'Wat is er gebeurd? Waarom heb je twee rugzakken?'

'Vigdís was die van haar vergeten.' Hij zei dat hij alles later nader zou uitleggen, leek buiten zichzelf van moeheid en kroop bijna de trap op. Ze ondersteunde hem naar de slaapkamer en stopte hem in bed.

Een kwartier later doken Hrafn en Vigdís op. Anna was in de keuken water aan het opwarmen toen Hrafn binnenkwam en meteen naar boven doorliep. Vigdís zei dat ze onderweg naar het huis in de zandstorm verdwaald waren geraakt. Ze was vies en zat onder het zand, ze zei dat ze straks weer naar beneden zou komen en liep achter Hrafn aan naar boven.

Anna bracht een emmer dampend heet water naar Egill, bevochtigde een handdoek en waste zijn gezicht ermee. Overal waar zijn gezicht vochtig was hadden zich zwarte randen zand opgehoopt; in zijn ooghoeken, mondhoeken, onder zijn neus, en op zijn buik en tot ver op zijn armen was hij met een grijze laag zand bedekt, hoewel hij zijn overhemd nergens open had geknoopt.

'Ik wil naar huis... naar huis, naar huis,' zei hij zacht en hij zat met zijn ogen dicht voorover op de rand van het bed. Ze vroeg naar hun tocht en hij zei dat ze door het weer vast waren komen te zitten aan de rand van een dorp dat waarschijnlijk bij een dam hoorde die ze iets verder naar het westen hadden gezien. 'We moesten onze tocht uitstellen vanwege de storm. De Askja is ook verder naar het noorden dan we dachten, volgens Vigdís tenminste.'

'Waarom waren ze later dan jij? Je zei toch dat ze eerder waren gegaan?'

'Ze zijn misschien verdwaald... Ik wilde wachten tot de wind wat was afgezwakt.'

'Wat was er in dat dorp?'

'Niks bijzonders, lege keten. Een oude koelkast.' Hij bracht zijn handen naar zijn hoofd, leunde verder voorover en ze aaide hem over zijn rug.

'Wil je je sjaal niet afdoen?'

'Ik heb het koud.'

'Morgen gaan we naar huis, lieverd,' zei ze. Ze doopte de handdoek een paar keer in de emmer, wrong het lichtbruine vocht eruit, spoelde en wrong hem nog een keer uit, en wreef toen over zijn handen en masseerde zijn schouders. 'Morgenochtend vroeg.'

'Ik weet niet of ik op tijd wakker ben.'

'Natuurlijk ben je dat.' Hij ging weer in bed liggen en dronk gulzig uit de fles die ze voor hem uit de auto had gehaald. Ondanks haar inspanningen vond ze dat zijn gezicht nog steeds grauw zag van het zand en het beddenlaken lag vol zandkorrels die elke keer dat hij bewoog van hem af vielen. Ze speelde even met het idee om hem tot seks te verleiden, maar wilde geen zand in zich krijgen. In het begin van hun relatie was hij actief geweest in bed en lange tijd deed hij zijn best om haar te bevredigen, maar ze had nooit begrepen wat hij lekker vond en zelf zei hij er niks over. Hij leek zelfs niet echt geïnteresseerd in seks en de meeste energie stak hij in zijn werk.

'We zouden nu weg kunnen gaan, alleen wij tweeën,' zei hij en hij staarde naar boven. 'Vannacht gaat het niet stormen. Dan zijn we morgenochtend bij de Askja.'

‘We gaan nu nergens heen, Egill. Wat is er toch met je?’

‘Ik heb er genoeg van... Ik wilde dat we alleen met z’n tweeën waren.’ Ze vroeg of er iets tussen Hrafn en hem was gebeurd, maar hij gaf geen antwoord. Hij bedankte ook niet voor haar zorg, vroeg niet hoe het met haar enkel was, zei niet dat hij van haar hield, wat niet zoveel gevraagd was, toch? Iets liefs tegen haar zeggen, ook al was hij moe, die egoïstische zak.

Ze balde haar vuisten en werd door woede overmand, zo heftig en duidelijk dat ze zich voelde alsof haar ogen nu pas werden geopend: deze man had haar leven verwoest, het enige wat een journalist heeft van haar afgepakt, haar goede reputatie. Schrijven was het enige wat ze kon; weerwil van hem had ze niet iets anders achter de hand, een appeltje voor de dorst in een of ander belastingparadijs, hoezeer hij het ook ontkende. Ze had zich medeplichtig gemaakt, zo niet in wettelijke zin, dan tenminste toch in de ogen van de maatschappij, en de kranten zouden hen rauw lusten, haar naam zou op internet door het slijk worden gehaald, in praatprogramma’s, in cafés, in restaurants, op confirmatiefeestjes, in mails, sms’jes, overal. Hij had zijn hebzucht aan haar opgedrongen. Toen alles begon in te storten had ze hem toegestaan zo veel mogelijk bezittingen op haar naam te zetten; ze liet hem begaan, maar stelde zich voor – nog volop in shock – dat ze op een dag ervandoor zou gaan, met een rugzak ertussenuit zou knijpen, in driesterrenhotels zou slapen, Eckhart Tolle zou lezen, en als ze terugkwam, zouden ze hem hebben opgesloten, zijn verdiende loon. Maar natuurlijk zou ze dat nooit doen. Ze was een lafaard. En haar lafheid ontnam haar alles wat ze had opgebouwd.

‘Ik heb die man gezien, die ouwe gek,’ zei Egill. Hij bleef gulzig uit de fles drinken zonder rechtop te gaan zitten.

‘Wat was hij aan het doen?’

‘Je wilt het niet weten.’ Hij glimlachte schaapachtig en ze ging naast hem op de rand van het bed zitten, nam een slok uit de fles. 'Ik kwam aanlopen toen ik hem zag – bij de lantaarnpaal. Hij stond met een schop een kuil te graven.'

'In de storm? Een kuil te graven?'

'De wind was wat geluwd. Maar de rand van de kuil reikte tot zijn middel, dus ja, waarschijnlijk was hij er tijdens de storm aan begonnen.'

'Heeft hij je gezien?'

'Ik geloof het niet. Ik had haast en had geen zin om met hem te praten.'

'Geen zin! Ben je niet nieuwsgierig waarom die man in het zand aan het graven is? Misschien had je hem moeten tegenhouden. Wat nou als hij een graf aan het delven was?' Egill gaf geen antwoord. 'Waarom zou hij net op die plek gaan graven?'

'Weet ik veel! Misschien nadert zijn einde en voelt hij dat aan.'

'Brandde de lantaarnpaal?'

'Ja. Handig, om het licht aan te hebben bij het graven.'

'Er is hier serieus iets gaande...' Anna nam nog een slok uit de fles, besloot toen om de koe bij de hoorns te vatten en hem de revolver te laten zien. Ze was niet beter af door hem te verbergen. Ze dook onder het bed, had geen zin meer om nog langer te aarzelen en gooide het wapen naar Egill in het bed en zei dat ze die in de kamer naast die van hen had gevonden.

'Wat is dat?' vroeg hij zonder zich te bewegen.

'Ik geloof dat hij van die man is...' Omdat Egill niets deed wikkelde ze de zijde open en legde de revolver tussen hen in op bed. 'Hij is geladen.'

'Ben je helemaal gek, Anna? Wat moet je met een geladen revolver? Waar heb je die gevonden?'

'Dat zei ik net. In de kamer hiernaast. De werkkamer van de oude man. Ik durf hem nu niet meer terug te leggen. Zullen we hem meenemen? Ik wil hem graag houden, maar ik weet niet of dat een goed idee is...'

‘Ik wil hem niet eens in de buurt hebben,’ zei hij. Hij dronk nog meer alcohol en ging op zijn rug op bed liggen.

‘Wat bedoel je? Wil je me niet helpen?’

‘Ik trek het niet meer, Anna. Ik begrijp dit niet. Ik heb geen zin meer om erover na te denken...’

‘Doe maar lekker je ogen dicht en ontspan je,’ zei ze en ze griste de revolver naar zich toe, wikkelde hem weer in de zijden doek en schoof hem onder het bed. Daarna stond ze op, zei dat ze naar de wc moest, en Egill mompelde iets over gaan slapen.

Bij de wc kwam ze Vigdís tegen en ze gaf haar de emmer. Vigdís keek zelfs nog vermoeider dan toen ze binnenkwam, en Anna vroeg of het echt wel goed met haar ging.

‘Zit je iets dwars, meid?’ vroeg ze. Vigdís knikte, maar opperde om later af te spreken om ‘nog een slaapmutsje te nemen’.

‘Ik moet hier weg, ik kan niet langer daarbinnen blijven,’ zei ze en Anna nam aan dat ze de kamer van Hrafn en haar bedoelde.

‘Natuurlijk,’ zei Anna en ze voelde zich weer wat vrolijker worden. ‘Eén slaapmutsje, of twee.’ Ze besloten dat ze elkaar in de woonkamer zouden treffen, en Anna liep nog maar weer eens naar de achterbak van de auto om sterkedrank te halen. Toen ze door het halletje naar buiten liep, ving ze een glimp op van een doos boven in Vigdís’ rugzak, die vol met handfakkels bleek te zitten. Ze bestudeerde een van de fakkels, een rode plastic cilinder met een klein houten handvat; op het plastic stond aangegeven hoe je de veiligheidspin moest verwijderen, de fakkel van je af moest houden en voorzichtig aan het touwtje moest trekken dat uit het plastic stak.

Trek aan het touwtje, dacht ze en ze huiverde zonder te weten waarom. Ze moest van die revolver zien af te komen voordat ze ging slapen.

22

Het kind

Terwijl Anna in de woonkamer zat te wachten, bestudeerde ze de foto aan de muur, die van de man en de vrouw. De mooie mensen. Ze liep door de kamer, bekeek de foto vanuit alle hoeken en begon te begrijpen wat haar dwarszat.

'Niet zij...' zei ze en ze ging dicht bij de foto staan, zette weer een stap naar achteren en schudde haar hoofd. 'Hun kind...' Ze stak een sigaret op, dacht terug aan *IJslandse zakenlui*, de werkkamer en het geheime kamertje, bekeek alles met andere ogen en had het gevoel alsof alle puzzelstukjes eindelijk op hun plek begonnen te vallen.

De oude vrouw had zich niet meer laten zien sinds het 'incident' in de keuken. Misschien zou Anna zich moeten schamen voor de manier waarop ze tegen de vrouw geschreeuwd had, maar die had het recht niet om haar op te sluiten – ook al had ze nog zoveel rond lopen neuzen.

Vigdís kwam de trap af en Anna gebaarde naar de flessen die ze op een rijtje op tafel had gezet.

'Kan ik je rood of wit inschenken?'

'Roodbruin zou er wel in gaan,' zei Vigdís en ze wees naar de whisky. 'Eén glas. En daarna rood?'

'Geen probleem.' Anna nodigde haar uit op de bank te gaan zitten, schonk een glas voor haar in, dat Vigdís in één teug leegdronk, en gaf haar daarna een tot de rand toe gevuld glas rode wijn aan. Het glas had ze zelf afgewassen, of gesteriliseerd, toen ze in de keuken water had gekookt.

Vigdís zuchtte en leunde achterover op de bank. 'Heerlijk,' zei ze. Anna merkte dat ze erg naar shampoo rook en zag dat de huid van haar gezicht glansde, alsof ze zich met vochtinbrengende crème had ingesmeerd.

'Wat ruik je lekker.'

'Dank je. Ik heb me zo goed en zo kwaad als het ging gescrubd, maar ik had geen zin om water warm te maken. Ik wist niet dat warm water zo'n onmisbaar deel van mijn leven was. Mijn huid trekt vreselijk.'

'Vertel mij wat. Dat was precies wat ik straks ook zat te denken.' Anna keek de keuken in om zich ervan te verzekeren dat ze alleen waren, en vroeg toen of er iets bijzonders was gebeurd tijdens hun tocht. 'Jullie lijken allemaal zo verward.'

'Ik weet het niet... Heeft Egill er niks over gezegd?'

'Hij had het over een dam en een dorp, en een brug. Hij deed nog vreemder dan anders. Wat was er in dat dorp? Begraaft het Amerikaanse leger er nucleair afval? Doen ze er experimenten in onderaardse ruimtes?'

'Ik ben niet met ze mee het dorp in gegaan. Heeft hij niets gezegd?'

'Wat zou hij gezegd moeten hebben?'

Vigdís aarzelde maar vertelde toen dat Hrafn en Egill ruzie hadden gemaakt over iets wat ze niet begreep, iets van vroeger. Daarna had zij ruziegemaakt met Hrafn en hij was de loods uit gerend en zij achter hem aan. 'Daarom gingen we ieder voor zich terug... Daarom zat ik ergens daarbuiten in een autowrak te wachten tot de storm ging liggen... Ik heb geen idee wat er allemaal aan de hand is.' Ze dronk haar glas leeg en Anna schonk het weer vol.

'Meisje toch. En waar was Hrafn toen jij in die auto zat?'

'Ik weet het niet. Hij zei dat hij dekking had gezocht achter een heuveltje. Ik heb geen zin om het er nu met hem over te hebben, ik hoop dat we morgen thuis kunnen komen en dan kunnen we proberen om het fatsoenlijk uit te praten.'

'Je weet niet waar hun ruzie over ging?' Vigdís schudde haar hoofd en keek met een lege blik voor zich uit, alsof ze de vraag niet had gehoord, wat niets was voor die altijd waakzame, oplettende Vigdís. Eigenlijk waren ze allemaal een beetje anders, apathischer en trager en terughoudender, en nu Anna erover nadacht kon je dat misschien ook van haarzelf zeggen. Zou ze bijvoorbeeld niet banger moeten zijn na wat er eerder die avond was voorgevallen?

Als een zombie, dacht ze, en er schoot haar een regel uit een gedicht van een oude dichter te binnen, hoe was het ook weer, 'ik ben de wieg van een wisselkind'. Haar vrienden waren de zandvlakte op gegaan en kwamen anders terug; was daar niet sprake van in volksverhalen?

Ze besloot Vigdís op te vrolijken. 'Ik heb ook het een en ander meegemaakt,' zei ze en ze voelde hoe de spanning steeg, hoe ze zich verheugde op het spelletje en misschien niet in de laatste plaats over het feit dat de mannen er niet bij waren – alsof ze zonder hen beter tot hun recht kwamen, in elk geval als het om verborgen kamers in oude huizen ging. Dat klonk trouwens ongeloofwaardig, nu ze erover nadacht; alsof het uit een of ander jongensboek kwam. 'Waar het oude echtpaar niets van mag weten,' voegde ze eraan toe en ze dempte haar stem.

'Waar heb je het over?' vroeg Vigdís en eindelijk leek er een sprankje in haar ogen op te lichten. Anna begon bij het begin, vertelde dat ze alleen in het huis was, over haar gesnuffel en de deur aan het eind van de gang; ze beschreef de werkkamer van de oude man, de boeken, de diploma's, de foto's aan de muur van hem met die rijke mensen, de politici, Björgólfur Gudmundsson en Thóra Hallgrímsson; wat ze in *IJslandse zakenlui* had gelezen.

'Deze man is geen boer en is dat nooit geweest. Hij voerde vroeger experimenten uit op mensen, ik weet niet meer hoe het er precies stond, maar die waren illegaal, misschien heeft hij zwervers of zwakzinnigen betaald om bepaalde geneesmiddelen te slikken. In die tijd waren de mensen armer. Maar er was meer. Ik ging de boeken in de kasten bekijken en toen ik er een uit probeerde te pakken, hoorde ik een klik.' Ze vertelde hoe de kast van de muur kwam en beschreef het donkere kamertje dat erachter zat, het bureau, het bed en het briefje boven het lichtknopje waarop stond KIJK NAAR MIJ.

'Kijk naar mij?' vroeg Vigdís. Ze zat onbeweeglijk en met open mond op de bank. Anna vertelde over het lichtknopje en wat er gebeurde toen ze dat aanraakte, hoe ze op de grond viel, het gevoel in haar lichaam helemaal kwijtraakte, maar wist weg te komen en de deur achter zich dicht kon doen.

'Daarna ben ik door de gang mijn kamer in gekropen, waar ik op de vloer heb overgegeven.'

'Heb je overgegeven? Niet te geloven. Heb je hoofdpijn of heb je geen gevoel in je vingers?'

'Nu voel ik me prima. Maar waarom stond die tekst boven dat lichtknopje? Dat is eng, het lijkt wel een val, toch?'

'Dit klinkt ernstig, het kan gevaarlijk zijn om een schok te krijgen. We moeten dit rapporteren zodra we in Reykjavík terug zijn.' Vigdís was geschokt en Anna vroeg haar zachter te praten.

'Maar ik mocht daar helemaal niet rondhangen, snap je. Ik was daar zonder toestemming.' Ze vulde de glazen opnieuw.

'En er was niemand anders in de kamer?'

Anna schudde haar hoofd. 'Ik snapte niet hoe iemand in zo'n kamer kan wonen. Met een bed, een bureau en met dichtgeschilderde ramen. Ik kon het totaal niet plaatsen. Tot nu net. Ik stond hier op jou te wachten, en ineens had ik het gevoel dat het een en ander op zijn plek viel.' Ze stond op en wenkte Vigdís mee te lopen naar de foto aan de muur.

'Meteen toen we hier aankwamen, viel deze foto me op,' zei Anna. 'Ik vond er een paar dingen vreemd aan, en hoe langer ik ernaar keek, hoe meer ik dat vond.' Ze bekeken de foto. Hij was ingelijst en het glas glansde. 'Valt jou iets bijzonders op?'

Vigdís schudde haar hoofd. 'Ik weet het niet... Zijn zij dit, Ása en de oude man? Ik herken in ieder geval de man, hij is hier jonger...'

Anna knikte. 'Inderdaad... Maar die vrouw is niet Ása. Ze is niet alleen jong, maar ook... hoe moet je dat zeggen... mooi,' fluisterde ze. 'Ze zijn allebei mooi. Hun gezichten hebben ook dezelfde trekken, en hun krullen, hun ogen. Ze lijken allebei totaal niet op de oude vrouw.'

Vigdís knikte, bleef naar de foto kijken. 'Dat zou kunnen. Maar waarom hangt hier een foto van hem met een andere vrouw?'

'Omdat Ása en hij niet getrouwd zijn, dat is alleen maar iets wat we zelf hebben bedacht. Ik weet niet wat haar plek is in dit huis, waarschijnlijk is ze de huishoudster... Nee, ik denk dat de vrouw op de foto zijn zus is. Wat verklaart waarom ze zo op elkaar lijken.'

'Aha, broer en zus... Maar lijken ze niet gewoon op elkaar omdat ze met elkaar getrouwd zijn? Als Ása en de man niet getrouwd zijn, zoals we dachten, zou het dan niet kunnen dat hij met haar getrouwd is?'

'Misschien wel. Als ik eerder vandaag in de werkkamer van de man niet een andere foto van deze twee had gezien; een oude familiefoto, ergens halverwege de vorige eeuw gemaakt. Eerst herkende ik de oude man, toen zag ik dat hij op de volwassenen leek – en op het meisje naast hem.'

'Deze vrouw?'

Anna knikte. 'Laten we zeggen dat ze broer en zus zijn en vervolgens kijken we nog wat beter naar deze foto; let op de trotse blik van de man, kin omhoog, ogen samengeknepen, alsof hij wil laten zien dat hij alle recht heeft, alsof hij iemand uitdaagt... En dan die vrouw naast hem, met een heel andere uitdrukking op haar gezicht; ze bevindt zich in een heel andere wereld, heeft helemaal geen mening, daagt niemand uit, kent geen andere mensen. Ze straalt van schoonheid, ze is gelukkig. Let ook eens op de manier waarop ze staat; de houding van de man is gesloten, verdedigend of klaar voor de aanval, terwijl die van haar open is en neerkomt op... ja, waar komt die op neer?'

Vigdís bestudeerde de foto, zei dat ze iets zag maar niet helemaal precies wist wat. 'De manier waarop ze staan, of waarop zij staat, waarop ze vooroverleunt? Ze staan een beetje laag op de foto...'

'De foto is geretoucheerd,' zei Anna snel en ze keek Vigdís aan. 'Er is iemand weggeknipt. Ik zag het eerder al toen ik door de kamer liep; ineens was het net of het tevoorschijn kwam, ik keek vanuit mijn ooghoek naar de foto, op deze manier, en toen schoot me te binnen wat ik eerder vandaag heb gelezen, over die man... En ik zag wat er op de foto ontbrak. Waarom de vrouw zo staat, met uitgestoken hand, met die uitdrukking op haar gezicht. Waarom de compositie zo uit balans is, de muur achter hen zo hoog – ze staan te laag op de foto, alsof er een stuk af is geknipt... Wat van de foto af is geknipt, is een wieg – en in die wieg ligt een kind.'

'Een kind?' zei Vigdís en ze keek strak naar de foto.

'Dat is de reden waarom de vrouw met zo'n moederlijke kijk-toch-eensblik in haar ogen haar hoofd schuin houdt en haar hand uitsteekt om de wieg of het hoofdje van het kind aan te raken; het kind zou zelfs voor hen kunnen staan, als het oud genoeg is. Toen me vervolgens te binnen schoot dat ik had gelezen dat de man een kind had gekregen, wist ik dat het klopte... Er heeft een kind op de foto gestaan.'

'Maar waarom zouden ze dat eraf knippen...'

'Hun kind,' onderbrak Anna haar. 'Het kind van broer en zus.'

Vigdís sperde haar ogen open maar zei niets.

'Het viel me op,' ging Anna verder, 'dat er in *IJslandse zakenlui* niets stond over het huwelijk van de man. Waarom niet? In het boek wordt verder duidelijk dat hij iets had gedaan wat "in strijd was met de goede zeden" en er was sprake van "een vrijzinnige houding in de privésfeer". Betekent dat dat hij een rokkenjager was? Zou iemand zulke sterke bewoordingen gebruiken voor een casanova? Dat geloof ik niet. Verder blijkt uit het boek dat hij een kind had gekregen, maar de naam van het kind wordt niet genoemd, en die van de moeder ook niet. De reden daarvoor zou kunnen zijn dat het kind buitenechtelijk was, en de schaamte die daaraan kleeft, maar waarom wordt het dan überhaupt genoemd? Dat is niet bij anderen in het boek gebeurd. En waarom is er in het familieregister sprake van een zus, maar wordt er niet gezegd hoe die heet? De reden hiervoor is simpelweg dat de moeder van het kind en de zus een en dezelfde persoon zijn, maar door er zo grondig omheen te draaien verraadt het boek het verband, onthult het het geheim. En wat is een grotere schending van de goede zeden dan een kind krijgen met je eigen zuster?'

'Dat geloof ik niet.'

'En wanneer is die foto dan genomen? Toen hij tegen de veertig liep en zijn zus iets jonger was. Waarschijnlijk is hij net terug uit de VS, waar hij tien, misschien vijftien jaar lang heeft geprobeerd te ontsnappen aan een liefde die door schaamte is omgeven. Maar na thuiskomst lukte het hem niet meer, hij kon zich niet langer beheersen, en zij ook niet. En vervolgens werd op een dag een kind geboren – niet lang voordat ze halsoverkop hierheen vluchtten, en niet zo lang voordat deze foto van hen samen werd genomen, van het gezin... Daarna zijn er geen foto's meer genomen, maar dat is ook niet nodig, deze zegt alles – de minachtende houding van de man, zijn trots en zijn provocatieve blik verraden dat hij een besluit heeft genomen, hij daagt de samenleving uit, hij erkent zijn gezin. Waarschijnlijk heeft hij zelf het initiatief tot de foto genomen omdat hij de moeder van het kind blij wilde maken, voordat hij het opgaf...'

‘Als daar inderdaad een kind heeft gestaan,’ onderbrak Vigdís haar en ze liep weg van de foto.

‘Daar staat een kind. En zo niet, waarom zou die man dan hier zijn? Waarom zou je hier willen wonen als je er niet toe gedwongen was?’

‘Maar waar is zijn zus dan? Met wie hij dat kind heeft gekregen?’

‘Dood, hier op de zandvlakte begraven. Of ze is eruit gegooid en aan haar lot overgelaten, door de man vermoord, en dwaalt nu over de zandvlakte zonder rust te vinden, haar ochtendjas aan flarden, ’s nachts kermend achter de ramen! Weet ik veel!’

Vigdís schudde haar hoofd, stak een sigaret op en leek erg haar best te doen om haar betoverde toestand van zich af te schudden. ‘Je bent niet goed wijs,’ zei ze glimlachend. ‘En het kind? Waar is het kind?’

‘Ik weet niet waar het nu is, maar ik weet waar het was. Je vergeet namelijk één ding.’

‘Wat dan?’

‘Ik ben ervan overtuigd dat het kind hier is – om een reden die niets met die foto te maken heeft. Wie denk je dat zich anders verborgen houdt in dat kamertje in de werkkamer van de man? Weggestopt, als uitschot?’

23

Anna nipte aan haar glas. Vigdís schudde haar hoofd en ze had weer die lege blik in haar ogen gekregen.

'Ja, verzin ze maar,' zei Anna en ze ging weer op de bank zitten. Ze voelde hoe verward ze was, en ook een beetje aangeschoten, maar niet zo erg dat ze niet meer helder kon denken.

'Ondertussen hoeven we in ieder geval niet aan onze eigen besognes te denken,' zei Vigdís en ze ging naast haar zitten. 'Maar we vergeten iets, toch? We kunnen het gewoon aan hen vragen.'

'Ik heb het al gevraagd. De vrouw loog.'

Vigdís zei dat ze moe was en Anna voelde hoe ze door een mengeling van slaperigheid en schaamte werd overmand, alsof ze te veel had gezegd.

Maar één ding bleef. Ze stak haar hand in de plastic zak naast zich, pakte het bundeltje, vouwde de zijde open en het kon haar plotseling niet schelen of de oude vrouw of de man zag wat ze daar had. Ze gaf Vigdís de tijd om haar ogen open te sperren en naar de revolver te staren, en legde daarna uit waar ze hem had gevonden.

'Hij is antiek... geloof ik. Iets wat de man heeft gekocht als herinnering aan zijn verblijf in Boston of Princeton of waar het ook was, een van die campussen in New England.'

'Is hij geladen?'

Anna knikte. 'Volgens mij weet de oude vrouw dat ik hem

heb meegenomen. Ze hebben de deur van de werkkamer op slot gedaan nadat ik er ben geweest.'

'Waarom heb je hem meegenomen?'

'Ik weet het niet. Ik wilde graag iets meenemen om te laten zien... Om te bewijzen dat we hier zijn geweest, of zoiets.' Anna wikkelde de revolver weer in de zijden doek en stopte hem in de tas.

'Hoe past die in jouw theorie?'

'Hoe bedoel je?'

'Waarom zou er een revolver liggen in een geheime kamer waar iemand tegen zijn wil wordt vastgehouden?' Anna zei niets. 'Ik bewaar hem wel,' zei Vigdís na een tijdje. Ze stak haar hand uit naar de tas en stond op.

'Weet je het zeker?'

'Dat wilde je toch aan me vragen?'

'Alleen vannacht... Egill is aan het drinken. Een zuiplap en een geladen pistool in een en dezelfde kamer, dat is geen combinatie.' Ze snoof. 'Er zitten nog vier kogels in, snap je...'

'Morgenvroeg gooien we hem weg,' zei Vigdís, 'als we weggaan... Nu is het welletjes, we moeten gaan slapen.' Ze besloten dat ze zouden opruimen als ze hadden geslapen en liepen naar de keuken om een glas te vullen met water zodat ze dat 's nachts bij de hand hadden. Toen ze de kamer verlieten, viel Anna's oog op de deur in de hoek, de deur die haar eerder die dag was opgevallen. Zonder dat Vigdís het zag, liep ze snel naar de deur en duwde de klink naar beneden – op slot.

Ze liep achter Vigdís aan de trap op, wenste haar welterusten en keek haar na terwijl ze haar kamer in liep met de plastic zak onder haar arm. Anna bekeek de deur van haar kamer goed op zoek naar een slot of iets dergelijks, maar kon er geen vinden. In plaats daarvan zette ze een stoel onder de klink en besloot dat ze het daar maar mee moest doen, kleedde zich uit en sprong zachtjes grinnikend over de vloer en onder het dekbed. Ze ging dicht tegen Egill aan liggen, die zacht iets mompelde, maar vervolgens doorsnurkte.

Ze hadden kunnen kijken of de foto gemanipuleerd was door hem uit het lijstje te halen – dat kwam ongetwijfeld doordat ze te veel tijd achter een computerscherm doorbrachten.

Al snel hoorde ze dat het hele huis kraakte en knarste, vooral het dak; alsof onzichtbare, onstoffelijke reuzen ermee speelden, erop klommen, er gillend doorheen tuimelden, licht en zwaar als de wind.

Dat was een vreemd idee, en daarna volgden nog meer beelden en vage zinnen; ze spookten door haar hoofd alsof ze haar iets belangrijks duidelijk wilden maken wat ze moest begrijpen, maar even later was ze ze vergeten, ze leken niets méér te zijn geweest dan iets vormeloos, iets krioelends, wat een vaag gevoel van angst bij haar opriep, meer gonzende gedachten: dat iemand ondersteboven voor het raam naar binnen hing te kijken, of haar in het donker opwachtte, ver weg in het duister, en haar naam fluisterde...

Ze nam een slaappil en slikte hem door, kroop in het halfdonker diep onder de deken, drukte haar hand tegen haar kruis, maar liet die daar onbeweeglijk rusten. Soms voelde het, precies op het moment dat ze in slaap viel, alsof alles op de een of andere manier niet klopte, dat ze iets midden in haar leven over het hoofd had gezien of vergeten was er aandacht aan te schenken, en dat alles op een misverstand berustte. Soms zat dat haar zo dwars dat ze de slaap niet kon vatten, de hele nacht wakker lag te kettingroken of te lezen, of ze ging wandelen om te bedenken hoe ze haar leven beter kon organiseren, rust kon vinden.

Ze speelde met het idee om te masturberen, ook al lag ze naast Egill. Hij werd er niet wakker van, ze deed dat de laatste tijd wel vaker, sinds ze niet meer met elkaar naar bed gingen. Ze waren ook nooit echt helemaal op elkaar ingespeeld geweest, zij had vaker zin; net als de meeste vrouwen die ze kende, in weerwil van de gangbare opvatting over de onstilbare lust van mannen, alle grappen over vrouwen met hoofdpijn.

Ze zag Egill voor zich, 's nachts achter zijn computer, naar het scherm starend, mond open, zijn schouders vreemd naar voren gebogen, een houding die haar deed denken aan een schansspringer die van de schans af springt. Ze was alleen in bed wakker geworden en opgestaan om te kijken waar hij was – en daar zat hij. Toen ze weer de slaapkamer in liep, kraakte de vloer en hij kwam achter haar aan, bleef in de deuropening staan en vroeg wat ze aan het doen was. Ze stond met haar rug naar hem toe bij het voeteneinde van het bed en beweerde dat ze op zoek was naar haar pantoffels. Hij vroeg of ze in de woonkamer was geweest, maar ze gaf geen antwoord. Even later draaide ze zich naar hem toe, zag hoe hij tegen de deurpost leunde en zijn blik strak op de vloer gericht hield, keek hem recht in zijn gekwelde ziel, zag hoe bang en kortademig hij was; wat had ze een medelijden met hem.

Vanaf dat moment begon ze hem te bespioneren, ook al had ze er eigenlijk totaal geen zin in. Maar het oefende zo'n onweerstaanbare aantrekkingskracht op haar uit. Op dat moment ging hij niet meer naar kantoor, en Anna kende het wachtwoord van zijn laptop. Meestal liet hij zijn computer thuis, en Anna vatte de gewoonte op om als ze na haar werk vlak voor het avondeten thuiskwam, te kijken welke websites hij in de loop van de dag had bezocht, voor hij een afspraak had met iemand in een restaurant of een kroeg. Over het algemeen begon hij met nieuwssites en af en toe een weblog, maar dan ging hij over op pornosites. Mettertijd werd de lijst pornosites steeds langer, en Anna begon een patroon te ontdekken; ze kon volgen hoe hij een paar dagen een bepaald genre porno meer leek te bekijken dan andere, en over het algemeen meer foto's dan video's, misschien had hij de tijd nodig om zich op een foto te concentreren. Ze ontdekte dat pornosites in categorieën ingedeeld waren, soms met wel bijna honderd keuzemogelijkheden die deden denken aan menu's of een soort nieuwsbrief vanuit het onderbewustzijn van haar vriend. Ze volgde zijn weg door *konten, benen, kontlikken, onderbroekjes, jonge meisjes, Aziatische meisjes, jonge Aziatische meisjes, Indonesische meisjes, Italiaanse meisjes, Franse meisjes, slapend, panty's, transseksuelen, dieren.*

Ze kon het niet laten – hoe verdrietig ze er ook van werd om het te zien – maar nadat ze per ongeluk een poedel had gezien die een meisje aan het likken was, allebei met staartjes in het haar, gaf ze het op. Ze ging in bed liggen en huilde tot ze helemaal leeg was, maakte toen een lange wandeling aan zee en probeerde moed te verzamelen om hem te bellen en te schreeuwen en te huilen en te zeggen dat ze het uitmaakte.

Het eind van het liedje was dat ze helemaal niets zei, ze wilde niet toegeven dat ze in zijn computer had ingebroken, en ze richtte haar ergste woede niet op hem, maar werd in plaats daarvan kwaad op een wereld die zoiets vreselijks als keuzemogelijkheid bood, alsof het niet iets heel raars was – niet alleen die hondenporno, maar al die foto's die meer deden denken aan anatomielessen of de fantasieën van een massamoordenaar dan wat zij zich bij porno voorstelde. Ze bracht het bij haar vriendinnen ter sprake en kreeg te horen dat veel van hen hun man ervan verdachten naar porno te kijken en dat soms zelfs liever deden dan met hen seks te hebben. Ze zei niets over Egill en zijn categorieën, maar begon zich in het fenomeen te verdiepen. Uiteindelijk schreef ze een artikel dat 'De stille epidemie' heette, waarin ze het toenemende pornogebruik van de westerse man besprak en de problematische onderzoeken binnen dit gebied, bijvoorbeeld in Canada, waar onderzoekers die op zoek waren naar een controlegroep van jonge mannen die niet bij internetporno onaneerden, geen enkele man tussen de achttien en vijfentwintig jaar konden vinden die aan dat criterium voldeed. En de meesten leek het niet uit te maken; de discussie draaide nog altijd om genderpolitiek en niet om bijvoorbeeld verslavend gedrag – de epidemie waar ze in de titel van het stuk naar verwees en die knaagde aan de grondvesten van de meeste relaties tussen jongeren, niet alleen waar het om seks en vertrouwen ging, maar het bracht ook veranderingen teweeg in de dopaminehuishouding van het zenuwstelsel van de gebruiker en bracht hevige stemmingswisselingen met zich mee, nauwgezet door de medische wetenschap in kaart gebracht.

Vlak daarna hield Egill op met porno kijken, hij had zijn laatste restjes libido weggezopen of hij had toevallig haar artikel onder ogen gekregen en was ongelofelijk onder de indruk geraakt van haar bewijsvoering. Ze maakte plannen om een boek met de titel *De laatste foto* uit te geven, een verzameling van de laatste foto's waarnaar hij had gekeken en waarbij hij was klaargekomen, en dat aan haar vriend op te dragen; soms werd ze zo kwaad op hem, zonder aanleiding leek het wel, dat ze zich heel erg moest inhouden hem niet te gaan slaan. In plaats daarvan stond ze toe dat hij zijn gestolen waar op haar naam liet zetten, bleef ervan dromen hem te verlaten, maar voelde ook dat gevoelsmatige begrip dat zo op liefde leek, beter nog zelfs – een duizelingwekkend verheven gevoel dat haar hoog boven zichzelf deed uitstijgen.

Of ging het om iets heel anders? Mocht hij zich gewoon niet aftrekken? Ze voelde hoe de slaappil begon te werken, alles werd zacht en warm en heerlijk. Dit was niet de eerste keer dat ze mensen midden in de nacht betrapte op iets wat niet zou mogen. Toen ze klein was en in Ísafjördur woonde, in het souterrain bij haar opa en oma, was ze op een nacht wakker geworden van geluiden uit de flat. Ze liep erheen, keek de donkere kamer in en deed het licht aan. Haar moeder en haar opa lagen op de grond, zij lag boven op hem, maar toen het licht aanging, sprong ze op.

Ze sloot haar ogen.

EGILL

24

Geen vel

Hij stond over Anna gebogen en schudde aan haar tot ze wakker werd.

'Je moet wakker worden... Word wakker, Anna,' zei hij. Ze sperde haar ogen open en hapte naar adem, haar gezicht glanzend van het zweet. 'We moeten met elkaar praten.'

'Waar ben je mee bezig?' jammerde ze en ze ging rechtop in bed zitten. Hij legde haar kleren op de rand van het bed en zei dat hij het zou uitleggen als ze naar de keuken kwam, en haastte zich daarna de kamer uit.

Onderweg naar beneden ging hij weer naar de badkamer, deed zijn sjaal af en bekeek de plek in de spiegel: een donkerblauwe streep in zijn hals waar zijn hemd tegenaan had geschuurd, en een ronde blauwe plek onder zijn adamsappel.

'De klootzak...' mompelde hij, maar hij wist niet tegen wie hij het had, voelde een verwarrende mengeling van schaamte en woede, of misschien pasten ze wel goed bij elkaar. Als Anna niet mee wilde, zou hij haar de plekken in zijn hals laten zien.

Het eerste wat hij dacht toen hij wakker werd, was om ervandoor te gaan, zo snel mogelijk, voor het begon te waaien. Hij maakte ontbijt klaar, zette koffie en pakte allebei hun rugzakken in, vastberadener dan hij in lange tijd was geweest.

'Hoe laat is het?' vroeg Anna toen ze de keuken in kwam.

Ze ging aan tafel zitten en hij zette het ontbijt voor haar neer, geroosterd brood met kaas en yoghurt in een schaaltje. 'Waarom ben je al zo vroeg op?'

'Gister rustig aan gedaan met de whisky, ik werd wakker bij het eerste zonnestraaltje.' Hij zei dat hij hun spullen had ingepakt. 'Alles staat klaar. We kunnen gaan zodra je klaar bent met eten. Ik heb kleren voor ons ingepakt, jouw vijgenkoekjes, noten, water, een kompas, een kaart, een zaklamp...'

'Waar zijn Hrafn en Vigdís?'

'Die slapen nog... Lieverd,' begon hij. 'We moeten hier zien weg te komen. Vigdís is oké, maar ik ga niet samen met hem naar huis. Het is genoeg.' Hij vertelde over hun ruzie in de loods, hoe Hrafn hem had uitgescholden, hem bij zijn keel had gegrepen en hem had proberen te wurgen, maar dat hij had weten te ontsnappen. 'Toen ging Hrafn ervandoor en Vigdís rende achter hem aan. Hij was totaal doorgedraaid...'

'Waarom heb je me dat gisteren niet verteld?'

'Ik weet het niet.' Hij schudde zijn hoofd. 'Ik dacht niet helder na. Ik begreep pas hoe ernstig het was toen ik wakker werd.'

'Schat,' zei Anna. Ze stond op en ging bij hem zitten, legde haar hand op zijn dij en kuste hem.

'Zulke vrienden kan ik niet gebruiken, zo praat je niet tegen je vrienden... We lopen naar de Askja zoals we de hele tijd al van plan waren. Maar alleen wij tweeën. We beginnen bij de dam die we hebben gezien en daarvandaan volgen we de weg naar het noorden. We kunnen afscheid nemen van Vigdís bij de Askja als ze daar aankomt, als we dan niet al een lift naar de stad hebben kunnen krijgen. Anders nemen we gewoon contact met haar op als we thuis zijn, en dan zal ik het uitleggen.'

'Wat doen we met Tryggur?'

'Tryggur is allang terug naar de bewoonde wereld gelopen en wacht daar op ons, bij de politie of bij een boer in de buurt van Egilsstadir. Het is toch een slimme hond? We kunnen hier niet langer blijven.' Hij stond op en begon door de keuken te ijsberen.

'Maar moeten we niet iets tegen ze zeggen? Moet ik niet nu met haar gaan praten, dan kan ze daarna weer gaan slapen...'

'We laten een briefje voor ze achter. Ik wil niet meer met Hrafn praten.'

'Ben je bang voor hem, was het zo erg?'

'Natuurlijk ben ik niet bang, Anna. Ik ben nergens bang voor, behalve voor Hrafn zelf, als hij zichzelf zo slecht in de hand kan houden. Ik weet niet waar hij hier allemaal mee bezig is... Maar ik ga in elk geval niet een halve dag met hem over de zandvlakte lopen, geen sprake van.'

Anna stak een sigaret op. Na een tijdje nadenken zei ze dat ze blij was zo snel mogelijk van dit huis weg te komen, en Egill haalde pen en papier tevoorschijn; hij schreef op het briefje dat ze vroeg wakker waren geworden, besloten hadden om snel naar de Askja te gaan en misschien zagen ze elkaar daar nog. Misschien. Hij schreef hun namen eronder, maar Anna eiste dat hij ook de reden noemde waarom ze eerder gingen, en hij voegde er kort iets aan toe over hun 'onenigheid' van de dag ervoor.

Anna ging naar de wc en ondertussen liep hij naar buiten, zette hun rugzakken voor het huis en dwong zichzelf te ontspannen. Er heerste totale stilte in de wildernis, die baadde in van dat heldere licht dat tegelijkertijd zo zacht was.

Hij besloot een joint mee te nemen, rommelde door de achterbak van de jeep voor het huis tot hij zijn viskoffer had gevonden. De wiet zat in het wormendoosje verstopt. Wat hij tegen Hrafn had gezegd over die joint die hij in zijn vissersvest had laten zitten en weer had teruggevonden was gelul, wat iedereen die dat wilde kon zien; de joint die ze rookten was niet kurkdroog, hij had hem die morgen gedraaid, maar Hrafn had dat genegeerd, zoals Egill wist dat hij zou doen – omdat hem dat zo uitkwam, omdat hij er te veel zin in had.

Hij pakte een beetje wiet, verkruimelde het met wat tabak in de palm van zijn hand, draaide het in een vloeitje en stopte de joint bij zich om later te roken.

Toen hij de achterklep dichtdeed, ontdekte hij dat de vishengels niet op hun plek lagen. De dakdragers, waar ze op hadden gelegen, waren leeg en de elastieken die de hengelfoedralen op hun plek hielden waren los. Hij keek op de achterbank en onder de auto, maar kon ze niet vinden. Het waren zijn hengels, twee stuks, en van alle spullen die hij had meegenomen waarschijnlijk de enige die hem echt dierbaar waren.

'Klaar,' zei Anna en ze verscheen boven aan de trap. Ze deden hun rugzakken om en gingen op weg.

Ze liepen in stilte door het zand in de richting van de heuvel die Egill zich van de dag ervoor herinnerde. Daarvandaan konden ze dan de dam zien. Anna beet op haar onderlip en leek ergens over te piekeren.

'Ik had het gevoel dat Vigdís me gisteren iets niet heeft verteld,' zei ze ten slotte. 'Waarom begonnen jullie eigenlijk ruzie te maken?'

'Hij kon niet slapen en was gewoon überhaupt geïrriteerd en reageerde dat op ons af.'

'Op jullie allebei? Vigdís en jou? Waren jullie dan iets bijzonders aan het doen?'

Hij hoorde welke kant het op ging. 'Niet zoiets, lieverd... Het zat allemaal in zijn hoofd, hij kan er niet tegen om hier in de natuur te zijn. Laten we ons niet druk maken om dit soort onzin.'

'Het was maar een vraag.'

'Het komt allemaal wel goed,' ging hij verder. 'Ze zien dat briefje en dan zorgen ze ervoor dat ze met z'n tweeën in de stad geraken. Ik kan niets meer voor hem doen.'

Toen ze bij de heuvel aankwamen, leek Anna dat gedoe met Vigdís en Hrafn allang vergeten te zijn en ze wilde graag naar het ravijn toe. 'Ik wil de gletsjerrivier zien. Weet je hoe die heet?' Ze hield de kaart vast waarop ze de heuvel had proberen te vinden, maar dat was niet gelukt. 'Overal op deze kaart staan lijnen die rivieren moeten aangeven. Het lijkt wel of we ons midden in een rivierengebied bevinden.' Ze hoorden het gebulder van de rivier en zagen hem door het ravijn razen. In het water tolden hier en daar grijzige en witte ijsschotsen rond die van de gletsjer waren afgebroken toen het warmer werd, en een koele nevel steeg vanuit de diepte naar hen op. Anna klapte in haar handen en wreef de waterdruppels in haar gezicht.

Ze liepen verder langs het ravijn zonder met elkaar te praten, je kon elkaar toch bijna niet verstaan door het geraas, dat Egill deed denken aan verkeerslawaai. Kabaal was goed, dacht hij bij zichzelf, dat geruis van het zand kon zenuwslopend zijn en stilte nog erger.

Hrafn was altijd al gestoord geweest. Nu hij erover nadacht vond Egill dat hij lang geleden al een punt achter hun vriendschap had moeten zetten; hij was veel te goedhartig en besluiteloos geweest, dat wist hij – daarom was hij nooit echt geslaagd in het leven; hij groef een kuil voor een ander waar hij vervolgens zelf in viel.

Langzaam verhief de dam zich boven de vlakte. Hij strekte zich uit tussen de twee verhogingen en was groter dan Egill had verwacht, een meter of twintig hoog en nog veel breder. Ze liepen verder langs het ravijn, dat plotseling een scherpe, hellende bocht naar het zuiden maakte, maar daarna recht op de dam afging.

Op het punt waar het ravijn weer recht werd, zagen ze een grote opening in de bergwand, en er was een weg te zien die schuin naar beneden liep en naar de opening leidde.

'Die heeft vast iets met de dam te maken,' zei Egill. 'Een afvoertunnel, of hoe zoiets ook heet.'

Even later kwamen ze aan bij de weg op de top van de heuvel. Anna zette een paar stappen en boog zich over iets wat in het grind lag.

'Zijn halsband... Waarom ligt die hier?' zei Anna en ze pakte de blauwe halsband van Tryggur op. Ze tilde het plastic flapje op dat eraan zat; eronder stond 'Tryggur' geschreven, in haar eigen handschrift, en met hun adres erbij.

Egill keek om zich heen. Iets verderop, maar een meter of twee bij de halsband vandaan, zag hij een paar steentjes die zo waren neergelegd dat ze een pijl vormden.

'Heb jij die stenen zo neergelegd?' vroeg hij en hij voelde hoe Anna naast hem kwam staan. De pijl wees schuin naar beneden. 'Ik ben me dit toch niet aan het inbeelden, of wel? Zeg eens iets...'

'Dit is een teken dat we daar naar beneden moeten, toch?' zei Anna. 'Zijn Hrafn en Vigdís nog buiten geweest nadat wij zijn gaan slapen? Het zou kunnen dat ze Tryggur hebben gezien en hem hierheen zijn gevolgd... Waren ze net nog op hun kamer?'

'Natuurlijk waren ze net nog op hun kamer,' zei hij en hij begreep niet waarom ze dat vroeg.

'Heb je ze nog gezien?'

'Hrafn en Vigdís hebben hier niets mee te maken.' Hij keek de weg af, die in de rivier leek te eindigen.

'Wie zou het anders moeten zijn? Ik denk dat er iets is gebeurd.' Anna liep de weg op, draaide zich toen om en keek hem vragend aan.

Egill schudde zijn hoofd en lachte geforceerd. 'Ze zijn niet naar beneden gelopen!'

'Maar iemand heeft dat wel gedaan, Egill! En diegene heeft die halsband en die pijl achtergelaten zodat wij dat zouden zien. Ik weet in elk geval niet waar Tryggur anders zou kunnen zijn. Ik wil dit uitzoeken.' Ze deed haar rugzak af en liep verder. Egill aarzelde, maar zette toen ook zijn rugzak neer, pakte een zaklamp om ermee in de tunnel te schijnen en liep achter haar aan.

Het geraas werd al snel luider en Egill merkte dat het hem angst aanjoeg, maar dat het ook op een primitieve manier suggestief en fascinerend was, alsof er hard op trommels werd geslagen of een mannenkoor een mantra zong.

De weg leidde helemaal tot aan de opening, maar vlak ervoor was hij kapot en hobbelig en helde hij steil over naar de rivier, alsof er ooit water overheen had gestroomd. De opening zelf was rond, had een doorsnee van een paar meter. Het leek het uiteinde van een buis te zijn die naar de dam leidde.

Egill floot zachtjes, maar dat was niet te horen door het geraas van de rivier. Het water stroomde maar een meter onder de rand van de weg, en het leek wel nat cement; het raasde aan hen voorbij, trok en rukte aan de grond onder hun voeten en had een geur die hij niet kon omschrijven – een grijze wildernis die van de ene plek naar de andere stroomde.

Anna hield zich zo ver mogelijk van de rivier, drukte zich tegen de rotswand, die glansde van de opspattende nevel, en ze leek kleiner en hulpelozer dan ooit. Maar in vergelijking met het geraas leek alles klein.

Even had Egill zin om te lachen, hij liep naar de opening en voelde zich op een vreemde manier nonchalant. Uit het duister, in het midden van de buis, sijpelde een roodbruin stroompje naar buiten. Aan allebei de kanten ervan lag aangekoekte modder, maar de randen waren droog. Egill voelde een zwakke luchtstroom, wat moest betekenen dat de tunnel ergens aan het andere eind open was. Er waren geen voetsporen in het slijk te zien.

Hij draaide zich naar Anna om en riep dat hij een kijkje in de tunnel wilde nemen. Ze schudde haar hoofd en zei iets wat hij niet hoorde, liep weer naar de weg en gebaarde hem haar te volgen.

‘Twee minuten!’ schreeuwde hij. Hij stak twee vingers in

de lucht en liep de tunnel in zonder op de helling ervoor te stappen. Bijna onmiddellijk nam het geraas in volume af en na nog een paar stappen was het helemaal niet meer te horen. Egill knipte zijn zaklamp aan en liep langzaam verder het donker in. De tunnel leidde omhoog, maar niet erg steil. Hij ging door tot er geen licht meer van buiten kwam en hij geen idee meer had wat hij daar kwam doen. Anna was degene die wilde dat ze daar naar beneden gingen, en toen wilde ze weer terug. Wat waarschijnlijk niet zo'n gek idee was. Toch ging hij verder.

Waar de buis ophield, begonnen glanzende zwarte rotswanden, er hing een metaalachtige lucht en er klonk het geluid van druppelend water. Egill mompelde zachtjes en merkte eerder dan dat hij het hoorde dat het daarbinnen echode. De tunnel was nog steeds min of meer rond, aangelegd met een boor die zich een weg door de berg heen had gebaand, in een triljoen keer minder tijd dan het het water had gekost hetzelfde te doen, zelfs als het kolkte en woest stroomde, zoals de rivier buiten.

Hij richtte zijn zaklamp op een punt ver in de duisternis en bewoog de stille lichtstraal van de ene kant naar de andere. Als hij de opening niet meer kon zien, had de tunnel dan niet een bocht gemaakt?

Verderop in de tunnel lag iets op de grond.

Hij kreeg de smaak van ijzer in zijn mond, haalde diep adem in de frisse lucht en richtte zijn zaklamp erop. Het eerste wat hij zag, waren de staart en de glanzend witte plooien op de buik, wat hem aan een ingevette kip deed denken. De staart stak recht de lucht in als een penis, stijf en lachwekkend.

Geen vel, dacht hij bij zichzelf; hij keek in een paar smekende donkere ogen en wist dat het Tryggur was. Zijn kleine tong hing uit zijn bek, de hond hijgde snel en oppervlakkig en probeerde overeind te komen, maar dat lukte niet. Druppels bloed zo groot als speldenknoppen welden hier en daar op uit zijn buik, en zijn staart krulde, maar daarna rechtte hij hem weer. Hij was gevild.

Egill deinsde terug, liep achteruit bij het dier vandaan en scheen met zijn zaklamp op de wanden, hoorde een geluid achter zich en draaide zich om.

HET HUIS

HRAFN

25
Concurrentie

Vigdís legde het briefje neer, trommelde snel met haar vingers op tafel zoals altijd wanneer ze zich ergens over opwond.

'Wat is er?' vroeg Hrafn.

'Ze zijn al vertrokken.'

Hij pakte het briefje en las het. 'Niet te geloven... Hij durft niet in mijn buurt te komen, en hij heeft haar meegesleept. De idioot.'

'Hij heeft toch ook alle reden om bang te zijn?' Hrafn gaf geen antwoord, liep naar het fornuis en zette water op voor de koffie. Hij wreef in zijn ogen, die dik waren van de slaap. 'Hoelang geleden zouden ze zijn vertrokken? Bij zonsopgang?' Hij draaide zich weer om naar Vigdís. 'Egill was gisteren vroeg gaan slapen, toch?' Hij vond alles ineens zo grappig dat hij zich moeilijk kon inhouden. 'Hij is fris en fruitig wakker geworden en heeft willen voortmaken!'

'Je zou hem je excuses moeten aanbieden zodra je thuis bent. Maar het is een domme beslissing, dat kan ik niet ontkennen,' zei Vigdís. 'Hopelijk wachten ze ergens op ons. Anna krijgt hem vast zover dat ze stoppen en wachten, of omkeren.'

Het water kookte en ze schonken koffie in. Vigdís smeerde boterhammen die ze uit hun tasje met ontbijtspullen haalde en ze aten in stilte. Het oude echtpaar was nergens te bekennen. Vast buiten hun onzichtbare koeien aan het verzorgen of hun onzichtbare schapen of kippen, dacht Hrafn bij zichzelf. Die vossen waren de enige dieren die ze daar hadden gezien. Misschien molken ze de vossen.

Ze aten hun ontbijt en Hrafn stak een sigaret op. De avond daarvoor, toen Vigdís naar boven kwam om naar bed te gaan, had hij zijn excuses aangeboden voor wat er in de loods was gebeurd. Ze vroeg of hij had geblowd, zoals Egill zei, maar hij ontkende, zei dat hij met een joint in de hand had gestaan en eraan had geroken – om te weten hoe het ook alweer was – maar Egill dacht dat hij verder dan dat was gegaan, omdat hij zelf al sinds het begin van hun reis stoned was. Ze antwoordde dat ze geen zin had om erover in discussie te gaan, ging op haar zij liggen en viel meteen in slaap, zoals altijd. Hij zei ook niets over de foto en de botten in het dorp, dat zou ze niet aankunnen, in elk geval niet voordat ze weer terug in de stad waren. Zelf deed hij die nacht nauwelijks een oog dicht.

Ze ruimden het servies en het eten op en Vigdís schreef een briefje aan de vrouw om voor hun verblijf te bedanken. Ondertussen haalde Hrafn alles wat het minst noodzakelijk was uit hun rugzakken om ze lichter te maken, maar stopte er wel een paar pakjes sigaretten in en bij allebei drie noodfakkels. Daarna gingen ze naar buiten.

Uit het zuiden waaide een licht en warm briesje, wat betekende dat het elk moment harder kon gaan waaien. Ze liepen over het erf tot ze sporen van Anna en Egill vonden. Die gingen richting het westen.

'De dam,' zei Vigdís en ze pakte de kaart, waarop ze de weg had aangegeven die ze de dag daarvoor hadden uitgestippeld. 'En dan gaan ze van daaruit naar het noorden.'

'Hebben ze een kaart?'

'Anna had een kaart en een kompas.'

'Ze kan niet met een kompas omgaan. En hij ook niet, wat hij ook tegen jou heeft gezegd of Anna heeft wijsgemaakt.'

'Ze zullen zich vast op de een of andere manier kunnen oriënteren, ook al kunnen ze geen kompas lezen. We halen ze wel in als we ons haasten.'

'Willen we dat echt?'

'Natuurlijk, Hrafn. Samen uit, samen thuis, of jullie nou met elkaar praten of niet, anders is het voor ons allemaal gevaarlijk.' Hij stelde het kompas in op de heuvel vanwaar ze de dam hadden gezien, en daarna gingen ze op weg. Vigdís leende de verrekijker en keek om zich heen. Op Hrafns vraag antwoordde ze dat ze de auto zocht waarin ze de dag ervoor had gescholen.

'Ik weet zeker dat die hier ergens stond. Ik kon het huis zien toen de storm was gaan liggen.'

'We zouden erbovenop kunnen staan zonder hem te zien als hij dezelfde kleur als het zand heeft.'

'Het is zo gek,' zei ze na een korte stilte.

'Wat?'

'Ólöf, een vriendin van mij, is gids geweest in dit gebied, ze ging met buitenlanders via Sprengjusandur naar Langjökull. Ze vertelde dat men over het algemeen in eerste instantie verwonderd op de zandvlakte reageert, de stilte en de schoonheid worden bewonderd, maar dan komen de vragen over meters en kilometers, hoogte, lengte en breedte. De mensen willen feiten over de omgeving – alles wat er te zien is – omdat ze niets meer zien of horen, onze gedachten hebben hier niets om zich mee te voeden. Omdat je niet nádenkt over zulke natuur. Het is onmogelijk en het maakt je duizelig, het draait gewoon voor je ogen.'

'Maar de meesten worden er toch ontspannen van? De stress van de grote stad valt toch van je af?'

'Ja, vast... Maar bij welke groep horen wij, denk je?'

Het begon harder te waaien zonder dat het zand ging stuiven. Vigdís bleef nerveus om zich heen kijken en toen Hrafn vroeg wat er was, zei ze dat ze het een en ander niet begreep van wat er de vorige dag was gebeurd.

'Waarom heeft Egill Anna niet over jullie ruzie verteld?' vroeg ze. 'Toen ik gisteravond met haar praatte, wist ze van niks.'

'Hij heeft er in elk geval vanochtend iets over gezegd. Hij wilde het haar waarschijnlijk besparen... Hij praat trouwens nooit over dit soort dingen, veel te persoonlijk. Alles wat met vroeger te maken heeft, is te persoonlijk, hij beschouwt het als een wapen om dingen over mensen te weten. Hij is ook te trots om over mij te klagen.'

'En jij dan, ben jij te trots om ergens over te praten?'

'Wat bedoel je?'

'Egill had het over een meisje. Hij zei dat hij je zijn excuses had aangeboden voor "dat meisje", waar ging dat over?'

'Dat heb ik je toch al verteld?'

'Over dat meisje, ja, als zij is wie ik denk. Maar niet over Egill... Ik wil het weten, Hrafn. Dat ben je aan me verplicht na gisteren.'

'Ben ik dat aan je verplicht? Oké dan.' Hij dacht na en begon toen te vertellen over de avond nadat hij voor de tweede keer op de middelbare school was blijven zitten; op weg naar een feest ging hij even bij hem thuis langs om iets op te halen, maar het eindigde ermee dat hij ruzie kreeg met zijn vader, die hem een knal verkocht. 'We waren allebei dronken. Die nacht verhuisde ik naar een flat aan de Hringbraut, waar mijn wietdealer samen met nog twee anderen woonde... Ik begon wiet te verkopen, zoals ik je een keer heb verteld, maar stapte toen over op speed, groef pakketjes op buiten de stad en verkocht ze.'

'Dat heb je me nooit verteld.'

'Ik was het gewend om geld te hebben, snap je. Ik ben met geld grootgebracht... Toen de politie mijn telefoon begon af te luisteren en me in de stad begon te schaduwen, wat na een klein jaar gebeurde, hield ik op met dealen, en ging ik een tent runnen in de Hafnarstraeti, waar geld werd witgewassen, onder meer.'

'En Egill?'

'Hij had hier helemaal niets mee te maken. In elk geval niet zoveel dat hij er zich doordeweeks iets van hoefde aan te trekken... Hij bleef op school, studeerde en woonde bij zijn ouders. We zagen elkaar in het weekend om uit te gaan... Nadat ik uit huis was gegaan, was hij mijn enige contact met het verleden, een soort rode draad in mijn leven. Ik vertrouwde hem. En toen begon hij te veranderen en ik had het gevoel dat hij vond dat we verschilden: dat hij beter was dan ik.'

'Waar baseerde je dat op?'

'Gewoon, op verschillende dingen, wat hij zei, hoe hij naar me keek... Eerst reageerde ik er niet op en dacht dat het aan de drugs lag. Maar ik merkte dat hij mijn drugsgebruik aanmoedigde en zelf minder ging gebruiken, hij probeerde nooit te voorkomen dat ik mijn leven naar de klote hielp, probeerde me nooit ervan af te brengen, wat ik ook deed... Ik wilde geen hulp, maar van anderen profiteren is weer iets heel anders – steeds hogerop komen terwijl anderen steeds dieper zinken... Ik was altijd populairder dan hij, had een vlottere babbel, maakte vrienden zonder erover te hoeven nadenken en kon goed leren. Hij had nooit veel moeite voor iets gedaan, maar dat was aan het veranderen, ik merkte het al toen ik nog op school zat. Na de kerstvakantie in het eerste jaar van de bovenbouw was hij anders toen hij terugkwam, alsof hij had besloten dat het nu zijn beurt was, dat bleek uit alles wat hij deed, waar hij over praatte, de manier waarop hij mensen in de gangen groette, de kleren die hij droeg of de boeken die hij las, geschreven door mensen met veel afkortingen voor hun naam. Over groepspsychologie, leiderschap, lichaamstaal, reclame. Hij dronk ook minder, deed cursussen snellezen en debatteren, had het voor het eerst over de School van Chicago en begon naar vergaderingen van de conservatieve studentenvereniging te gaan, waar hij vrienden maakte. Nadat ik van school was gegaan, stelde hij zich kandidaat voor een bestuursfunctie in de vereniging en werd gekozen als secretaris, of iets dergelijks.'

'Het is toch normaal dat mensen zo veranderen, vooral op die leeftijd? Mensen meten zich altijd aan alles. Ze proberen te ontdekken welke rol ze in het leven willen spelen...'

'Jawel, natuurlijk. En zijn prestaties waren geweldig, regelrecht uit het script van totaal iemand anders; in elk geval iemand die ík niet kende. Eufemistisch uitgedrukt zou je het ambitie kunnen noemen, hij had de streber in zichzelf naar boven gehaald en ik vond het moeilijk om dat te negeren. In zijn ogen is er geen sprake van verbondenheid tussen mensen, hij wil niet dat mensen elkaar helpen of ondersteunen, we concurreren met elkaar. En niet alleen wij, de rest van de wereld, maar hij en ik onderling ook.'

'Was er verder niemand die deze verandering zag?' Vigdís klonk aarzelend, twijfelend zelfs, wat hem irriteerde.

'Niet zo duidelijk als ik. Hij had geen andere vrienden uit de tijd dat we nog jong waren, op een paar wederzijdse kennissen na, maar niemand die hem zo goed kende als ik. Ik verzin dit echt niet... En ik heb niks tegen concurrentie, zoals je weet, maar ik zag hoe ver hij bereid was te gaan. Op een gegeven moment verloor ik mijn geduld, ik viel tegen hem uit en zei dat ik de oude Egill miste, en hij reageerde daarop door een hele week chagrijnig te doen – misschien om nieuwe scènes te schrijven voor het personage dat hij speelde, het opnieuw neer te zetten. Tegelijkertijd leerde ik dat meisje kennen, over wie we het een keer hebben gehad en dat hij noemde toen we ruzie hadden.'

'Op wie jij verliefd was?'

Hij knikte. 'Op mijn eigen verknipte manier. Ik heb nooit geweten wat ze in mij zag, maar ik wilde echt dat ik haar verdiende. Ze gebruikte zelf geen drugs en was zo anders dan alle anderen om me heen, aardig en vrolijk, heel mooi, en ga zo maar verder. Ik ging haar als motivatie gebruiken om mezelf uit de nesten te werken en een beter mens te worden.

Dat vertrouwde ik Egill allemaal toe. Hij zei dat hij me nog nooit zo had horen praten, wenste me geluk en omhelsde me.

Een maand later, de dag nadat dat meisje het met mij had uitgemaakt – ze zei dat ze het niet met haar geweten in overeenstemming kon brengen om met een dealer samen te zijn – kreeg ik een telefoontje van Egill, die wilde afspreken. Terwijl we een rondje om het Tjörnin liepen, zoals we soms deden, vertelde Egill dat het meisje en hij verliefd op elkaar waren; ze hadden veel tijd met z'n tweeën doorgebracht terwijl ik dingen aan het doen was, de kroeg draaiende hield of zo. Ze schaamden zich, het was per ongeluk gebeurd – ze waren dronken – en ik moest begrijpen dat hij wilde dat alles anders was gelopen, maar zo was het helaas niet.

Ik hoorde hem praten, zeggen dat het hem speet, maar ik geloofde hem niet, ik wist niet eens zeker of hij zichzelf wel geloofde. Hij deed niet eens echt een poging, hield zijn praatje alsof hij halfhartig probeerde het leed te verzachten, goed voor ieders ego, of zelfs voor onze toekomstige omgang met elkaar; hij was schijnbaar voorbereid op een standaardantwoord – vol emoties, een knal voor zijn kop of zelfs nog erger – maar in werkelijkheid leek het hem allemaal niets te doen... En het verdriet waardoor ik werd overmand zat 'm daarin dat het Egill totaal niet speet, hij leek zelfs te vinden dat hij het recht had dat meisje van me af te pakken, omdat mijn leven een puinhoop was, slecht en smerig, en zich in een neerwaartse spiraal bevond; omdat ik haar niet waardeerde en daarom geen recht had op mijn gevoelens, als ik die überhaupt al had. Weg met dat meisje, dan kon die zielige vriend van hem zich weer aan zijn verslaving wijden en zou hij alles de volgende dag alweer vergeten zijn.

Dat was wat hij zei, of wat ik hem hoorde zeggen, en halverwege zijn verhaal liep ik weg. Hij riep me na, maar ik keek niet om, ik liep naar Vatnsmýrin en ging bij de vijver bij het Nordic House liggen. Het vroor, het gras was berijpt en de lucht was helder, heel dramatisch allemaal... Daarna nam ik een snuif en had er spijt van dat ik was weggelopen, ik stond een uur lang voor Egills deur en wist niet of ik hem alleen maar bespioneerde of hem iets aan wilde doen. Uiteindelijk ging ik feesten bij een vriend, dat duurde een paar maanden, en toen ik weer nuchter was, was ik vergeten hoe dat meisje heette.'

Ze kwamen aan bij de heuvel waar ze de eerste dag waren geweest op zoek naar mobiele dekking, en ze stopten om wat te drinken. Hrafn kreeg het idee dat de heuvel door mensen gemaakt was, net als de verhoging aan de voet ervan en de heuvel bij het dorp met de keten en misschien wel alle heuvels in de omgeving – diep onder het aardoppervlak geboren, in bergen die waren opgeblazen en vermalen en met vrachtwagens uit de aarde waren gehaald. Maakte het trouwens iets uit? Was alle perceptie niet kunstmatig?

Hij pakte zijn bidon en spoot wat water in zijn mond. Het hek op de heuvel zat nog steeds dicht.

'Was dat voldoende voor je?' vroeg hij toen en hij glimlachte naar Vigdís.

'Wat?'

'Was dat voldoende verantwoording?'

'Je hoeft je voor mij niet te verantwoorden,' zei ze, maar hij zag dat ze dat niet meende. 'Hebben ze lang een relatie gehad, Egill en het meisje?'

'Een paar maanden. Net zo lang als het mij kostte om door een hel te gaan, zoals ze zeggen... Toen ik er later over nadacht kreeg ik het gevoel dat ik iets verdorvens in hem had gezien, een onverschilligheid en een wreedheid die ik niet begreep. Maar ik denk er niet zoveel meer aan.'

'Toen je bij mij in de praktijk kwam, zei je dat je nooit met dat meisje naar bed was geweest... Klopt dat?'

Hij knikte. 'Daar ga ik van uit, maar er moet toch wel iets zijn gebeurd.'

'Denk je dat Egill met haar naar bed is geweest?'

'Natuurlijk... Hij kan niet langer dan een uur bij een vrouw zijn zonder het tenminste te proberen. Als het hem niet lukt, dan gaat hij ervandoor, met de staart tussen de benen. Ze zijn samen geweest tot hij haar zover kreeg, nadat hij alles over mij te weten was gekomen, neem ik aan.'

'Alles over jou?'

'Mijn pogingen.'

'Wat maakt dat uit?'

'Ik weet het niet... Veel.'

'Waarom kwam dat nu pas ter sprake?'

Hij haalde zijn schouders op, spoot meer water in zijn mond en probeerde zich te herinneren wat de oorzaak was van het voorval in de loods, maar hij herinnerde zich alleen de botten, waarover hij het niet kon hebben. 'Misschien omdat er hier zoveel plek is?' Hij glimlachte, en daarna lachten ze allebei en hij wist dat ze hem had vergeven. Wat fijn was.

Het begon steeds harder te waaien en vlak nadat ze de heuvel achter zich hadden gelaten was het net of al het zand ineens van de grond opsteeg. Het werd donker om hen heen en Hrafn knoopte snel een sjaal voor zijn mond en neus en zag vanuit zijn ooghoek dat Vigdís hetzelfde deed.

In plaats van blind het kompas te volgen, besloten ze het zuidwesten aan te houden, naar het ravijn, en in die richting de dam te volgen. Omdat Vigdís een zonnebril ophad en beter zicht had, liep zij voorop. Toen ze bij het ravijn aankwamen, zagen ze dat het waterpeil in de rivier sinds de dag ervoor behoorlijk was gestegen.

Vlak bij het ravijn was het zicht beter en prikte het zand niet in hun ogen, omdat er door de aanwezigheid van het ravijn minder van was. Hrafn zocht naar sporen op de grond, hoewel hij wist dat dat stom was – hij moest toch iets te doen hebben – en ze liepen verder, ook al was hij er niet meer zeker van of dat verstandig was. Er was geen ruimte voor vergissingen, één zou al te veel zijn; als ze bijvoorbeeld zouden aannemen dat de storm tegen de avond ging liggen en dat niet gebeurde, of dat de wind niet binnen een uur uit het noorden zou gaan waaien, koud werd en in slagregens of zelfs natte sneeuw overging. Ze wisten niets.

Het ravijn maakte een lange, hellende bocht naar het zuiden. Hrafn haalde de verrekijker tevoorschijn, maar zag nergens de dam. Ze volgden het ravijn verder tot ze bij twee rugzakken aankwamen, bij een weg die langs de bergwand liep en het ravijn in leidde. Ze maakten de rugzakken open om zich ervan te verzekeren dat het die van Egill en Anna waren. De rugzak van Egill zat vol flessen drank.

Vigdís rukte haar sjaal en haar zonnebril af, hief haar handen ten hemel en wauwelde iets wat Hrafn niet verstond. Ze was te zeer van streek, hij vond het naar om haar zo te zien. Het gehuil van de wind maakte het moeilijk om met elkaar te praten. Hij deed net of hij de weg die het ravijn in leidde niet zag en wilde niet naar beneden. Vigdís ging vlak bij hem staan en riep: '... daar naar beneden?' Ze trok een vragend gezicht, wees naar de weg. Aan het eind ervan was het gletsjerwater te zien. Hrafn deed zijn rugzak af en zette hem naast de andere, bleef aan het begin van de weg staan aarzelen en dacht aan de flessen en de roes, en de onzichtbare gletsjer die smolt en zich grijs en kolkend een weg de wereld in baande. Ten slotte zei hij dat hij alleen naar beneden wilde en gebood haar te blijven wachten.

'Je ziet me wel!' riep hij. Hij liet haar weten dat hij niet uit haar zicht zou verdwijnen en liep toen snel de weg op.

Beneden in het ravijn was het windstil, maar het kabaal was oorverdovend, de rivier stond heel hoog en het waterpeil steeg met de minuut. Hrafn kwam bij het eind van de weg, waar een grote buis in de aarde verdween. Voor de buis en in het slijk op de bodem ervan zag hij voetsporen van twee mensen. Ze leidden de buis in, maar niet meer naar buiten.

VIGDÍS

26

Nog iemand?

Ze zag hem de weg af lopen. Ze had wel eens voor hetere vuren gestaan, maar tegelijkertijd vertrouwde ze haar eigen reacties niet meer; als Anna helemaal onder het bloed uit de lucht kwam vallen en lachend haar rugzak omdeed of Egill op een geit over de zandvlakte kwam aanrijden – ze konden hier allemaal op een bijna oneindig aantal manieren reageren.

Hrafn stond aan het eind van de weg, de grijze gletsjerrivier leek wel over zijn hoofd heen te stromen, en hij staarde naar de bergwand. Ze verwachtte Anna en Egill ieder moment te zien, maar dat gebeurde niet; er kwam niemand lachend uit de bergwand tevoorschijn en niemand stak zijn hoofd uit de rivier en zwaaide. Hrafn draaide zich om en liep weer naar haar terug. Ze keek hem vragend aan, maar hij schudde zijn hoofd. Zijn gezicht was vochtig van het opspattende rivierwater.

Hij deed zijn rugzak om en daarna gingen ze vlak bij elkaar staan om de ander te kunnen verstaan. Hij zei dat hij beneden geen sporen van mensen had gezien en ze kwamen tot de conclusie dat Anna en Egill waren omgekeerd en terug naar het huis waren gegaan omdat ze iets waren vergeten, of, wat waarschijnlijker was: Anna had Egill tot rede gebracht, ze hadden besloten om samen te reizen en hun rugzakken achtergelaten omdat ze erop rekenden dat ze langs dezelfde weg terug zouden komen.

Vigdís trok hun rugzakken weg van de kant, voor het geval de wind van richting zou veranderen, en daarna liepen ze dezelfde weg terug langs het ravijn.

Haar theorie was niet helemaal waterdicht, dat moest ze toegeven; Egill zou zich bijvoorbeeld bij slecht zicht nooit ver van het ravijn hebben gewaagd, hij was een lafaard en daarom voorzichtig; zodra het zicht verslechterde zou hij richting het ravijn zijn gelopen en dat naar de brug zijn gevolgd. Hij wist dat het vandaar niet ver naar het huis was. Ze zouden elkaar zijn tegengekomen.

Hoe goed kende ze die mensen eigenlijk, Egill en Anna? Ze was een paar keer met hen uit eten geweest, was op een avond bijna dronken geworden, had Egills onderzoekende blikken opgemerkt, en Hrafns zwijgen in de auto onderweg naar huis gevoeld.

Haar eerste kennismaking met Egill, zonder dat ze het wist, was via zijn vertegenwoordiger, 'iemand van de bank', die op een dag haar vader had gebeld, had beweerd dat hij 'de beste klanten van de bank' onder zijn hoede had, en had gezien dat de reële waarde van de activa op de rekening van haar vader de laatste jaren niet geïndexeerd was, en hij raadde hem aan zo veel mogelijk geld te gebruiken om aandelen deCODE Genetics te kopen. Na de dood van haar moeder had hij een grote som geld van de levensverzekering gekregen en een auto voor Vigdís gekocht, maar verder had ze niet gemerkt dat hij iets uitgaf, zelfs zijn loon nauwelijks. Zonder het aan Vigdís te vragen, of überhaupt aan iemand anders, zo leek het, behalve die klootzak bij de bank, stopte hij al het geld in aandelen, en de dag nadat deCODE naar de beurs was gegaan, was het geld weg, tot op de laatste kroon. Later had Hrafn haar uitgelegd hoe Egill zijn eerste miljoenen had verdiend: door een marketingcampagne voor 'Kári's aandelen' te leiden, wat boven verwachting ging, en de rest kon ze zelf wel bedenken. Maar ze had er nooit iets van gezegd, tegen Egill niet en tegen Hrafn ook niet, ze wachtte het juiste moment af, of had gewoon geen idee welke reactie passend zou zijn.

Waren je vrienden, in sommige opzichten tenminste, niet de afspiegeling van je zielenleven? Ten minste één keer had ze een glimp van intimiteit tussen Hrafn en Egill opgevangen waar ze jaloers van werd. Ze kenden elkaar al van kinds af aan, en dat schiep een band tussen mensen, wat dat dan verder ook wilde zeggen.

Ze kwamen bij de brug. Die hing aan zijn touwen over het ravijn, wat betekende dat Egill hem de dag ervoor zo had achtergelaten. Mooi, dacht Vigdís, dan was er tenminste een reden waarom de brug er zo bij hing. Het dorp was niet te zien vanwege het zand.

Vanaf de brug liepen ze met de wind in de rug recht naar het noorden, maar het zicht was slechter dan de vorige dag, niet meer dan een paar meter. Ze hield de tijd bij en gebruikte het kompas. Als ze niet binnen een halfuur de weg naar het huis zouden terugvinden, zouden ze steeds kleinere rondjes gaan lopen, in het ergste geval zouden ze bij het ravijn omdraaien om opnieuw te beginnen. Overal om hen heen wervelde zand en het golfde als donkere wolken over de grond, werd van het zuiden naar het noorden voortgesleept, en wie weet: op een donkere januaridag kwam de wind misschien weer van de andere kant en blies alle zandkorrels weer op hun plek.

'Rustig maar,' mompelde ze in haar capuchon en ze wist niet of het geraas van de storm nu hard klonk of zacht. Waarschijnlijk klonk het vrij hard. Naarmate de tijd verstreek, leek het of het gehuil en gefluister ook binnen in haar weerklonk, in haar botten en haar spieren en haar hersenen, die kleine, vochtige, grijze klomp die ze over de zandvlakte meevoerde. Een tijd lang voelde het alsof ze over een ruwe zee liepen, het zand golfde en het duizelde haar van het constante gehuil van de wind in haar oren, haar neus raakte verstopt van het zand en haar ooghoeken en mond zaten er vol mee.

Ze liep door in haar eigen tempo met Hrafn in haar kielzog. Al snel zagen ze in de zandstorm het huis opdoemen. Het leek net een rots die boven hen uittorende. Op het erf was niemand te bekennen en achter de ramen evenmin.

'Ze zijn er niet,' mompelde Vigdís bij zichzelf en ze zocht even steun bij de leuning, maar liep toen de trap op en deed de deur open. In de hal deed ze haar sjaal af, zette haar zonnebril af en vroeg luid of er iemand thuis was. Ze liep naar boven en kleedde zich om. De kamer van Egill en Anna was leeg, en niets wees erop dat ze daar een tussenstop hadden gemaakt.

'Er is hier niemand,' zei ze en ze liep de woonkamer in, waar Hrafn zat te roken. 'Er moet iets zijn gebeurd. Ze zijn teruggegaan om ons te halen, maar onderweg op de zandvlakte verdwaald. Ik kan niet geloven dat Egill zo dom kan zijn.'

'Het is hier een komen en gaan van mensen,' zei Hrafn en hij bekeek een paar boeken in een kast. 'Net als met het dorp en de dam – eerst was er niets, toen waren ze er wel en nu is er weer niets.'

'We zullen in ieder geval hier moeten wachten,' zei ze en ze stak een sigaret op. 'Als ze niet snel weer opduiken, of wanneer de storm is gaan liggen, dan vertrekken we met z'n tweeën.' Hrafn knikte terwijl hij in een boek bladerde dat hij uit de kast had gepakt. Hij was ongewoon zwijgzaam en keek haar niet aan, alsof hij zich ergens voor schaamde. 'Gaat het verder wel?' voegde ze eraan toe. 'Ik vertrouw je, lieverd… Je houdt toch niks voor me achter?'

'Natuurlijk niet.' Hij schudde zijn hoofd. 'Ik vertel je wat ik weet.'

Ze keek naar de foto aan de muur die Anna 'de foto van de mooie mensen' noemde. Ze kon zich niet voorstellen dat ze daar de vorige avond nog hadden gezeten, hun glas in hun handen draaiend, fantaserend over van alles en nog wat. De problemen waar ze toen mee zaten leken nu onbeduidend, niets vergeleken met de situatie nu.

Voor ze het wist had ze Hrafn op de foto gewezen en hem over Anna's theorieën verteld, dat de vrouw op de foto niet Ása was maar zijn minnares, die tevens zijn zus was, daar waren in elk geval goede argumenten voor, en dat ze samen een kind hadden gekregen, dat in een geheim kamertje in de werkkamer van de man op de bovenverdieping verborgen zat, en dat uit die foto aan de muur was geknipt.

'In die werkkamer staan duizenden boeken en foto's van die man samen met politici en allerlei hotemetoten. Deze mensen zijn geen boeren, die man in ieder geval niet...'

'Heb je het nou over incest?' vroeg Hrafn, die op de bank was gaan liggen en naar het plafond staarde.

'Ja, of Anna insinueerde dat, ik weet het niet. Waarom zouden die mensen hier anders zijn? Anders dan voor iets op de vlucht, uit schaamte...'

'En een geheim kamertje achter een boekenkast?'

'Ze heeft in die werkkamer een oud familieportret van ze gezien, dezelfde mensen als hier, maar op deze foto staan ze als volwassenen. Ze heeft ook een biografietje van de man gelezen, waarin het een en ander werd gesuggereerd. Ik neem aan dat dat gecontroleerd kan worden door dat kamertje te bekijken waar ze het over had. Ze trok een boek uit de kast en toen ging die open, geloof ik, maar ze heeft niet gezegd welk boek. En ik heb er niet naar gevraagd... Ze dacht ook dat de vrouw op de foto hier ergens begraven lag.'

'Ik begrijp het... Maar dat kind dan? Het resultaat van de verboden relatie van zijn ouders. Waar is dat kind?'

Ze kreeg plotseling het gevoel dat hij haar belachelijk maakte. 'Dat is in ieder geval geen kind meer, maar een volwassene, neem ik aan. Ik weet hoe het klinkt, Hrafn, maar waag het niet om dit zomaar af te doen. We hebben niet zoveel goede verklaringen...' Ze haalde diep adem. 'We waren aan het drinken, ik weet het. Maar het klinkt allemaal een stuk waarschijnlijker dan gisteren, om de een of andere reden.'

'Jij denkt dus dat er hierboven iemand zit? Nog iemand?'

'Heb ik dat gezegd?'

Hrafn gaf geen antwoord, stond op van de bank en liep naar de foto aan de muur.

Had ze dat inderdaad gezegd? Dat er boven nog iemand zat van wie ze niets af wisten?

Hrafn keek lang naar de foto, maar ging toen weer zitten. 'En waar zou die werkkamer moeten zijn, zei je?'

'Boven, aan het eind van de gang.'

Hij ging op de bank liggen en legde een deken over zich heen. 'Ik hou van je,' zei hij onverwacht en hij keek haar aan.

Ze glimlachte en ging bij hem zitten. 'Ik hou ook van jou... Waarom zeg je dat nu?'

'Is er een slechter moment dan nu?' Hij trok de deken op tot aan zijn neus, deed zijn ogen dicht, alleen het notitieblok en de pen ontbraken nog om de gelijkenis met het begin van hun relatie compleet te maken: dokter en patiënt.

Ze liet haar blik door de kamer gaan en hoorde hoe Hrafns ademhaling dieper werd. In de boekenkast vlak bij de bank stonden een paar romans en mooi ingebonden exemplaren van de sprookjes van Jón Árnason. Ze pakte het boek waarin Hrafn had zitten lezen, of waarachter hij zich had verstopt, *Verhalen over duivels en demonen*, een bundel 'moderne sprookjes' waar Vigdís nog nooit van had gehoord. Uit een kort voorwoord van iemand die zich Supa Hel noemde, bleek dat de verhalen uit het boek in de twintigste eeuw door de mensen werden doorverteld en gemeenschappelijk hadden dat ze anoniem waren en 'echt hadden plaatsgevonden'.

Of dat laatste een grapje was, stond er niet bij. Vigdís bladerde door het boek en bleef hangen bij een sprookje dat

'Het heeft zulke mooie kleren' heette.

Het verhaal ging over een man die in een sneeuwstorm bij de gletsjer de Hofsjökull verdwaalde en van zijn reisgenoten gescheiden raakte, de leden van een wandelclub uit Reykjavík. Toen het ophield met sneeuwen daalde de man de gletsjer af zonder bang te zijn, want zijn uitrusting was uitstekend. Al snel kwam hij bij een diep, grazig dal aan de voet van de gletsjer, waarvan de man zich niet kon herinneren dat hij er ooit van had gehoord. Het dal was weelderig en er liep een rivier dwars doorheen.

De man liep het dal in en volgde de rivier tot hij bij een boerderij kwam, waar hij aanklopte. Twee magere kinderen deden open en leidden hem naar een kamer waar een nog erger uitgemergeld echtpaar zat samen met een wezen dat druk bezig was een bord met een hele berg vlees leeg te eten. Het paar heette de man welkom, zette een bord voor hem neer en serveerde hem dezelfde waterige soep die zij en hun kinderen zelf aan het eten waren en die van een heel andere orde was dan het spektakel dat het wezen voor zijn neus had staan.

Het wezen was vreemd, zowel qua uiterlijk als qua gedrag, het was niet veel langer dan de kinderen, maar had een kromme rug en het gezicht van een bejaarde. Het keek niet op van zijn bord, maar toch was het net of het alles om zich heen zag, omdat zijn ogen ongewoon hoog op zijn voorhoofd zaten. Het had kleurrijke kleren aan: rood, geel en blauw, zo fel dat het akelig was om ernaar te kijken. Als je goed keek, zag je dat de huid van het wezen scheef om hem heen hing, bijna alsof iemand die snel over hem heen had gegooid, en hier en daar zag je zijn rode, glanzende vlees, dat uitpuilde en over zijn huid heen hing als het wezen zich bewoog. Het verspreidde een scherpe geur, die deed denken aan een mengeling van uitwerpselen en rotte vis en die in het hele huis hing.

De man begon aan zijn soep en probeerde erachter te komen waar hij zich bevond, maar zijn blik werd telkens naar dat kleine, weerzinwekkende wezen aan het hoofd van de tafel getrokken, net als de blikken van het hele gezin trouwens, dat als het ware gehypnotiseerd toekeek hoe het wezen zat te eten. Nadat het zijn bord had leeggevreten verdween het naar buiten en de man vroeg wie dat was. Het echtpaar zei dat 'het mannetje', zoals ze hem noemden, een paar weken daarvoor bij hen was gekomen, hij was een zeer welkome gast en ze waren bereid alles voor hem te doen. De man was hevig ontdaan en greep een van de kinderen vast, hield het bij zijn arm, dat vel over been was, en vroeg hun of ze dan niet zagen dat de kinderen uitgehongerd waren, net als zij zelf, en waarom ze dat mormel voorrang gaven. Ze antwoordden in koor: *Het heeft zulke mooie kleren.*

De dag daarop rond etenstijd herhaalde de situatie zich; het wezen meldde zich bij de boerderij, ging in de kamer zitten en eiste zijn vlees, zonder dat er echter een woord werd gewisseld. Het wezen kreeg een overvol bord vet vlees voorgeschoteld, terwijl het gezin en de man soep aten. Nu kon de man zich niet langer inhouden en hij schold het wezen uit, maar het gaf geen antwoord, en nadat het zijn bord had leeggegeten verdween het weer.

De man begon te vermoeden hoe de vork in de steel zat en beloofde niet weg te gaan voordat het gezin van dat probleem was verlost. Een paar dagen later wilde het geval dat al het vlees in het dal op was; het wezen had alles opgegeten. Toen er 's avonds geen vlees op zijn bord lag – tot grote wanhoop van het gezin – begon het wezen zo luid te loeien dat de aanwezigen met lamheid geslagen waren. Voordat ze het wisten had het wezen de twee kinderen te pakken, eerst de jongen, vervolgens het meisje, en zich door hun buik een weg naar binnen gevreten, via de longen en het hart, en het smeerde zijn kleren in met hun bloed, zodat ze als nooit tevoren leken te glanzen. Daarna liep het de deur uit.

Toen de man weer kon praten, eiste hij dat de boer de wapens zou oppakken en dat ze samen het wezen zouden achtervolgen, maar de man en vrouw des huizes zeiden: *Het heeft zulke mooie kleren*, en weigerden verder iets te ondernemen.

De volgende avond meldde het wezen zich opnieuw, het ging aan tafel zitten en eiste zijn vlees. Toen het geen vlees voorgeschoteld kreeg, begon het weer te loeien, klom toen op de tafel en liep regelrecht naar de vrouw des huizes, bracht zijn mond dicht bij haar ogen en zoog tot er een plop klonk van haar ogen die uit hun kassen schoten, eerst aan de ene kant, toen aan de andere. Daarna ontblootte het wezen de borsten van de vrouw en at ervan tot er niets meer van over was, en het smeerde zijn kleren in met haar bloed tot ze hevig glansden. Toen het daarmee klaar was, liep het weg. Toen de man snel opsprong en eiste dat ze het mormel achterna zouden gaan om het te doden, zei de boer hetzelfde als eerst: *Het heeft zulke mooie kleren.*

De man begreep dat het zo niet langer door kon gaan. De volgende dag voor het avondeten druppelde hij was in zijn oren en liet die stollen, zodat de betovering niet meer op hem zou werken. Toen het wezen ging zitten en begon te loeien, sprong de man op en stak met een mes op het wezen in, maar toen verdween het. Toen hij beter keek, zag hij dat het zich had veranderd in een zwart vliegje. De man achtervolgde het vele malen rond het huis en toen weer naar binnen, waar hij uitgeput op de grond viel. Toen begon de vlieg rondjes boven de tafel te vliegen, waaraan de boer zijn bijna doorzichtige soep zat te eten, ging op de soeplepel zitten en verdween zo in de mond van de boer, waar het wezen weer zijn oude omvang aannam. Daardoor barstte het hoofd van de boer open en het wezen kwam weer tevoorschijn, ging schrijlings op de schouders van de boer zitten en baadde zich in het warme bloed, zijn kleren werden zo glanzend helder dat de man weg moest kijken.

Daarna ging de man weg, in het dal was immers niemand

meer in leven. Hij volgde de rivier en liep lange tijd tot hij weer in de bewoonde wereld kwam, waar hij het verhaal vertelde van de duivel die zich in mensenhuid hulde en kleuren droeg die helderder waren dan wat ook ter wereld.

27

Ze wist niet hoelang ze daar zo had gezeten; ze sloot haar ogen en ze zag gebeurtenissen uit de geschiedenis van het huis aan zich voorbijtrekken; hoe het van rotsblokken uit de buurt werd gebouwd, hoe de bibliotheek op een kar over de zandvlakte werd vervoerd, een vrouw die voor een spiegel haar lange zwarte haar kamde, een oog dat door een spleet naar buiten keek, en een schim die zich op handen en voeten liet vallen en door het donker begon te rennen. De beelden verschenen en losten bijna meteen weer op; ze had het gevoel dat ze alles begreep zonder het onder woorden te kunnen brengen, net als toen ze in het autowrak in slaap was gevallen.

Ze schrok op toen de voordeur dicht werd gegooid. Er klonk gestommel in de hal en de oude vrouw kwam binnen, ze sleepte een klotsende emmer over de vloer en liep de keuken in, waar de emmer op de vloer kletterde.

Vigdís stond op van de bank, liep naar de keuken en zei goeiedag, wat ze dom vond klinken, maar er schoot haar niets anders te binnen.

Ása groette terug. Ze leek niet verbaasd dat ze er waren.

'We zijn er nog, zoals u ziet,' zei Vigdís. 'We wilden vanochtend gaan. Ik geloof dat Anna, onze vriendin, u gisteren over onze plannen heeft verteld, of niet?'

'Jazeker, dat weet ik nog,' zei Ása. 'Is er iets gebeurd?'

'Misschien wel, misschien ook niet,' zei Vigdís en ze glimlachte, eventjes maar. 'Onze vrienden lijken te zijn verdwenen, het andere stel. Hrafn, mijn vriend, die met de donkere haren, en ik zijn naar ze op zoek. U hebt ze niet toevallig gezien?'

Ása schudde haar hoofd en pakte koffie boven uit een kastje.

'U zou het me toch wel vertellen als u ze hebt gezien? Of weet u iets wat wij niet weten?'

De oude vrouw liep op haar af en keek haar met grote ogen aan. 'Alles komt goed, schat. Wees niet ongerust, te veel nadenken kan gevaarlijk zijn.' Ze streelde Vigdís over haar arm en vroeg haar kalm te blijven. 'We zijn hier allemaal goede vrienden. En nu ga ik een lekkere kop koffie voor je zetten.'

Vigdís wilde zoveel vragen, alles wat ze zich afvroeg, maar beet op haar tong. Ze bedankte voor de koffie, liep naar de auto en nam een slok whisky.

De wind ging liggen. Terwijl ze rookte, keek ze om zich heen en registreerde alles wat zich daar op de hoogvlakte in de omgeving bevond: stenen in verschillende soorten en maten, water, een paar plantensoorten, mos, korstmos; een paar diersoorten, vooral vogels, en insecten. Niets bijzonder ingewikkelds. Het enige gecompliceerde daarboven bevond zich in hun eigen hoofd. Iets in die gedachte stemde haar optimistisch.

Op weg naar binnen keek ze in haar rugzak om zich ervan te verzekeren dat de revolver er nog in zat. Ze had die ochtend besloten hem mee te nemen, zonder dat ze er iets bijzonders mee van plan was, anders dan zich ervan te ontdoen: een kuil in het zand graven waar niemand hem zou vinden. *Waarom had ze dat dan niet gedaan?*

Toen ze weer in de kamer kwam, was Hrafn wakker geworden. Ze ging in zijn armen liggen en hij streelde haar haar. Hij vroeg niet naar Egill of Anna, maar Vigdís merkte dat hij diep in gedachten was verzonken.

'Waar denk je aan?' vroeg ze ten slotte.

'Niks bijzonders... Weet je nog wat we deden vlak voordat we de auto in de prak reden? We waren een spelletje aan het doen.'

'Een spelletje?'

'Om de tijd te doden, ja. Een spelletje. We moesten aan iets denken, iets wat in de omgeving te zien was...'

'Ja, ik weet het nog.'

'Hoe is dat afgelopen?'

'Dat spelletje? Waarom moet je daaraan denken?'

'Ik weet het niet.' Hij haalde zijn vinger over de muur boven de bank. 'Misschien omdat wat daarna is gebeurd ergens zo vaag is, net of ik het heb gedroomd. Maar ik weet nog wat ik dacht vlak voordat de klap kwam: dat we recht tegen een rots aan reden.'

'En dus?'

Hij gaf geen antwoord.

Vigdís haalde het kaartspel tevoorschijn dat ze uit de auto had gehaald en ze speelden kwartet. Ze bespraken niet wat ze het beste konden doen, maar Vigdís ging ervan uit dat ze nog een nacht in het huis zouden doorbrengen en bij zonsopgang zouden vertrekken.

De oude vrouw deed de voordeur op slot, hoewel het nog niet donker was, en ging weer naar de keuken. Vigdís keek haar over de rand van haar kaarten na en zag dat ze de hele tijd door het raam naar buiten keek.

De zandstorm was helemaal gaan liggen, maar de wolken hingen laag aan de hemel, dikke grijze plukken die stil hingen alsof ze op iets wachtten, die samenkwamen en uit elkaar dreven zonder dat je ze zag bewegen. Waarschijnlijk liep het tegen etenstijd. De lichten van het huis waren op de zandvlakte al van ver te zien, voor het geval iemand in het donker de weg naar huis wilde vinden.

Hrafn ging naar de wc. Vigdís bleef zitten en luisterde naar het geluid van de radio in de keuken. De oude vrouw had het weerbericht aangezet, dat als onsamenhangend gewauwel klonk, gecodeerde berichten over iets heel anders.

Even later gingen in het hele huis de lichten uit en de radio zweeg. Ása kwam in de deuropening staan en schraapte haar keel. 'De elektriciteit,' zei ze.

'Is de elektriciteit uitgevallen?' vroeg Vigdís, alsof ze dat niet al wist. Hrafn kwam snel de trap af naar beneden en Vigdís vertelde hem wat er was gebeurd.

'Ongelofelijk!' Hij hief zijn handen ten hemel en keek kwaad, vroeg naar de stoppenkast en liep achter de vrouw aan naar de keuken, waar ze een van de kasten openmaakte. Hrafn stak zijn hoofd naar binnen en prutste een paar minuten met de zekeringen.

'Is dit al eens eerder gebeurd?' vroeg Vigdís en Ása zei ja.

'Waar halen jullie de elektriciteit vandaan, van de rivier?' vroeg Hrafn en hij deed de kast dicht. Ása knikte. 'Misschien is de stroming in de rivier nu te sterk vanwege het smeltende ijs? Waardoor de elektriciteit uitvalt?'

'Dat zou kunnen...' zei Ása. 'Dat klinkt niet onwaarschijnlijk.'

'Ja, dat hebben we goed gezien, prima verklaring,' zei Hrafn. 'De elektriciteit valt uit en dat heeft iets te maken met de rivier, met het smeltende ijs, zoals ik al zei.' Hij knikte overdreven, ging de kamer in en Vigdís liep achter hem aan. Hij stak een paar kaarsen aan die de oude vrouw kwam brengen, en ze pakten hun kaarten weer op. Egill en Anna hadden de zaklampen meegenomen, maar Hrafn en zij hadden tenminste de handfakkels nog.

Ze aten boterhammen bij het avondeten en Hrafn haalde waxinelichtjes uit de auto, ook al wilde de vrouw hem dat verbieden. Vigdís probeerde het in de kamer gezellig te maken, dronk bier bij het eten, maar Hrafn leek dat niet echt op te merken.

Later, toen het begon te schemeren, hoorden ze geluiden

op de zandvlakte. Die deden denken aan het gebulder van een motor of een hees gegrom. Hrafn dacht dat het een motorzaag was en dat de geluiden uit het dorp aan de overkant van het ravijn kwamen.

Ze vroegen aan de oude vrouw, die in de keuken zat te breien, wat het zou kunnen zijn en ze zei dat ze dacht dat het gedreun uit het ravijn kwam, het smeltwater van de gletsjer.

'Waarom hebben we dat dan niet eerder gehoord?' vroeg Hrafn. 'Het is pas begonnen toen het donker werd.'

'Sommige dingen vallen alleen maar op in het donker, schat,' zei de oude vrouw en ze glimlachte vriendelijk naar hem.

Ze gingen weer naar de woonkamer. Vigdís opperde dat de stand van het water in het ravijn nu zo hoog was dat je het kon horen. 'Of toen de wind ging liggen.'

Op dat moment hield het lawaai op. Ze gingen op de bank zitten, overlegden of ze naar hun kamer zouden gaan om te gaan slapen, maar geen van tweeën nam het initiatief. Hrafn verdween naar boven, zei dat hij moest plassen – niet voor het eerst die avond, hoewel ze hem niet bijzonder veel had zien drinken; afgezet tegen het aantal keren dat hij naar de wc ging, zou hij de hele tijd stevig aan het drinken moeten zijn geweest. Ze probeerde het los te laten, hem niet langer in de gaten te houden, maar dat ging niet. Haar antennes stonden voortdurend uit, ze was op alles gespitst. De mooie mensen aan de muur keek verwijtend op haar neer, maar ook verwachtingsvol – net als de wolken.

Tien minuten later kwam Hrafn terug en ze hield zich in, vroeg niet waarom hij zo lang weg was gebleven. Hij ging bij het raam staan en wenkte haar even later bij zich.

Buiten in het donker brandde vuur.

'In het dorp,' zei Hrafn; hij haalde de verrekijker en keek in de duisternis en gaf hem daarna aan Vigdís. Het vuur woedde aan de overkant, niet ver van de brug vandaan. Als er in het dorp nog meer branden woedden, gingen ze verscholen achter de heuvel tussen het ravijn en het dorp.

Ze gaf de verrekijker terug.

'Denk je dat zij het zijn?' vroeg ze en ze voelde hoe haar hart bonsde.

'Anna en Egill?'

'Ja.'

'Ik weet het niet.'

'Als ze aan de overkant van het ravijn vastzitten,' zei Vigdís, 'zouden ze ons toch wel een teken proberen te geven om de brug op te komen hangen? Zodat ze eroverheen kunnen?'

'Om te beginnen hadden ze het ravijn al niet over kunnen komen als ze de brug niet hadden opgehangen. En dan hadden ze toch ook weer terug kunnen komen?'

'Hij kan kapot zijn gegaan nadat ze naar de overkant zijn gelopen... Elke minuut telt, als zij het zijn.' Hij schudde zijn hoofd, maar zei niets. 'Waar denk je aan, Hrafn? Zeg iets, je bent zo stil...'

'Ik ben niet stil, wees toch eens niet zo gefixeerd op mij!' riep hij.

Ze pakte een kaars, liep de hal in, en voor ze het wist was ze op weg om te doen wat ze van plan was geweest: controleren of de voordeur op slot zat.

Ze begon iets te beseffen wat ze niet onder woorden kon brengen; waarom het huis 's avonds op slot werd gedaan, waarom de brug aan touwen hing, waarom er dwars over de dam een hek stond om hem af te sluiten.

Ze liep de keuken in, liet water in de gootsteen stromen en bestudeerde de oude vrouw: het eczeem in haar gezicht, hoe haar schouders bij het breien onafgebroken bewogen. Het werd haar duidelijk dat de oude vrouw – met Anna's theorie in haar achterhoofd – het jongere kind van dezelfde ouders zou kunnen zijn, het zusje van het kind dat was opgesloten. Ze stond nergens op de foto omdat ze was geboren nadat haar ouders naar het woeste binnenland waren verdreven.

'Wat is er daarbuiten aan de hand?' vroeg ze aan de vrouw. 'Hebt u dat vuur gezien?'

'Vuur?' De oude vrouw bleef breien. Voor haar op tafel brandde een kaars.

'Aan de overkant van het ravijn.'

Hrafn kwam de keuken binnen. 'Er loopt iemand buiten rond,' zei hij en hij keek de oude vrouw aan.

Niemand zei iets tot de oude vrouw haar mond opendeed. 'Jullie vrienden?' vroeg ze zachtjes.

Hrafn lachte. 'Er is hier iets heel vreemds aan de hand. Waar houden jullie je eigenlijk mee bezig, verdomme, jullie houden helemaal geen vee! Waar zijn jullie dieren? Hebben jullie onzichtbare koeien en onzichtbare schapen?'

'Rustig aan, Hrafn,' zei Vigdís, maar hij leunde over de tafel waar de oude vrouw aan zat en sloeg met zijn knokkels op het tafelblad, alsof hij zijn woorden daarmee kracht wilde bijzetten.

'De telefoon kapot, de auto kapot, de elektriciteit valt uit. Wanneer is de telefoonlijn kapotgegaan? Een telefoonlijn die is ingegraven gaat niet zomaar uit zichzelf kapot. Er is iets daarbuiten, nietwaar? Nog iemand, zoals mijn vriendin zegt?'

De oude vrouw gaf geen krimp. 'Jij hebt het geluk niet aan je zijde,' zei ze ten slotte terwijl ze hem recht bleef aankijken.

'Ik geloof niet in geluk, dame,' zei hij. 'Ik geloof in mezelf en ik wil dat u ons vertelt waarom we hier niet weg kunnen komen...' Hij bleef met zijn knokkels op het tafelblad slaan tot Vigdís er genoeg van kreeg en zijn arm vastpakte, wat Hrafn deed denken aan die keer dat hij zelf de oude man de les had gelezen nadat die hun tafel omver had gegooid. Hrafn rukte zich los en Vigdís vroeg hem te vertrekken, boven in bed te gaan liggen.

'Dit is gemakkelijker zonder jou!' schreeuwde ze, harder dan ze van plan was geweest. 'Zuip je een stuk in je kraag of hou op het stiekem te doen! Het interesseert me niet wat je doet, het doet er niet meer toe!'

Hij stond in de keukendeur, zijn ogen stonden suf en glansden. 'Denk je dat ik weer begonnen ben?'

'Natuurlijk ben je weer begonnen. Dat denk ik niet, dat weet ik. Ik ken jou...' Hij draaide zich abrupt om en ze hoorde hem de trap op lopen.

Vigdís plofte neer op een stoel bij de keukentafel, tegenover de vrouw.

'Wees voorzichtig, schat,' zei de vrouw na een korte stilte.

'Voorzichtig... Waarom? Is er iets bijzonders waar ik voor op moet letten?'

'Hij is gemerkt.'

'Wat bedoelt u?'

'Dat weet je best, lieverd. Dat ziet iedereen die het wil zien.'

'Gemerkt, wat betekent dat nou weer? Hebt u een litteken gezien, een gaatje in zijn rechteroor? Hij heeft sinds zijn veertiende een oorring. Hij draagt een Lacoste-trui die zijn moeder hem heeft gegeven...' Ze viel stil, pakte met allebei haar handen haar hoofd beet en probeerde zich te beheersen, kreeg het idee dat ze buiten in het donker het gebulder van de motors weer hoorde en drukte haar handen tegen haar oren. De oude vrouw ging naast haar zitten en aaide haar over haar rug.

'We moeten hier zien weg te komen,' zei Vigdís en ze ging rechtop zitten. 'Maar ik ben nergens meer zeker van...' Ze zag dat de kraan nog steeds liep. Wat het gebulder van motors leek, was het geluid van stromend water.

Ze stond op en liep naar de woonkamer om een sigaret te pakken, zag de foto van de mooie mensen, sloeg ertegen en keek toe hoe hij op de grond viel. Het glas brak, Vigdís knielde bij de foto neer en zag dat die doormidden was gescheurd, maar daarna weer met plakband aan elkaar was geplakt.

'Waarom is deze foto kapotgescheurd?' schreeuwde ze en eindelijk liet ze zich gaan, de tranen stroomden over haar wangen, ze leunde tegen de muur en schreeuwde nog meer, liet zich toen op de grond zakken en het kon haar niets schelen dat ze zich sneed aan de glasscherven. Ze hoorde dat de vrouw uit de keuken kwam, dacht aan de woestijn, aan het kind, aan het huis dat op slot was en onneembaar als een burcht, aan het hek op de dam en de brug die hing te bungelen – omdat iets daarbuiten naar binnen wilde, van de overkant naar deze kant.

HRAFN

28

In ontwikkeling

Hrafn stond onbeweeglijk op de bovenverdieping in het donker, probeerde te beslissen of hij weer naar beneden zou gaan om een kaars te halen, maar vond dat stom na die ruzie.

Beneden brak iets, ongetwijfeld Vigdís' beroemde behoedzaamheid, en daarna klonk geschreeuw. Als ze bang was, kon ze naar hem toe komen; na wat ze had gezegd, mocht ze wel haar excuses aanbieden.

Aan het eind van de gang zag hij een zwak straaltje licht onder een deur door komen. Hij sloop naar de deur toe, drukte zijn oor ertegen, maar hoorde niets, duwde toen voorzichtig de klink naar beneden en maakte hem open. In de kamer was het donker, maar langs de muren zag hij honderden of wel duizenden boeken, in leer gebonden.

Hij liep de kamer in, sloop zachtjes verder en het was hem duidelijk dat dit de werkkamer was waar Vigdís het over had gehad. In een fauteuil bij het raam, naast het grote bureau, zat de oude man met een opengeslagen boek op schoot bij kaarslicht te lezen. Hrafn maakte zijn aanwezigheid niet meteen kenbaar, en twijfelde zelfs of hij dat überhaupt wel moest doen. Hij zag dat de oude man een schaar van de vensterbank pakte en de lont bijknipte toen de kaars begon te walmen, de schaar weer weglegde en verder las.

Hrafn schraapte zijn keel. De oude man keek op, hij kreeg een glimlach op zijn gezicht en zijn ogen glinsterden, alsof hij een oude vriend in het vizier kreeg. Hrafn voelde dat ook hij blij werd.

'Hallo,' zei hij. 'Sorry voor de onderbreking. Stoor ik?' De man schudde zijn hoofd. 'Ik wilde net naar bed gaan, maar toen zag ik dat er hier licht brandde. Mooie werkkamer... U hebt veel boeken, het moet een hele klus geweest zijn om ze allemaal hier te krijgen.' De man trok een moeilijk gezicht toen hij probeerde te antwoorden, maar de glimlach bleef. Lachebek, dacht Hrafn en hij glimlachte bij zichzelf. Zo heette hij: Lachebek.

Hrafn zweeg en keek om zich heen. Nu hij toch binnen was, kon hij best even rondkijken. Tussen twee boekenkasten in was een open haard met een schouw van roodbruine bakstenen. Er stond een lege emmer voor en een pook om het vuur mee op te rakelen. Aan de muur achter de man hingen de foto's die voeding gaven aan Anna en Vigdís' vreemde incesttheorie.

'Ja, beste man,' zei Hrafn en hij voelde hoe het duiveltje in hem zich begon te roeren. De man keek hem lachend aan en Hrafn ging op het bureau tegenover de muur met foto's zitten. 'U hebt hier foto's hangen, zie ik, heel veel zelfs. Van uw familie, neem ik aan?' De man gaf geen antwoord, maar stond langzaam op, pakte een ingelijst diploma van de muur en gaf het aan Hrafn.

'Princeton, toe maar. Mooi. Goed werk,' zei Hrafn en hij hield zijn lachen in. 'Doctor in de fysiologie, staat er. Dat moet een moeilijke opleiding zijn geweest. Zelf wilde ik altijd gaan studeren, maar mijn vader geloofde daar niet in. Dat duurde te lang, zei hij. In onze familie is het geen traditie om te gaan studeren. Wij zijn doeners, begrijpt u.'

De man knikte en voor het eerst sinds ze elkaar hadden ontmoet was hij serieus, wat Hrafn nog grappiger vond. De man liep naar een kast waar mappen in stonden, pakte er een uit en legde hem op tafel.

'Het familiealbum?' vroeg Hrafn en hij legde het diploma weg, had zin om het te stelen en mee te nemen naar Reykjavík en het aan de muur van zijn kantoor te hangen, voor de lol. Het viel hem op hoe onbeleefd hij tegen de oude man praatte, zonder er rekening mee te houden dat hij ziek was. 'Het spijt me trouwens van wat er laatst tussen ons is voorgevallen,' begon hij, maar hij viel toen stil, kon het niet opbrengen om door te gaan. Hij hoefde zich nergens voor te schamen, hij pleegde geen inbreuk, hij verbleef in dit huis uit bittere noodzaak. Hij spande zijn kaakspieren en balde zijn vuisten uit woede over het feit dat Vigdís niet op hem, op zijn goede bedoelingen vertrouwde. Maar zij kon blijkbaar de druk niet aan, getuige al dat geklets van haar over incest. En hoe typisch het voor haar was om zo boos te worden als net – niet op de situatie op zich, maar omdat iemand anders kwaad werd, om door heilige verontwaardiging te worden vervuld om de manier waarop iemand anders reageerde, hem tot zondebok te maken en daardoor dat te bagatelliseren waar 'm net de kneep zat.

De oude man trok zich weer terug bij het raam en Hrafn bladerde vluchtig door het album. Het leek duidelijk dat de oude man in zijn tijd ver was gekomen, een gerespecteerd lid van de samenleving was geweest, wat uiteindelijk niet bijzonder interessant was, of wel?

Er ontging hem iets in deze kamer.

Hrafn deed het album dicht, pakte een brandende kaars van het bureau, liep langs de kasten en bekeek de boeken. De meeste hadden de natuurwetenschappen als onderwerp, maar ook filosofie, antropologie, psychologie en geschiedenis, en een paar boeken gingen over magie. Hij moest denken aan het geheime kamertje en raakte de boeken af en toe aan, pakte ze beet en trok ze half uit de kast, maar kreeg er al snel genoeg van, besloot dat hele verhaal over incest en schaamte en een geheim kamertje te vergeten, dat bovendien gewoon een metafoor was voor Anna's kut, klein en gerimpeld als een bang biggetje, omdat Egill er in geen maanden was geweest.

Op dat moment realiseerde hij zich wat hem aan deze kamer stoorde. Het was niet de stank van verrotting, die overal hing, maar de geur van roet of verbrand haar, die hem deed denken aan toen hij nog klein was en vuilnisemmers in de fik stak, of een aansteker gebruikte om haren op zijn lichaam weg te branden.

De stank kwam uit de open haard.

Hrafn ging op zijn knieën voor de haard zitten en veegde met zijn vinger over de bodem ervan. De bakstenen waren enigszins beroet, maar er waren geen sporen zichtbaar van hout of kolen of iets anders wat nog niet zo lang geleden had gebrand. Hij stak zijn hoofd naar voren en keek in de schoorsteen. De stank verergerde. Als de klep openstond, zou hij een glimp van de nachtelijke hemel moeten kunnen opvangen, een lichter vierkant in het donker moeten zien of zelfs de trek moeten voelen.

Hij vond de hendel waarmee je de klep open en dicht kon doen, zette hem om, stak zijn hoofd weer naar voren en keek in de haard, maar er was niets veranderd.

'Er zit daar iets vast,' mompelde Hrafn in zichzelf. Hij pakte de pook en stak hem omhoog in het donker, stuitte op weerstand en voelde het gewicht van iets daarboven wat elk moment op zijn hoofd kon vallen. Fijne roetdeeltjes vielen in zijn gezicht en lange, zwarte haren dwarrelden uit het donker naar beneden. Hij werd ongeduldig en porde harder, stak het stuk ijzer zo hard hij kon in de schoorsteen, tot hij een geluid hoorde als van een ballon die leegliep. Er plofte iets zwaars neer in de haard en er wervelden roetwolken de kamer in. Hrafn wendde zich hoestend af. Een scherpe stank van verbranding en verrotting steeg op uit de haard en hij hield zijn overhemd voor zijn neus en mond.

Toen het meeste roet was neergedaald pakte hij de kaars en keek in de haard. Op de bodem lag een kadaver. De buik was opgezwollen door gas dat naar buiten ontsnapte door een gat tussen de achterpoten, die grotesk naar de zijkanten uitstaken. Uit de kop staken een paar korte, kromme hoorns, van de ogen waren alleen zwarte, verbrande resten over en aan het uiteinde van de poten zaten hoeven.

Hij keek een tijdje naar het kadaver, veegde het roet uit zijn gezicht en probeerde de stank weg te spugen, dacht aan de kracht die nodig was om een dier zo ver naar boven te duwen, het formaat van zo'n man, de lengte van zijn armen...

De oude man zat nog steeds met zijn boek bij het raam en leek niets te hebben gemerkt. Hrafn liep naar hem toe en ging op de stoel voor hem zitten.

'Er zat iets in de schoorsteen.' Hij knikte naar de open haard en stak een sigaret op. 'Hoe krijg je een schaap in een schoorsteen?' voegde hij eraan toe en hij lachte, vond dat klinken als het begin van een mop waarvan hij de clou was vergeten. 'Jullie hebben hier ongetwijfeld een goede verklaring voor. Kerstmannen komen door de schoorsteen naar beneden. Schapen worden gegrild. Ergo: de Kerstman is een schaap. Werkt het zo hier op de hoogvlakte?'

Ver weg op de zandvlakte zag hij het schijnsel van het vuur. Dat was Egill niet daarbuiten, die was veel te laf voor zo'n schouwspel, hij zou zo'n vuur nooit kunnen aansteken. Nee, alles wees erop dat het iets anders was. Maar het was vreemd, totaal onbegrijpelijk en toch ook niet. Hrafn was verbaasd over het feit dat hij twee tegengestelde meningen tegelijk kon hebben, en dat merkte hij niet voor het eerst – sommige dingen wist hij bijvoorbeeld allang zonder het te beseffen, er was iets gebeurd toen hij nog klein was en toch ook niet.

'Iets anders,' mompelde hij en hij ging recht op de stoel zitten en stak zijn hand in zijn zak op zoek naar de foto van Vigdís, de foto die hij in het dorp in dat stapeltje botten had gevonden. De foto was niet meer zo korrelig, niet meer zo donker, alsof hij nog steeds in ontwikkeling was. Vigdís' armen lagen langs haar lichaam en de helft van haar gezicht werd zwak verlicht alsof het licht door een halfopen deur naar binnen viel. Iemand onderweg naar de kamer aan de andere kant van de gang kon hebben gezien dat de deur op een kier stond of hem zelf open hebben gemaakt, zich in de kamer hebben vergist, of niet, haar daar hebben zien liggen, haar slaapzak een stukje naar beneden hebben getrokken om haar borsten te ontbloten en een foto te maken. Haar borsten deden denken aan hoofden zonder ogen, dode zonnen die door de ruimte zweefden.

Als de foto niet al eerder was gemaakt, een maand of nog maar een week geleden? Wie zei dat het haar slaapzak was en niet een dekbed in de stad, dat Egill de foto in het dorp had gevonden en hem niet uit zijn borstzakje had laten vallen toen hij over de stapel botten boog? Lagen haar armen langs haar lichaam met haar handen tussen haar benen, waar ze zichzelf bevredigde voor de ogen van degene die toekeek en de foto maakte op het moment dat haar mond openging en haar gezicht ontspande door een orgasme?

Hrafn keek van de foto naar de man. De kaars naast hem was gaan walmen, maar hij verroerde zich niet, het boek lag op zijn schoot, en Hrafn besefte eindelijk waar hij mee bezig was: de oude man was helemaal niet aan het lezen, had al die tijd nog geen bladzijde omgeslagen, maar zat te luisteren.

'Zit u op iets daarbuiten te wachten?' vroeg Hrafn. De oude man keek hem aan, hield zijn hoofd schuin en zijn glimlach was verdwenen.

'Niet openmaken,' zei hij. Hij stak zijn hand uit, legde hem op Hrafns knie en boog zich naar hem toe, en zijn blik kreeg een scherpte die Hrafn nog niet eerder had gezien. '*Die deur niet openmaken.*'

VIGDÍS

29
Wat tevoorschijn kwam

Vigdís wierp een blik in hun slaapkamer, maar zag meteen dat die leeg was. Voor de zekerheid hield ze de kaars omhoog en scheen ermee in de hoeken, keek de gang in, maar zag nergens ook maar een straaltje licht. Naar alle waarschijnlijkheid zat Hrafn ergens te mokken en ontliep hij haar, hij was in elk geval niet meer naar beneden gekomen.

Ze deed de deur dicht en plofte in bed, nam nog een slok uit de heupfles en wilde dat ze kon slapen. Ze hadden zelden ruzie. Ondanks alles was ze gekalmeerd, de whiskyroes in haar hoofd was genoeg om de scherpe kantjes van haar stemmingswisselingen te halen.

Ze draaide zich op haar buik en wreef in haar gezicht. De laatste keer dat ze uit het raam had gekeken, was het vuur uit geweest. Alle veranderingen waren slecht, had ze besloten; van nu af aan zou haar leven zelfs nog conservatiever en rustiger worden dan het al was voordat ze naar de hoogvlakte waren afgereisd.

Ergens in het huis klonk gebonk. Vigdís lag roerloos te luisteren, voelde haar huid koud worden en strak om haar lichaam trekken. Ze krabbelde overeind, liep naar het raam en keek naar buiten. Het was te donker om te zien of er iemand voor de voordeur stond.

Ze liep snel de gang in, waar ze onmiddellijk Hrafn in het oog kreeg. Naar zijn gedrag te oordelen leek hij het gebonk ook te hebben gehoord, hij stond bewegingsloos met een kaars in zijn hand door het trapgat te kijken.

'Pst!' Ze trok zijn aandacht en wenkte hem. 'Denk je dat dat Anna en Egill zijn?' fluisterde ze.

'Die zouden ons roepen, niet alleen aankloppen,' fluisterde hij terug. Zijn gezicht was vreemd donker gekleurd, alsof het onder het roet zat, en het ging op in het duister. Ze vroeg niet wat er was gebeurd, liep de kamer weer in, en samen keken ze door het raam naar buiten. Ze zag nog net het zwakke schijnsel vanuit de keuken dat tot de trap reikte en dat voldoende zou moeten zijn om het silhouet van een mens zichtbaar te maken, maar er was niets te zien. Een stukje van de deur, aan het eind van het stoepje, zag Hrafn iets waarvan hij zei dat het op een stok leek.

'Een stok?' vroeg Vigdís en ze wierp een blik op de revolver onder het bed. Ze wist niet zeker of ze Hrafn die durfde toe te vertrouwen en zelf had ze nog nooit geschoten. Ze luisterden opnieuw, maar ze hoorden niets, ze liepen weer de gang op en de trap af; beneden stond de oude vrouw. Ze hield een kandelaar vast, haar ogen waren opengesperd en glansden.

'Waarom wordt er niet nog een keer aangeklopt?' vroeg Vigdís.

'Niet openmaken,' zei de oude vrouw en ze hield haar blik strak op de deur gericht.

'Waarom wordt er één keer aangeklopt? Het is nacht, dan klop je niet maar één keer aan om vervolgens niks te zeggen...' ging Vigdís verder, maar de vrouw riep 'sst' naar haar en beval hun weer naar boven te gaan.

Hrafn liep in de richting van de voordeur, maar de vrouw greep hem bij zijn schouder en vroeg hem het niet te doen. Hij rukte zich los, de kandelaar van de vrouw viel op de grond en de kaars ging uit.

'Moeten we dit nou wel doen?' zei Vigdís zwakjes, maar ze wist dat ze hem niet kon tegenhouden. De vrouw draaide zich abrupt om en verdween naar boven. Hrafn draaide het slot open, zette de deur op een kier en keek naar buiten, en vervolgens zette hij de deur wagenwijd open. Hij liep het stoepje op, keek aan allebei de kanten naar beneden en Vigdís liep achter hem aan. De wind was gaan liggen, maar het duister rondom het huis was intens en diep, en aan de hemel waren geen maan en geen sterren te zien.

Aan het eind van het stoepje, rechtop, stond een dunne stok. Er zat een fijne draad aan het uiteinde, ongeveer als een lichtstraal of spinrag, die in het donker verdween.

'Een vishengel?' vroeg Hrafn, en Vigdís zag de molen onder aan de hengel, de ogen en de lijn die daardoorheen naar de top liep. Op het moment dat ze naar het topje van de hengel keek, bewoog het, één keer, snel. Ze stak haar hand uit om steun te zoeken bij Hrafn, wilde iets zeggen maar kreeg haar mond niet open. Hrafn boog zich over de hengel, haalde die uit de spleet waar hij in was gezet, en draaide aan de molen. Vigdís keek van de hengel naar het duister voor het huis. De hengel bewoog nog een keer en nu boog hij ook, maar daarna werd hij weer recht.

Vigdís voelde iets warms over de rug van haar hand stromen, keek naar beneden en zag dat de hand waarmee ze de kaars vasthield zo erg bibberde dat het kaarsenvet eruit liep.

'Hij beweegt,' zei Hrafn en uit het duister kwam het silhouet van een donkere schim tevoorschijn, die stukje bij beetje op een mens begon te lijken. Ze naderde het licht van het keukenraam en Vigdís herkende haar, hoewel alles aan haar anders was. Haar lichaam was glanzend wit in het donker, haar ogen zwart en rond, en haar gezicht haast onherkenbaar. Haar kin, haar hals en haar borsten waren bedekt met bruin slijk of half geronnen bloed dat over haar hele lichaam droop, over haar naakte lijf. Haar handen waren in witte lappen gewikkeld en onder het lopen hield ze haar armen recht voor zich uitgestoken, alsof ze niet kon zien. De lijn van de hengel verdween in haar mond, en telkens als er aan de molen werd gedraaid, stootte ze een zacht gejammer uit, het klonk gepijnigd en hol en het leek helemaal van onder uit haar buik te komen. Haar haar was niet langer blond, maar wit. Maar er was geen twijfel mogelijk, zij was het: Anna.

30

'Heb ik een vies gezicht?'

Ze leidden haar tussen zich in naar binnen. Toen ze haar aanraakten, sloeg ze om zich heen, maar ze was veel te zwak om hen weg te duwen. Boven aan de trap viel ze flauw en ze droegen haar het laatste stukje naar de woonkamer, waarbij ze geen geluid maakte.

Ze legden haar op het vloerkleed, waar ze weer bij bewustzijn kwam. Vigdís besloot dat ze haar het beste konden behandelen, haalde de EHBO-kist uit Hrafns rugzak in het halletje, gooide de voordeur dicht, draaide hem op slot en ging met de kist terug naar de woonkamer. Hrafn knielde naast Anna neer en hield haar vast. Uit haar mond hing nog steeds die vislijn, maar Hrafn boog zich over haar heen en beet hem af. Vigdís staarde naar het eindje dat bleef zitten – de lichtstraal – tot Hrafn haar riep. Ze pakte de codeïnetabletten boven uit de kist, vermaalde ze en propte ze in Anna's mond, en Hrafn hield haar kin vast en dwong haar te slikken. Het leek erop dat het puntje van haar tong eraf was geknipt, wat het bloed op haar kin en borsten verklaarde.

Anna begon weer jammerkreten te slaken, ze kreeg een toeval, waardoor haar armen en benen begonnen te schokken, en ze moesten haar vasthouden om te voorkomen dat ze nog erger gewond raakte.

Toen ze tot rust was gekomen hield Vigdís een kaars voor Anna's gezicht, keek in haar halfopen mond en ving een glimp op van een haakje in haar keelholte.

'Dat kunnen we beter laten zitten,' mompelde ze. Anna's ogen waren nog open, maar er was iets in gestoken, bloed was in het oogwit gelopen en geronnen, en in haar oren zaten bruine kluiten aarde. Vigdís riep in haar oor, maar kreeg geen reactie, en ook niet toen ze met haar hand voor Anna's ogen zwaaide en haar vroeg om te knipperen als ze Vigdís hoorde. Op haar borsten, buik en geslachtsdeel zaten een heleboel kleine blauwe plekken en wondjes die wel bijtwonden leken.

Vigdís wendde zich af en moest kokhalzen. Toen ze weer keek, had Hrafn de lappen van Anna's handen gehaald, en er kwamen zwarte stompjes tevoorschijn; haar vingers waren tot aan haar handpalm geamputeerd, en om haar polsen had iemand een eindje waslijn gebonden om het bloeden te stelpen.

Ze desinfecteerden de wonden met jodium, zwachtelden haar stompjes in, en tilden Anna toen op de bank en legden een deken over haar heen. Vigdís moest opnieuw kokhalzen, maar dwong zichzelf door te gaan, nam een flinke slok whisky, haalde een schaar uit de kist en gebruikte die om het eindje vislijn af te knippen, zo dicht bij Anna's lippen als ze durfde. Haar oog viel op een buisje of een huls om Anna's nek, vastgebonden met een stuk vislijn, waar geronnen bloed aan zat. Ze knipte de lijn door, veegde het bloed van het ding, dat een wit, spekglad botje bleek te zijn.

'Een botje,' zei ze en ze bekeek het van alle kanten. Hrafn nam het botje van haar af en keek ernaar. Het botje bleek vanbinnen hol te zijn, en aan het uiteinde zag hij een stukje papier. Hrafn pakte een mes uit de keuken, ze kregen een hoekje van het papier te pakken en haalden er een strak opgerold stuk papier uit, zo groot als een sigaret. Ze rolden het uit op de vloer en er kwam een tekening tevoorschijn, gemaakt met rode pen: rechthoeken die in een kring om een doos stonden, die op zijn beurt weer uit vier vierkanten bestond; in het midden had iemand met bloed een kruis getekend, en onder aan de kaart, ook met bloed, had iemand met hanenpoten H E L P geschreven.

Vigdís nam nog een paar slokken uit de fles, ze had het gevoel dat ze niet dronken kon worden, maar haar gedachten verdichtten, kwamen boven als walvisruggen uit een donker, glanzend wateroppervlak.

'Dit is een kaart van het dorp,' zei Hrafn en hij boog zich over het papier. 'De keten in twee halve cirkels rond het hoofdgebouw, dat uit vier keten bestaat die om het kruis heen tegen elkaar aan staan.'

'Wat betekent dat kruis?'

'Egill... Iets anders kan ik niet bedenken. Het is tenminste niet waarschijnlijk, nu Anna zo... dat hij in veiligheid is. Hij vraagt om hulp, of iemand laat hem om hulp vragen.'

'Stel dat hij dit heeft gedaan?' Ze ging zachter praten, keek snel naar Anna, die op de bank lag. 'Maar ons wil laten denken dat het iemand anders is?'

'Waarom staat er dan "help"?'

'Om ons naar het dorp te lokken.' Ze dacht aan het vuur en het geluid van motors dat ze eerder die avond hadden gehoord, en vond het steeds moeilijker om naar Anna te kijken – haar geamputeerde vingers, haar haar wit, als dat van een heks. Haar tenen zijn ongedeerd, dacht ze in een poging positief te blijven. Anna's tenen kwamen onder de deken uit. Tenen waren goed, als er iets hoop gaf in deze wereld, dan waren het wel tenen.

Hrafn zat op de grond met zijn rug tegen de muur geleund. Vigdís ging naast hem zitten. Af en toe nam ze een slok uit de fles, ze stond op het punt om hem aan Hrafn te geven, maar deed het niet, speelde het spelletje mee.

'Wat is er met je gezicht gebeurd?' vroeg ze.

'Hoe bedoel je?'

'Het is vies.'

Hij wreef over zijn wang en keek naar het roet aan zijn vingertoppen. 'Geen idee... Het zand?'

'Heb ik een vies gezicht?' Hij keek haar aan en schudde zijn hoofd.

'Dan is het geen zand.'

Boven viel iets op de grond. Vigdís keek naar het plafond en daarna naar Hrafn. Ze zaten roerloos te luisteren of er nog meer geluid kwam, maar dat was niet zo. De dreun kwam van de andere kant van het huis, boven de keuken.

'De oudjes,' zei Vigdís. Ze was de oude vrouw helemaal vergeten, werd plotseling boos en balde haar vuisten toen ze het beeld weer voor zich zag van de oude vrouw die de trap op rende; ze wist iets wat zij niet wisten en dat was al vanaf het begin zo geweest, ze wist precies wat er daar gebeurde, maar zei niets.

Ze controleerden of Anna sliep, pakten allebei een kaars en liepen de trap op.

'We gaan met ze praten,' zei Vigdís en ze liep regelrecht naar de deur aan het eind van de gang waar het geluid vandaan was gekomen. Hrafn probeerde te protesteren, ze begreep niet waarom en deed de deur open, kwam terecht in een duistere, muf ruikende kamer, vol boeken. 'Denk je dat ze zich verborgen houden?' fluisterde ze. Ze hield haar kaars omhoog, liep voorzichtig de kamer in en hoorde Hrafn achter haar aan komen. Ze liep langs de kasten, keek om zich heen, naar boven en in de hoeken, maar zag niemand. Ze bekeek de foto's aan de muur boven het bureau en algauw viel haar blik op het zwart-witte familieportret waar Anna het over had gehad: een volwassen man en vrouw met twee kinderen voor zich. Het ene kind leek op de man, het andere was een jong meisje, maar de foto was te oud en haar gezicht was moeilijk te onderscheiden.

'Natuurlijk,' siste Vigdís en ze besefte meteen waar ze zich bevonden: in de verboden kamer waar Anna het over had gehad. 'Ik geef het op!' riep ze en ze ging midden in de kamer staan, zei dat ze van het geheime kamertje wist en dat ze zich daar verborgen. 'We zijn niet boos op jullie, we zijn bang! We willen alleen maar weten wat er aan de hand is!' Ze voegde eraan toe dat er geen gevaar was, de voordeur zat op slot, en ze wilden hun graag vragen wat ze het beste konden doen met hun vriendin, die gewond was geraakt.

Aan één kant zat een raam dat twee piepkleine kaarsvlammetjes weerspiegelde, met daarachter de donkere silhouetten van Hrafn en haar. Ze stonden zwijgend naast elkaar en Vigdís luisterde of ze de oude mensen kon horen, maar dat was niet zo. Ze vroeg zich af wat het betekende dat ze zich verborgen hielden. Ze kwam tot de conclusie dat er achter maar drie van de vier muren een geheim kamertje of iets dergelijks verborgen kon zitten, waarschijnlijk zelfs achter maar twee. Ze vertelde Hrafn wat ze van plan was, liep naar de dichtstbijzijnde boekenkast en smeet de boeken op de grond en even later volgde Hrafn haar voorbeeld. Ze liepen de boekenkasten langs en smeten alles eruit, probeerden de kasten helemaal om te trekken, maar dat lukte niet omdat ze aan de muur bevestigd waren; toen probeerden ze ze omver te duwen of te schoppen, en het lukte Vigdís om de kast midden in de kamer omver te krijgen, ze bleef hijgend op haar knieën zitten en voelde zich even heel erg dronken, maar dat ging over.

Maatregelen, dacht ze en ze probeerde weer op adem te komen. Alle kasten waren leeg, maar er was geen geheime kamer te zien.

'Zo is het wel genoeg,' zei ze en ze dacht dat ze beneden Anna hoorde, maar dat had ze waarschijnlijk mis. Anna was als de natuur: blind, doof en stom.

Ze gingen de kamer uit en deden de deur achter zich dicht, ze zetten een kandelaar op de klink, zodat ze het zouden horen als de deur van binnenuit werd geopend. Voordat ze naar beneden gingen, keken ze in de badkamer en in de slaapkamers, maar ook daar zagen ze niets.

Anna lag nog steeds op de bank. Vigdís nam haar pols op en overwoog haar iets aan te doen voor ze op weg gingen –

alles was beter dan zo te moeten leven – maar ze beschikte niet over genoeg kwaadaardigheid. Of goedheid.

Ze nam een slok uit de fles, kreeg een warm gevoel in haar borst, in haar armen, en het puntje van haar neus voelde ook fijn. Ze ging naast Hrafn op de grond zitten.

'Egill leeft nog,' zei hij en hij keek op de kaart die in het botje had gezeten.

'Het is een val,' zei Vigdís. 'Daarom hebben we die kaart gekregen.'

'Dat maakt niet uit... Als hij dat heeft gedaan,' hij knikte in de richting van Anna, 'dan hebben we nog meer reden om hem te gaan zoeken. Ik kan alleen gaan als je dat wilt.'

Ze leunde tegen hem aan en kreeg het gevoel dat hij zo bang was dat hij bijna niet kon praten. 'We gaan samen,' zei ze en ze vond dat hij gelijk had; het enige juiste wat ze konden doen: Egill vinden, hem redden of zijn vingers amputeren, naalden in zijn ogen steken. Of hem neerschieten.

Ze stond op om de revolver te halen.

31
Mooi

Toen het licht werd in de kamer had ze niet geslapen, ondanks alle drank. Maar vermoedelijk was ze rustiger dan je zou verwachten. Hrafn sluimerde een halfuurtje zonder het zelf te merken. Ze hadden de oude mensen niet gezien.

De lucht was helder en er stond geen wind, nog niet tenminste. Het zwarte zand lag stil zo ver het oog reikte. Anna mompelde en kreeg een toeval, maar Vigdís vermaalde een paar pijnstillers en stopte ze in Anna's mond. Ze schreven een briefje aan de oude vrouw – over het toedienen van de medicijnen en hoe ze tijdens hun afwezigheid voor Anna moest zorgen, en voegden er dreigend aan toe dat het haar verantwoordelijkheid was als er iets misging.

'Maar goed ook dat ze pas uit hun schuilplaats kruipen als we al weg zijn,' zei Vigdís en ze legde het briefje in de keuken. Hrafn haalde de balk van de deur en maakte hem open. Ze deden hun rugzakken om, deden de deur dicht maar niet op slot, voor het geval ze terug moesten om iets te halen, en liepen samen de trap af.

De zon klom snel aan de hemel en leek zowel vlak boven hen te hangen als oneindig ver weg te staan. Hrafn had de revolver in de band van zijn broek gestopt, onder zijn overhemd. Hij vertelde haar over de tijd dat hij twintig was en vrijwillig in ballingschap ging in Sudurnes, waar hij niets anders te doen had dan in het bedrijf van zijn vader te werken, op de schietbaan van Grindavík met geweren te schieten en op het strand met hagel op meeuwen te mikken.

Ze zwegen en Vigdís probeerde nergens aan te denken, niet hun omstandigheden te analyseren, niets te plannen. Dat had ze haar leven lang te veel gedaan. Ze had zich meer moeten laten verrassen. Waar moest ze bang voor zijn? Na de dood ging alles vanzelf, zoals toen ze als kind met haar fiets over de kop sloeg, heel langzaam over het stuur vloog en op de blauwe lucht neerkeek en zich verbaasde over de stilte; of toen ze jong was en met haar auto over de kop sloeg, ze zag de wereld zachtjes en kalm langs het raam trekken, maar even later lag ze op handen en knieën in de berm.

De pijn kwam later. Maar als je dood bent is er geen later, geen pijn en geen keus; je lichaam wordt gevoelloos; het perst zijn bewustzijn of zijn ziel of wat het ook is eruit, en in je achteruitkijkspiegel verwordt het leven – en alle mogelijke beslommeringen en behoeftes die daarbij horen – tot een lifter die je voorbijracet in de regen, wat een licht gevoel van schaamte, medelijden, of zelfs gemis veroorzaakt, maar dat vervolgens snel wordt vergeten.

Ze hoorde de rivier verderop en ze kwamen aan bij de brug, die niet in het ravijn hing, maar erover was gespannen, aan beide kanten aan de palen bevestigd. Ze vroeg Hrafn of hij de dag ervoor naar de overkant was geweest, maar hij zei van niet.

Ze liepen er na elkaar overheen, Hrafn eerst. Toen hij aan de overkant aankwam, vertrok Vigdís. De brug wiebelde onder haar voeten en ze zorgde ervoor dat ze niet keek naar de kolkende rivier, waarvan het water nog hoger was gestegen, en ineens wist ze het antwoord op de vraag die ze zichzelf vlak daarvoor had proberen te stellen: nee, ze wilde niet dood, ze had nog veel te veel niet gedaan, ze wilde graag kinderen, bijvoorbeeld, en bij die gedachte sprongen de tranen haar in de ogen.

Ze stapte de brug af. Aan beide kanten stonden beroete ijzeren vaten, en uit de stank op te maken had er die nacht brandende olie in gezeten. Ze liepen de heuvel naast het ravijn op, vanwaar je uitzicht had over het dorp, en keken om de beurt door de verrekijker. Vigdís wees hem op de keten en het gebouw in het midden van het dorp, waar het kruisje bij had gestaan op de kaart, maar zag niets verdachts. Hrafn haalde de revolver tevoorschijn en wreef erover, met een gezicht alsof hij een wonderlamp vasthield, de geest tevoorschijn toverde. De kolf was lang en smal. Hij ontgrendelde hem en draaide een paar keer aan de cilinder, spande de haan en vergrendelde hem weer.

Aan de voet van de heuvel stond het hek dat ze had ontdekt toen Hrafn en Egill in het dorp waren, maar nu stond het open. Een brede, geasfalteerde weg leidde schuin de grond in. Vigdís riep iets door de opening van de tunnel, maar draaide zich toen abrupt om en liep snel achter Hrafn aan het dorp in. Ze spraken af elkaar niet uit het oog te verliezen.

Toen ze langs een van de keten liepen, hield Hrafn zijn pas in en gebaarde dat ze moesten stoppen.

'Wat?' fluisterde Vigdís, maar hij gaf geen antwoord en staarde naar de keet. De verf was gaan bladderen. Het was zo volkomen stil, de lucht was zo fris en helder dat ze even dacht dat de hele wereld doorzichtig was. 'Wat?' vroeg ze nog eens. 'Heb je iets gehoord?' Hrafn stond nog een tijdje verstijfd, liet zijn arm zakken, maar bleef naar de keet kijken, zo vreemd en dramatisch dat ze het idee kreeg dat hij zich aanstelde.

'In de keet,' fluisterde hij. 'Een klap, alsof er iets tegen de muur werd gegooid.'

'Weet je het zeker?'

'De deur is open... Hij was dicht toen ik hier laatst was.' Ze keek naar de deur en wilde protesteren, wist zeker dat hij dicht was, maar zag toen tot haar verbazing dat hij wagenwijd openstond. Om de een of andere reden moest ze denken aan het schuurtje in de tuin van haar moeder.

Ze liepen naar de deur. Hrafn greep de kolf van de revolver vast, drukte zijn rug tegen de wand en keek naar binnen. Vigdís zweeg, volgde hem de keet in en ze kwamen bij een gang die midden door de keet liep. Er kwamen een stuk of acht, negen kamers op de gang uit. De dichtstbijzijnde kamer was een soort keuken, met een aanrecht, kastjes en een tafel om aan te zitten.

Hrafn liep de keuken in en hield de kolf van de revolver vast alsof hij zijn pik eraf wilde schieten. Het lukte Vigdís nog net om niet te gaan giebelen, ze sloeg haar hand voor haar mond en liep achteruit weer de gang in.

Er waren meer kamers dan ze had gedacht. Ze liep voetje voor voetje door de gang, ook al wist ze dat dat belachelijk was.

Tot het eind.

Er zaten gordijnen voor alle ramen, maar het licht dat ze doorlieten was voldoende om de meubels te kunnen onderscheiden: een eenpersoons bed, een nachtkastje en een kast.

De deuren van de twee kamers aan het eind van de gang zaten dicht, dat zag ze al voordat ze er was, en op dat moment besefte ze dat Hrafn en zij niet alleen waren. Ze keek over haar schouder de gang in. Ze ging voor de ene deur staan, pakte de klink vast en maakte hem open. De gordijnen zaten dicht en de kamer was leeg.

Toen draaide ze zich om, liep naar de andere deur en maakte de deur open naar een kamer waar het zonlicht verblindend wit scheen. In het midden van de kamer stond een rendier dat haar met zijn ronde, vriendelijke ogen aankeek. Boven op zijn kop waren twee rode plekken te zien waar zijn hoorns waren afgerukt; het bloed spoot snel en ritmisch uit zijn kop en droop over de muren, maar het dier verroerde zich niet. Zijn vacht blonk goud in de zon en het was daarbinnen zo ontroerend mooi en wreed dat ze voelde hoe iets in haar knapte, ze kon er niet meer tegen. Ze zag hoe het dier langzaam witter werd, samenvloeide met het licht, door zijn poten ging en ten slotte op zijn zij op de vloer kwam te liggen.

32
Saccades van de ogen

Op de keukentafel stond een campingbrander met daarop een zwarte pan. Hrafn pakte de pan op en zag dat iemand in de bovenrand gaten had gemaakt en de bodem eruit had gehaald.

Even later hoorde hij verderop in de keet geknars. Hij stak zijn hoofd om de deur van de keuken en zag Vigdís, haar armen langs haar lichaam, aan het eind van de gang een kamer in staan kijken.

'Vigdís...?' zei hij en hij kwam dichterbij. Ze keek niet naar hem en haar gezicht was vreemd uitdrukkingsloos, haar blik strak de kamer in gericht, en het geknars leek van haarzelf te komen, van haar tanden die ze op elkaar klemde.

Hij hoorde geritsel achter zich, alsof iemand door het zand rende, en zag iets langs de deur van de keet schieten. Hij hield zijn revolver omhoog, rende de deur uit en zag het om de hoek verdwijnen, hij riep iets wat zowel bedoeld was als bevel om te stoppen als om Vigdís te waarschuwen. Hij ontgrendelde de revolver en sprintte de hoek om. De achtervolging ging via de keten in de richting van het ravijn en af en toe ving hij een glimp op van wat hij aan het najagen was: een mannetje met korte beentjes en armen die vreemd aan zijn schouders bungelden. Hoewel het zich snel voortbewoog, kon het net zo goed gezichtsbedrog zijn, veroorzaakt door zijn rare, schokkerige bewegingen, waardoor Hrafn moeilijk kon zien waar het naar op weg was of hoe het eruitzag. Zijn ogen schoten constant alle kanten uit om de positie van het wezen te bepalen – waarschijnlijk was het toch geen mens, besloot hij al snel – en toen hij het recht aankeek, kreeg hij het rare gevoel dat hij het vanuit zijn ooghoeken zag. Het enige wat hij met enige zekerheid wist, was dat het dik, wit haar had dat als de manen van een paard op zijn rug hing, en dat het dun, rood haar op zijn buik had.

Het wezen verdween achter de grote loods bij het ravijn. Hrafn liep de hoek om en keek toen toevallig naar de brug, waar hij zag dat het wezen snel in een paal klom en het touw losmaakte. Hrafn begon te schreeuwen, tilde de revolver op en vuurde. Het knalde zo hard dat hij niets meer hoorde, hij rende in stilte naar de brug en zag het wezen bliksemsnel over de brug schieten. Twee touwen hingen los, hij bond ze weer vast en zag dat het wezen al bijna aan de andere kant was – waar het zich nergens achter kon verbergen. Het zag er anders uit, alsof het was gekrompen. Hij stak zijn revolver weer bij zich, pakte de touwen met twee handen beet en rende over de brug, het wezen aarzelde, maar begon te rennen toen hij dichterbij kwam.

Na een korte achtervolging door het zand bleef het wezen staan, draaide zich naar hem om en ging op zijn achterste zitten. Hrafn bleef ook staan, hijgde na en zag wat hij achterna had gezeten: een vos, een van de twee die zich op de boerderij hadden geïnstalleerd.

Hij tilde de revolver op en mikte op het beest, recht op zijn kleine, bruinrode kop, ontgrendelde het wapen, beroerde de trekker met zijn wijsvinger en kreeg er een goed gevoel bij, hij zag al voor zich hoe zijn schedel uiteen zou spatten en de stukjes zich over het zand verspreidden, in de hitte stolden, wat zandkorrels aan elkaar deden kleven die anders voor eeuwig van elkaar gescheiden waren gebleven, en de vos zou op die manier door zijn dood niets bijzonders verbinden in de grootste woestijn van Europa.

De vos keek hem uitdrukkingsloos aan, zijn oren gespitst

boven zijn zwarte ogen, en Hrafn liet de revolver zakken, lachte lang en smakelijk, een lach die hij zelf niet kon horen. Toen hij weer opkeek was het dier verdwenen.

Hij liep terug naar het ravijn en zag Vigdís aan de overkant. Ze stond bij de palen en alles was anders. De brug hing niet meer over de rivier, maar hing aan zijn kant recht naar beneden. Vigdís riep en zwaaide en hij zwaaide terug. Hij kon weer horen.

Omdat de brug aan zijn kant nog aan de palen hing, was hij blijkbaar aan de andere kant losgemaakt. Het eerste wat in hem opkwam was om in de rivier te springen en naar de overkant proberen te zwemmen, het wapen naar Vigdís te gooien, of het tegen zijn eigen voorhoofd te zetten en af te drukken. Hij riep iets terug, maar dat was niet te horen vanwege het gebulder van de rivier, wees toen met overdreven gebaren naar het ravijn en begon te lopen. Vigdís zwaaide nog een keer snel boven haar hoofd, alsof ze daarmee wilde zeggen dat ze het begreep, en begon toen aan haar kant ook te lopen. Hij had zin om te rennen maar deed het niet, als hij te moe werd, kon hij de revolver niet richten. Af en toe richtte hij zijn blik naar voren, maar de rest van de tijd keek hij naar de overkant, voor het geval Vigdís in de problemen zou raken.

De zon klom steeds hoger aan de hemel en ineens scheen hij zo scherp dat Hrafn nauwelijks meer de andere kant van het ravijn kon zien, en het zweet prikte in zijn ogen. Hij had een keer in *Levende wetenschap* gelezen dat je ogen, die stil lijken te staan, gemiddeld drie keer per seconde bewegen om de positie van dingen beter te kunnen bepalen, vergelijkbaar met iemand die in een donkere gang met zijn zaklamp om zich heen schijnt om beter te kunnen zien. Die beweging heet saccade, en gedurende die beweging is het twintig tot tweehonderd milliseconden 'donker', wat de hersenen proberen te 'verdoezelen' door het hiaat in het waarnemingsvermogen op te vullen en willekeurige informatie te verweven met de coherente film die onze blik op de werkelijkheid vormt. Maar soms gaat dat mis en lijkt de tijd te 'bevriezen' – alsof het leven het een beetje rustiger aan doet, zelfs even stil blijft staan: *Door even van zijn boek op te kijken om te zien hoe laat het is, krijgt persoon* X *het idee dat de secondewijzer iets langer blijft staan voor hij verder tikt. De oorzaak daarvan is een saccade. Om de tijdelijke blindheid tijdens zo'n saccade te compenseren 'gokken' de hersenen wat ze gedurende de saccade zien, maar ze gokken terug in de tijd: de ogen bewegen, zijn vanwege de saccade ongeveer honderd milliseconden lang blind, en het beeld dat er tijdens de saccade voor in de plaats komt is wat de hersenen veronderstellen te zien: hetzelfde als wat er de afgelopen honderdsten te zien was.* Als de saccade plaatsvindt op het moment dat de secondewijzer verschuift, duurt de seconde ongeveer tien procent langer – althans, zo lijkt het dan – en daaruit kun je opmaken dat ongeveer een derde deel van alles wat we met onze ogen zien, speculatie is, soms juist en soms ook niet.

Maar het belangrijkste naar Hrafns mening, nu hij erover nadacht, was niet het gebrek aan precisie, dat inherent leek aan de verwerking van indrukken in de hersenen, maar het feit dat mensen zulke nutteloze details opmerkten als dat een seconde een paar milliseconden langer of korter duurde dan normaal. Wat was dat voor een hogere waarnemende kracht die zich zo dicht bij het interne mechanisme van het brein bevond, maar er toch geen deel van uitmaakte? Die de informatie die mensen via hun zintuigen binnenkregen wel waarnam, maar 'er niet intuinde', en het onmiddellijk wist als er iets niet klopte, als de uitkomst van de verwerking tegenstrijdig was met eerdere ondervindingen, het geheel van dingen die we gedurende lange tijd herhaaldelijk ondervinden: de lengte van een seconde, bijvoorbeeld, gedurende iemands vijfendertigjarige leven?

Wat hield dat nu in? Dat een bepaald deel van de hersenen tot zelfreflectie in staat was en dat er daarom zes zintuigen waren: gezicht, gehoor, smaak, reuk, tastzin, en wat nog meer? Nou, intuïtie natuurlijk: zonder woorden, zonder bewijzen, maar het omvatte precies het geheel aan ondervindingen en psychologische processen uit het verleden en vergeleek die met ondervindingen en processen in het heden. Wat zou deze intuïtie nog meer kunnen verzinnen? Kende ze grenzen? In welk opzicht? En hoe zat het met het verleden, wist de intuïtie iets over het verleden?

Hij lachte en ging sneller lopen. Ze kwamen aan bij het punt waar het ravijn een bocht maakte en hij zag dat de rivier tot boven de buis was gestegen, net of die er nooit was geweest.

De grond begon schuin op te lopen naar de dam. Toen hij de verhoging op liep, verloor hij Vigdís een paar minuten uit het oog, maar daarna dook ze weer op en zwaaide. In het midden van de dam zat een barst die naar beneden liep, het leek wel de vorm van een gestileerde bliksemschicht; de wand was bedekt met een dun laagje zand, maar daaronder was te zien hoe grote gedeelten van de beschoeiing waren afgebrokkeld. Aan de overkant van het ravijn slingerde een grindweggetje naar de dam, vast hetzelfde dat ze vanuit het dorp hadden zien liggen.

Hoe dichter ze bij de dam kwamen, hoe verder ze van elkaar verwijderd raakten, tot Hrafn boven was en Vigdís weer uit het oog verloor. Hij rende het laatste stukje over de weg die helemaal langs de dam liep. Aan de andere kant van de dam was geen bekken gevuld met water, maar een labyrint van opgedroogde klei en modder, dat zich uitstrekte zo ver het oog reikte. De klei kwam tot halverwege de wand, die was doorkliefd met spleten, dwarsspleten en kloven, de grootste in het midden van de dam, en over de bodem daarvan stroomde de rivier. Langs de zijkanten van deze middelste kloof stonden huizenhoge brokken gedroogde modder, en sommige helden over naar de rivier en leken er elk moment in te kunnen vallen.

Hrafn liep snel over de dam en kwam bij het hek dat hem halverwege afsloot, en waar hij niet aan had willen denken. Hij sprong ertegenaan en schudde eraan, maar er zat geen beweging in. Het was fijnmazig hekwerk van staaldraad, dat aan palen aan de buitenkant van de damwand vastzat. Boven op het hek was prikkeldraad gespannen, en aan de onderkant was het met ringen aan het beton verankerd.

Vigdís dook op aan het andere eind van de dam en liep over de weg naar hem toe. Hrafn pakte de revolver en richtte de loop op het staaldraad; als hij geluk had, kon hij het kapotschieten – en dan zouden ze hun hoofd erdoor kunnen steken. Wat niet voldoende was. Hij kon ook zijn schoenen uitdoen, in het hek klimmen tot aan het prikkeldraad, maar daar hield het op, de rol prikkeldraad was te dik en te hoog om je eroverheen te laten rollen. Hij trok hard aan het staaldraad, wierp zich keer op keer tegen het hek, maar hield daarmee op toen Vigdís bij het hek aankwam. Ze strengelden hun vingers in elkaar.

'We zijn samen, lieverd. We gaan dit oplossen,' zei hij en ze kusten elkaar door het hek heen. Ze probeerde te praten, maar het lukte niet, ze huilde en drukte zich dichter tegen het hek aan. Hij had haar nog nooit zo zien huilen, zei iets troostends en ze knikte. 'Ik kom naar je toe,' zei hij en hij rukte zich van haar los. 'Wacht hier... Ik kom terug. Blijf waar je bent, lieverd.' Hij liep over de dam terug, maar draaide zich meteen om, hield de revolver omhoog en zei tegen Vigdís dat ze die voor de zekerheid bij zich moest houden, probeerde hem onder het hek door te schuiven, maar alleen de loop paste eronderdoor. Toen trok hij zijn T-shirt uit, wikkelde de revolver erin en gooide hem erover, legde haar uit hoe ze hem moest ontgrendelen en de kolf met twee handen moest vasthouden om te richten.

'Ik hou van je,' zei ze en haar gezicht betrok weer, haar tranen stroomden, en hij kon het niet langer aanzien. Hij rende naar het gebouw aan het eind van de dam, waar hij wat gereedschap of wapens hoopte te vinden waarmee hij het hek kon forceren. Een pad leidde naar het gebouw, dat de vorm van een doos had, grijs was en geen ramen had, en er lagen platte stenen omheen. De deur zat op slot.

In de dam, aan de kant van het waterbekken, zag hij ineens een andere deur, met een bordje waarop stond ALLEEN VOOR PERSONEEL. Hij liep naar de deur, pakte de klink vast en maakte hem open. Een warme en metaalachtige lucht als die van machines en petroleum sloeg hem in het gezicht. In het licht dat door de deur naar binnen viel, zag hij een lange, witte gang die het donker in leidde.

Hij deed zijn rugzak af, pakte de handfakkels en las de gebruiksaanwijzing, stapte de gang in en liep voorzichtig verder tot hij niets meer kon zien. De handfakkels zouden het elk een paar minuten moeten doen en hij hoopte dat de gang dwars door de dam heen zou lopen naar een soortgelijke grijze deur aan de andere kant van het ravijn. Hij haalde een ijzerdraadje los van een van de handfakkels, trok aan de ontsteking en wendde zijn gezicht af. De gang lichtte op door een felle, rode vlam en vonken die in de rug van zijn hand prikten. Hij liep snel verder de gang in en zag muizen over de vloer wegschieten, kleine, piepende bosmuizen die in de muren verdwenen, hoewel hij geen gaten zag. Al snel kwam hij bij een U-bocht en een steile trap die verder naar beneden leidde. Met één hand pakte hij de leuning aan de muur vast, met de andere hield hij de handfakkel vast en hij rende de trap af. De trap kwam uit op een hal, waar reservoirs stonden en dikke buizen aan de muur hingen. Hrafn prentte zichzelf in hoe hij was gekomen, sloeg rechts af en liep langs de muur tot aan de hoek en daarna nog een muur tot aan een deur die toegang bood tot een andere hal.

In die hal ontdekte hij een deur die de goede kant op leidde en die toegang zou kunnen bieden tot een soortgelijke trap als waarmee hij beneden was gekomen. Hij stak de hal dwars over maar bleef in het midden staan, tussen twee reservoirs in die tot zijn navel reikten. Er hing daarbinnen een loodzware stilte. Hij keek naar boven, maar kon het dak niet zien. Het water in de reservoirs was stil en donker, en hij begreep dat de bekkens tot diep in de dam reikten, zelfs helemaal tot aan de tunnels waar de rivier door het beton drong en aan de andere kant eruit stroomde.

Het licht van de fakkel begon te doven, maar Hrafn merkte dat niet aan de vlam zelf, maar aan het donker dat zich om hem heen sloot, de muren waren niet langer zichtbaar en zelfs de contouren van de reservoirs naast hem nog nauwelijks. Hij haalde een nieuwe fakkel tevoorschijn en keek toen toevallig even naar de deur die toegang bood tot de trap en Vigdís. Als hij zich niet vergiste, hoorde hij voetstappen, en een deur die dichtknalde hogerop in de dam. Daarna klonk er een schreeuw, of het deed misschien meer denken aan een gil. Hrafn voelde plotseling hoe hij tot op het bot koud werd, en op dat moment klonk er nog een gil, harder dan de eerste, en meteen daarop volgde een knal, hard en scherp als van een vuurwapen. Toen was het stil.

33

De fakkel was gedoofd en Hrafn hield niets meer in zijn handen. Zijn armen hingen slap langs zijn lijf, zijn hart bonsde in zijn keel en hij zag witte en rode vlekjes voor zijn ogen. Hij leek niet diep genoeg te kunnen inademen en sperde zijn ogen open, ook al kon hij in het donker niets zien.

Hij viel op zijn knieën, en terwijl hij voorzichtig probeerde lucht binnen te krijgen, tastte hij de vloer af naar de handfakkel, jammerde zachtjes toen hij de opgebrande fakkel vastpakte, die nog steeds heet was, en gooide hem weg.

Er liep iemand de hal in. Hrafn hield zijn hand voor zijn mond zodat hij geen geluid maakte en staarde bewegingsloos in het donker in de richting van de deur. Hij hoorde een zacht schrapend geluid, als van voetzolen die langzaam over de vloer sleepten. Toen stopte het geluid.

Er klonk niets meer in het donker, maar Hrafn wist dat hij niet alleen was, een stukje van hem vandaan stond iemand te luisteren, roerloos, net als hijzelf. Met zijn vrije hand tastte hij voorzichtig over de vloer, hij deed zijn ogen dicht en hoorde het water in een van de reservoirs klotsen, alsof het in beweging was. Hij wist niet meer in welke richting hij met zijn gezicht zat, begon ook boven en beneden door elkaar te halen, toen hij iets tegen zijn handpalm voelde.

Hij sprong op, hield de handfakkel een stukje van zich af en trok aan het koordje. Rood licht vulde de hal, de muren werden weer zichtbaar, net als het plafond en de buizen aan de muren en het water in de reservoirs glinsterde als bij zonsondergang. Hij hield zijn hand boven zijn ogen tegen het licht, keek om zich heen, maar zag niemand. Op de vloer voor hem lag een plas water, en het water in een van de reservoirs rimpelde een beetje, alsof er iets in was gedoken of uit was gekropen.

Vanaf de plas water liep een nat spoor naar een van de deuren. Hij volgde het spoor als in trance en kwam in nog een hal terecht, een soortgelijke als de andere, wat ofwel betekende dat er drie hallen waren, ofwel dat hij weer terugliep. De sporen liepen midden door de hal en Hrafn volgde ze, riep Vigdís en zag een paar rode oogjes in het donker glanzen. De muizen. Hij kwam bij weer een andere deur en daarachter was een trap die niet naar boven ging, maar naar beneden. Hij ging snel de trap af, dacht dat hij Vigdís een eindje verderop hoorde snikken en ging sneller lopen, kwam in een lange gang terecht waar buizen langs de muur liepen. Terwijl hij erlangs rende, zag hij hoe ze afbogen, vertakten en weer samenkwamen.

De gang kwam uit op een hal, kleiner dan die een verdieping hoger in de dam, en de hitte daar was verstikkend. In het midden van de hal stond een reservoir, en tegen de muur aan de andere kant stond een motor die aan een kerkorgel deed denken te dreunen en die door het plafond van de hal naar boven liep. Voor de motor lagen drie stapels, kegelvormig, die tot zijn borst reikten. Ze bestonden uit opgestapelde beenderen en waren van voren open, net als het stapeltje botten in het dorp, waarin ze de foto van Vigdís hadden gevonden. Er lagen nog meer botten over de vloer verspreid, droog en rank, die verpulverden toen hij erop stapte.

Het licht van de handfakkel begon weer te doven. Hij liep naar een van de stapels toe en zag dat de beenderen aan elkaar waren geplakt met een soort vloeistof of slijm. In de eerste stapel lag een stuk gereedschap dat op een nijptang leek, en sieraden en kledingstukken die van Anna waren en die in reepjes waren gescheurd. Vanaf de stapel ernaast liep een bloederig spoor over de vloer, alsof er iets overheen was gekropen of gesleept. In de derde stapel zag hij het silhouet van iemand die hem de rug toekeerde, de persoon zat in kleermakerszit en je kon het hoofd niet zien omdat de benen ervoor zaten.

'Vigdís?' vroeg hij zachtjes en hij knielde neer bij de stapel. 'Ben jij dat?' De fakkel ging uit en de hal werd weer gehuld in duisternis. Hij luisterde of hij een antwoord kreeg, stak zijn hand uit en voelde dat die in water wegzonk, bijna alsof iemand eraan trok. Het water was zuur en dik als speeksel, en hij werd er langzaam in getrokken tot zijn gezicht onder de viezigheid zat en hij begon zich te verzetten; hij zette zich schrap en wrong zich in allerlei bochten tot hij hoorde hoe de stapel begon te kraken, de botten vielen op de grond, en datgene wat in de stapel had gezeten vloog langs hem op.

Hij pakte de laatste handfakkel, rukte aan het koordje en zag iets in het reservoir midden in de hal verdwijnen. Hij rende erheen. Op de vloer eromheen lagen bebloede vingers en tanden. Het reservoir was leeg, maar je kon er met een trap in klimmen. Hrafn hield de fakkel tussen zijn tanden en klom over de trap naar beneden tot hij in een smalle buis terechtkwam. Die was van metaal en precies zo hoog dat hij erin kon staan. Aan de ene kant maakte de buis een steile bocht naar boven, aan de andere kant liep hij af, en daar kwam het geluid vandaan van iemand die wegrende. Hrafn volgde het, rende door de buis tot op een punt waar veel buizen bij elkaar kwamen en het niet verder afliep, wat betekende dat hij de verhogingen nu was gepasseerd. In de plaats van het metaal van de buis kwam donker glanzende bergwand. Hrafn gleed uit over de gladde rotsen en het drong tot hem door dat datgene wat hij achtervolgde geen lamp had om zichzelf tussen de bergwanden bij te lichten, ook al leek dat ondenkbaar.

De tunnel splitste zich in tweeën. De tunnel die naar rechts ging liep af en stond vol water. Hrafn kon de kleur van het water niet onderscheiden, maar wist bijna zeker dat het uit de rivier kwam en dat de tunnel dezelfde was als die waar Egill en Anna in waren verdwenen. Rondom de ingang van de tunnel zat een dik stalen raam en je zag de achterkant van een luik dat naar binnen openging, waarschijnlijk om de waterstand in het bekken te reguleren.

Hij was niet bang. De handfakkel zou over minder dan een minuut uitgaan en dan zag hij niets meer, maar daar zou hij vast aan wennen – als één lange, donkere saccade! Hij sleepte zich snel voort door de tunnel, en voor hij het wist, zag hij iets vlakbij bewegen; iemand drukte zich tegen de muur en verdween er toen in. Hrafn hield de fakkel omhoog en zag toen nog een zijtunnel, een stalen raam met een luik dat op dat moment dichtgetrokken werd. Hij probeerde het luik tegen te houden maar was te laat, de tunnel was dicht en vlak daarop ging de fakkel uit.

Hij staarde voor zich uit in het donker, maar zag niets anders dan Vigdís' gezicht, uitdrukkingsloos en bleek, op het moment dat ze de tunnel in verdween. Geen hand die voor haar mond gehouden werd, geen wapen op haar hoofd gericht. Alleen zij. *Verder niemand.*

34
Wie heeft er een schaap in de schoorsteen geduwd?

Hij voelde het gewicht van de berg om zich heen, de diepe stilte die niet geluidloos was, maar suisde in zijn hoofd. Hij realiseerde zich plotseling dat ze het spelletje dat ze in de auto hadden gespeeld nooit hadden afgemaakt, vlak voordat ze dat ongeluk kregen: het denk-aan-een-dingspelletje. Het was nooit duidelijk geworden wat Anna in gedachten had gehad. Volgens de regels kon het in elk geval niet Skimmi Stokkur zijn geweest, het mannetje in de rotsen bij dat studentencomplex: die was immers onzichtbaar. En zij zelf ook niet! Ze bevonden zich niet langer in de materiële wereld, maar in een soort limbo tussen leven en dood en wisten niet waar ze heen moesten.

Hij dwong zichzelf verder te lopen, voelde voorzichtig met zijn voeten voor zich en hield zijn armen voor zich uit om niet tegen de muur op te lopen, maar hield daar vervolgens mee op, liep zonder te aarzelen naar het midden, waar het op z'n donkerst was, en liep rechtop verder, met rechte rug, en niet als een insect dat zich tastend een weg zoekt. Dat had hem altijd van de rest onderscheiden, hij liet zich niet door zijn omgeving sturen en had een goed gevoel voor wie hij was en wat hij waard was: autonomie.

Na een tijdje was het net of het donker aan de zijkanten dieper werd; tunnels openden zich en vertakten zich in nog meer tunnels die de grond in gingen of naar de oppervlakte toe, kleiner werden tot er niets van overbleef of uitgroeiden tot hemelsbrede gewelven. Het kon hem niet schelen waar hij terechtkwam: of dat nou weer in de dam, uit de neus van de oude man gevlogen of uit een wc-pot in Egilsstadir was. Hij dacht aan de Minotaurus en de boor die deze tunnel had gegraven, een stalen pik die de ene kant op draaide met onderop de diamanten boorkoppen die de andere kant op draaiden, die rusteloos en zonder onderbreking kronkelde als een gewond dier en zich een weg door de berg heen baande; hij zag zichzelf helemaal stil in die machine zitten, in een kleine cabine waarin hij op knoppen drukte, aan hendels trok, op schermen keek waarop je kon zien hoe de berg onophoudelijk onder de druk van glanzende diamanten werd verpulverd, door de aarde heen reed en er een lege ruimte van maakte waarin mensen zichzelf konden verliezen, ronde na ronde, tot de aarde in het midden instortte.

Na een lange wandeling in het donker voelde hij dat er beweging in de lucht zat; verse zuurstof stroomde hem tegemoet door een tunnel die deze kruiste, de bodem was vlak en liep niet hol en het ging hier bergop.

Hij liep tot hij weer buiten was en langzaamaan werd het lichter. Toen zijn ogen weer aan het licht waren gewend liep hij de zandvlakte op, aan de voet van de heuvel vanwaar ze de dam voor het eerst hadden gezien. Aan de horizon zag hij de stal en de schuur, en daarachter stond het huis.

Hij zette koers naar het huis en was niet meer zeker van alles wat er was gebeurd; stelde zich Vigdís voor, bij het hek op de dam – nog steeds –, waar ze op hem stond te wachten, of nog erger: hoe ze zich de dam in liet lokken, werd overmand en hoe een behaarde hand een schaduw wierp op haar gezicht, haar tot gehoorzaamheid dwong. Maar wie?

Wie had die foto in die stapel botten gestopt? Wie had er een schaap in de schoorsteen geduwd? Had zijn eigen vingers bij de dam geamputeerd, was met een auto tegen een huis aan gereden?

Hij zette er de pas in en naarmate hij dichterbij kwam,

voelde het alsof er iets aan hem trok. Het leek alsof hij net zo hard en lang kon rennen als hij wilde, hij sprong de lucht in en zwaaide met een onzichtbare bijl, raakte iemand naast zich midden in het hoofd, maakte nog wat schijnbewegingen, zwaaide de bijl zo dat die boven op het hoofd van zijn tegenstander terechtkwam, kloofde het hoofd recht in tweeën, en in één houw bleef die zitten, hij volgde de bijl naar beneden, door het hoofd en via de buik de grond in.

Hij liet de bijl achter in het zand en rende verder; vanuit zijn ooghoek zag hij nog meer mannen dezelfde kant op rennen, ze sprongen zo hoog als ze lang waren, met een bijl in hun hand, ze wierpen speren, stortten zich over de punten van rotsen met rode ogen en een mes tussen hun tanden, beten in schilden, verbrijzelden stenen op schedels, zwaaiden met goedendags, doorkliefden alles met zwaard en bijl. Rode golven rolden over het zand en het voelde net alsof hij zweefde of dreef.

Hij kwam bij de stal en de schuur, en dwong zichzelf op te houden met rennen. Voor de schuur stond het oude echtpaar, bijna alsof ze hem verwachtten, de oude man als een waanzinnige glimlachend en de oude vrouw uitdrukkingsloos, hij wees naar haar en zei dat zij verantwoordelijk waren voor wat er met Vigdís was gebeurd, die hij 'mijn vrouw' noemde.

Hij richtte zich lachend tot de man. 'En waar is jouw vrouw, lachebek?' vroeg hij en hij herinnerde zich weer de incesttheorie van Anna en Vigdís. 'Wie zat er in dat kamertje achter in de werkkamer? Waar is het kind?'

Ze gaven geen antwoord en hij zei dat hij een manier wist om hen aan de praat te krijgen, liep naar het zilvergrijze vat waar sterkedrank in zat en duwde het omver. De kraan brak eraf, de heldere vloeistof stroomde door de deur naar buiten, naar de plek waar de oude vrouw stond. De man was verdwenen.

'Dus lachebek is er niet meer!' zei Hrafn en hij zag dat ze

een blik op de stal wierp. ‘Is hij een hok in gevlucht om zich tussen de onzichtbare koeien te verstoppen?’ De vrouw bleef zwijgen en hij greep haar bij de schouder, trok haar mee naar de plas sterkedrank en zette haar er middenin, haalde een aansteker tevoorschijn en stak een sigaret op.

‘Wat heb je gedaan?’ vroeg de oude vrouw. Ze leek niet bang voor hem. ‘Waar zijn je vrienden?’ Het eczeem op haar gezicht vormde een driehoek van boven aan haar neus tot aan haar mondhoeken en eronder was glanzend roze vlees te zien, alsof haar huid aan het afschilferen was.

‘Dat vraag ik aan jou,’ zei hij en ze schudde haar hoofd. ‘Níét met je hoofd schudden!’ riep hij en hij wees naar haar met zijn sigaret. Hij vroeg naar de dam, het dorp, naar Vigdís en Egill, wat er met Anna was gebeurd, hoorde zichzelf al die vragen stellen en kreeg het gevoel dat hij de kern van de zaak naderde, hij wist alleen nog niet hoe. ‘We zijn hier niet de enigen, is het niet? Wie is daar nog meer?’

‘Er is daar niets,’ zei de vrouw en ze bleef met haar hoofd schudden. ‘Het zit hier.’ Ze stak haar arm uit, legde haar hand op zijn borst en gaf er zacht een klopje op. Hij pakte haar pols vast en dwong haar zo op de grond. ‘Kijk naar de foto,’ zei ze en ze bleef in de plas zitten. Er stroomde geen vloeistof meer uit het vat, maar toch werd de plas groter.

‘Wat voor foto?’

‘Die je in je zak hebt. Van je vrouw.’ Hij stak zijn hand in zijn achterzak en haalde de foto van Vigdís tevoorschijn. Op haar hoofd waren vage strepen te zien die met de seconde witter en zichtbaarder leken te worden en iets weg hadden van de hoorns van een of ander dier. Haar uiterlijk was ook veranderd, haar ogen waren open, maar alleen het wit was te zien, haar mond stond open en ze reet haar borsten aan flarden, rood-gele repen vlees.

‘Wat is dit?’ vroeg hij en hij scheurde zijn blik met moeite los van de foto. ‘Wat doen jullie met haar?’

‘We hebben niks gedaan,’ zei ze en ze glimlachte nog breder, alsof ze hem zag aarzelen. 'Jullie hebben dit allemaal zelf gedaan.'

Hij boog zich naar haar toe, nam een trek van de sigaret en blies de rook in haar gezicht. 'Ik ga je in de fik steken, wat vind je daarvan, ouwe heks? En daarna zijn je vent en jullie onzichtbare koeien en het hooi en de gebouwen aan de beurt. Er blijft niks over waaraan je kunt zien dat er hier iets heeft gestaan.'

Hij keek op en zag de man door de deur van de stal naar buiten komen. Hij had een stok in zijn hand met aan de punt een lang, scherp lemmet. De glimlach was van zijn gezicht verdwenen.

'En wat hebben we hier?' zei Hrafn en hij ging weer rechtop staan. 'Heb je de zeis gevonden, is het tijd om gras te maaien? Waar is de wei?' De man zwaaide snel en kort met de zeis, zette toen een stap dichterbij en zwaaide er weer mee – liet hem met één hand los, maar hield hem met de andere vast, zodat de zeis langs Hrafn ging, tot achter zijn hoofd en op de weg terug zijn nek schampte.

Hrafn haalde zijn sigaret uit zijn mond en gooide hem in de plas waar de oude vrouw in zat. Hij draaide zich om, hoorde een knal, als van een laken dat wappert in de wind, en rende van de stal weg, voelde de hitte in zijn rug en hoorde de vrouw gillen.

'Ben je ergens boos over, ouwe?' riep hij over zijn schouder en hij lachte de oude man uit, die achter hem aan kwam hobbelen, niet erg snel, en nog steeds met de zeis in zijn hand.

Toen Hrafn halverwege de stal en het huis was, bleef hij staan, het geknap van het hout van de stal was te horen en de vlammen likten aan de muren. Bij de lantaarnpaal lagen drie kuilen, lang en smal, als graven.

Het gegil van de vrouw verstomde en in plaats daarvan klonken de schrille kreten van vossen die de stal uit stroomden, niet langer twee, maar een hele roedel, honderden, duizenden dieren. Ze renden over de zandvlakte als een donkerrood vuur, langs de oude man en om de hoek van het huis op hetzelfde moment dat Hrafn het erf op rende. Ze beten hem in zijn enkels, sprongen blaffend op zijn rug en bleven daar met hun klauwen hangen, klommen op zijn schouders en begroeven hun scherpe tandjes in zijn vlees. Hij viel op zijn knieën, strompelde op handen en voeten de trap naar het huis op; het bloed stroomde over zijn gezicht en hals en liep langs de treden van de trap. Het laatste stukje kroop hij en hij maakte de deur open, perste zich door een kier naar binnen en trok de deur achter zich dicht.

35

Dimensies in deze wereld

Hij leunde met zijn rug tegen de deur, ademde uit, zocht in zijn zakken naar een sigaret en stak hem op.

'Anna!' riep hij. 'Ik ben thuis!' Hij greep naar de balk en vergrendelde de deur ermee.

Er werd op de deur geslagen en het blad van de zeis kwam erdoorheen, vlak boven zijn hoofd. Hij rolde van de deur weg, stond op en zag dat niet alleen de vloer onder het bloed zat, het droop ook uit het plafond en stroomde langs de muren. De zeis zag eruit als de lange, scherpe snavel van een vogel, die in en uit, in en uit de deur bewoog en steeds vanaf een andere plek iets kakelde.

Hij liep verder het huis in en zag Anna op de keukenvloer liggen. Toen hij de keuken in stapte, leek ze zijn bewegingen te kunnen voelen en ze kroop in elkaar.

Hij liet zich op een stoel vallen en zuchtte, wreef met zijn handen in zijn gezicht en probeerde de moeheid die hem overviel te verdrijven.

'Ik zal je wat pillen geven, Anna. Zodat je niets voelt,' zei hij en hij herkende zijn eigen stem niet meer. 'Daarna ga ik een nijptang pakken en het hek openknippen. Vigdís staat nog op de dam, ik ben bang dat het te laat is, ik heb er geen vertrouwen meer in... Het is afgelopen, lieve Anna. Maar het is nooit iets geweest, en nu is het afgelopen... Niets is afgelopen.' Hij gooide zijn sigaret op de grond en trapte hem uit.

Er zijn dimensies in deze wereld die we niet kunnen zien.

Hij stampte een paar keer op de grond en Anna kromp nog verder ineen. 'Ik weet het niet, Anna... Heb je wel eens het verhaal van Jónas Walviskut gehoord? Er waren eens een paar mannen die over het strand ergens op de Westfjorden liepen, toen ze een grote walvis vonden die daar was aangespoeld. Ze beklommen het beest, maar plotseling zonk een man met de naam Jónas tot aan zijn schouders weg in de walvis. Hij was precies in de kut van de walvis getrapt en de anderen moesten hard hun best doen om hem eruit te trekken. Sinds die tijd werd hij alleen nog maar Jónas Walviskut genoemd.'

Hij stond op, deed de keukendeur dicht, liep toen naar het raam en keek uit over het oogverblindend witte landschap. Hij had nooit echt een gevoel gehad dat hemzelf betrof, alleen dat hij eenzaam was. En dat gold voor hen allemaal. Ze zagen zichzelf in alles, maar konden zich nergens in terugvinden.

Op de vensterbank lagen de foto die Vigdís van de muur had geslagen, een paar glasscherven en een kapot lijstje. De vrouw op de foto was mooi, maar keek levenloos voor zich uit, was bang voor de man naast haar, maar compenseerde dat met tripjes naar New York en Londen om te shoppen, met kindermeisjes, vriendinnen en af en toe een affaire; ze was alleen sterk genoeg voor haar eigen sores, was de tienerjaren nooit ontgroeid, haar gezicht was een masker dat niets verborg. En de man was een gestoorde rat, die een zak vol etter achter zich aan sleepte en niks anders van de samenleving nodig had dan een kogel in zijn kop. Zijn ouders.

Het was allemaal hun schuld. Andermans schuld.

Hij boog zich over Anna, hielp haar overeind, zij spartelend, en hij legde haar op de keukentafel. Ze sloeg met haar stompjes om zich heen, zodat het verband losliet van haar handen. Hij haalde het potje pijnstillers, vermaalde een paar pillen in een glas en zei haar op te houden met zich in allerlei bochten te wringen, hoewel ze waarschijnlijk niets hoorde; hij bond haar armen op haar rug met het restant van haar T-shirt en hield haar kaak vast tot ze het poeder doorgeslikt had, toen stond haar mond zo wijd open dat je helemaal tot diep in haar binnenste kon kijken.

Toen ze was gekalmeerd en haar spieren ontspannen waren, bekeek hij haar bloederige stompjes en zag hoe ze waren geamputeerd: met nette, rechte sneden. Met zijn hand ging hij over haar buik, die vochtig en warm was, raakte zachtjes haar wond daar aan, die gezwollener en blauwer was dan eerst, en voelde hoe ze zowel naar die beweging hunkerde als ervoor terugdeinsde. Haar lichaam was vochtig en open, elke porie stond open als een mondje, ze ademde snel, en ze verspreidde een zware, warme geur, als van modder en bloed. Hij streelde haar borsten en liet zijn blik tot tussen haar benen zakken, waar een glimp was te zien van een blond, fijn toefje haar, voelde hoe ze op die aanraking reageerde, over haar hele lijf kippenvel kreeg en even van de tafel omhoogkwam, toen snel haar rug boog als in een kramp.

Het gekakel klonk als een oorverdovend lawaai om het huis. De muren in de keuken kleurden rood, ineens droop er bloed langs de muren en welde op uit een pan op het fornuis.

Mijn eigen bloed, dacht hij en hij zag een glimp van iets wat hij nog niet kon onderscheiden en benoemen. Hij moest denken aan de oude volksverhalen over het verborgen volk, dat in stenen en rotsen leefde, verdwaalde passanten met felle lichten naar zich toe lokte, waarop de rots zich om de reizigers heen sloot en er nooit meer iets van hen werd vernomen.

Hij werd door een hevig gevoel van claustrofobie overmand, keek om zich heen op zoek naar iets wat hem zou kunnen kalmeren en aan één kant zag hij een deur die hem nog niet eerder was opgevallen.

Misschien kon hij daardoor naar buiten.

Hij liep naar de deur, maakte hem open en zag een smalle trap die naar de kelder van het huis leidde. De trap was steil, had veel en ondiepe treden, of hij was langer dan Hrafn had gedacht. Hij stak een kaarsstompje aan dat hij in de keuken vond en liep voorzichtig de trap af.

Aan het eind was een gang die onder het huis door liep. Aan allebei de kanten waren kamers en aan het eind van de gang, net als op de eerste verdieping, was een deur. De eerste kamer stond vol kartonnen dozen die half waren vergaan en de inhoud lag over de vloer verspreid – foto's van kadavers her en der op de zandvlakte, tweekoppige kalveren, een grazend schaap met ingewanden die eruit puilden en die het zelf opat, een vos met een geschoren buik en een vogel op zijn kop gebonden. In de kamer ernaast stonden planten, glanzend groen en rood, die een zware geur verspreidden als van rottend fruit. Op de takken zaten vogels met grote snavels en piepkleine, halfgesloten oogjes. In de kamer klonk geroezemoes, als van gejuich bij een wedstrijd, of als het geluid van regen die op het dak kletterde.

Hrafn wist niet meer zeker waar hij zich bevond. De deur aan het eind van de gang was dichtgespijkerd met planken die slordig waren vastgemaakt en donker waren geworden vanwege het vocht daarbeneden, en binnen in de kamer klonk een ritmisch gebonk. Hij stak zijn hand uit en begon de planken los te trekken, voelde hoe ze onder de druk van zijn vingers uiteenvielen en maakte de deur open. Door de lucht die de gang in gezogen werd, ging de kaars uit en het gebonk hield op.

Hij keek een donkere kamer in. Achterin stond een lang en breed bed, en daarboven waren de contouren van een raam te zien. De gordijnen zaten dicht, maar er drong een zwak licht doorheen. Hij zette aarzelend een paar stappen verder de kamer in, maar bleef staan bij een hoop puin en stenen die de rest van de vloer bedekten. Toen ontdekte hij een gat in de dichtstbijzijnde muur en door het gat stak een spatbord van de jeep die hij tegen het huis in de prak had gereden, ooit, lang geleden. Het voorlicht was gebroken, maar af en toe knipperde het zwakjes, en aan de andere kant van de muur klonk een zacht gesis, als van hete olie die in het zand druppelde.

Hij liep verder de kamer in, stapte voorzichtig op de stenen op de vloer en hoorde het puin onder zijn schoenen knarsen. Vanaf het bed bij het raam klonk gepiep, er bewoog iets en Hrafn wist waar hij was. Op een dag na school was hij twee jongens tegengekomen – de kwajongens – en was met ze meegegaan naar een binnenplaats in Hraunbaer, had zich een van de portieken in laten slepen, naar een lege en koude flat op de bovenste verdieping. Hoewel hij steeds banger werd, zei hij niets, hij wilde niet dat ze boos werden en hem pijn deden, maar nu kon hij zich niet langer inhouden, hij zei dat hij naar huis wilde en begon te huilen. De kwajongens lachten alleen maar en duwden hem voor zich uit naar de deur helemaal achter in de flat. Een van hen maakte de deur open, duwde hem naar binnen en deed de deur dicht. Het was donker in de kamer, maar door de gordijnen achterin was vaag de binnenplaats te zien, waar een schommel hing te piepen. Het daglicht probeerde erdoorheen te dringen, maar dat lukte niet, de afstand was te groot. Er hing een zware, zure lucht in de kamer en in het donker gloeide een rood licht op, als van een sigaret. Iemand zei iets en Hrafn drukte zich met zijn rug tegen de deur. Aan de andere kant van de kamer ging een lamp aan en de schim van een man was te zien, hij ging rechtop in bed zitten en begon zachtjes en gek te praten. Zijn ogen waren twee spleetjes in een veel te groot hoofd, dat een cirkel boven op zijn schouders vormde, zijn haar was zwart en krulde als rookslierten hoog de lucht in, zijn buik was gerimpeld en zijn huid was overal gaan hangen, zodat je het vlees dat eronder zat kon zien.

Hrafn draaide zich om en pakte de klink vast, maar de

deur was aan de buitenkant afgesloten. Zijn lijf raakte verdoofd en voelde zwaar aan en er brak iets bij hem; hij voelde hoe de tranen over zijn wangen stroomden en hoorde zichzelf om hulp roepen, om zijn moeder, roepen dat hij naar huis wilde, maar hij kon zich niet bewegen, voelde hoe het gat in zijn binnenste groeide en alles opslokte.

De schim stond op, trok hem naar zich toe en legde hem op bed en het gepiep begon weer. Het leek alsof Hrafn van boven op het bed neerkeek, naar de schim die zich boven op hem bewoog, en die of oploste, of zich verdichtte en op een zwart gat ging lijken, een donkere rots, een huis dat in nevelen gehuld was. Daarna viel er niets meer te zeggen, in elk geval kon hij dat niet zelf.

Later was hij thuis in het huis in Selás. Hij lag in bed en door het raam zag hij een boom die hem nog niet eerder was opgevallen. De takken waren zwart en glanzend. Zijn vader kwam de kamer binnen, was boos en begon hem uit te schelden. Ze gingen naar de badkamer, waar zijn vader het bloed afspoelde dat tussen zijn benen liep. Naderhand praatten ze over wat er was gebeurd, zijn vader deed hem een pyjama aan en legde hem weer in bed. Het licht in de kamer was oogverblindend. Zijn vader zat naast het bed op de grond te huilen. Hrafn keek weg en staarde door het raam naar de boom. De contouren ervan vervaagden, losten op en verdwenen ten slotte in de mist.

NATUUR

36

'Laten we een spelletje doen,' zei iemand en alles was in nevelen gehuld. Door de voorruit zag de mist er geel uit aan de zijkanten en wit in het midden, alsof ze door een tunnel reden. Hrafn snakte naar adem en het voelde alsof hij ondersteboven lag, door de lucht vloog, overal tegelijk was. Tegelijkertijd ervoer hij een stilte binnen in zich, alsof niets wat hij deed er iets aan kon veranderen.

Hij knipperde met zijn ogen en zag handen die zich om het stuur voor hem klemden. In het midden van het stuur zat een gat en er hing een slappe witte zak uit. Een soortgelijke zak hing aan het dashboard aan de passagierszijde te bungelen.

Hij zat in de auto.

Dwars over de ruit liepen barsten, dunne streepjes die alsmaar dikker werden schoten naar de zijkanten, en daaruit vertakten zich steeds meer barstjes tot de hele ruit een fijnmazig net vormde. Aan de andere kant van het net zag hij iets donkers, een donker huis of een rots die steeds verder de auto in drong.

Het was geen huis.

Zonder door de ruit te kijken zag Hrafn hoe de zwarte rots boven hem uittorende, hoe de auto steeds verder de steen in werd geduwd en het metaal van de motorkap in stukken werd gereten en verkreukelde, hoe kabels knapten en het staal van de motor vonken spuwde toen hij de steen raakte.

Hoelang waren ze daar al?

Bij het verborgen volk, dat in stenen en rotsen woonde? En reizigers met felle lichten naar zich toe lokte en hen opsloten in de steen zodat er nooit meer iets van hen werd vernomen?

De auto vulde zich met grijze rook. Overal zweefden witte vlokjes door de lucht, ze draaiden ongelofelijk traag in het rond en lichtten zwakjes op.

Op een keer toen Hrafn nog jong was en het met sommige dingen in het leven, en tussen Vigdís en hem, nog goed ging, hadden ze in een huis in het centrum afgesproken met een makelaar. Ze waren samen naar hun eerste huis aan het zoeken en de markt was een zeepbel, wist Hrafn, maar tot die tijd had hij er niet zoveel over nagedacht wat dat eigenlijk betekende.

Een zeepbel?

Vigdís liep met de makelaar naar de bovenverdieping, maar Hrafn bleef in de woonkamer beneden. Zijn blik bleef hangen bij een spijker in de muur, waar ooit een schilderij aan had gehangen, en naar een spijker daarnaast; hij keek naar de kachel – vijfentwintig kilo ijzer of iets in die richting – en zag waar de pijp de muur in ging; hij stelde zich voor hoe de pijp door alle muren heen liep, door twee hardhouten scheidingswanden met isolatiemateriaal ertussen, en verder via de rookkanalen naar buiten. Hij dacht aan het dak, dat bedekt was met golfplaat, veertig platen met driehonderd – gokte hij – spijkers in latten vastgezet, en aan de vier muren van het huis, wat gelijkstond aan ongeveer tachtig stukken golfplaat, vastgezet met achthonderd goedkope spijkers van de bouwmarkt. Hij stond in een huis dat bestond uit planken, spijkers, golfplaat, stalen pijpen en ongeveer vijftig meter geplastificeerd, geleidend koper. Wat was de materiële waarde van zo'n huis, dacht hij en hij staarde naar de grond tussen zijn voeten, gokte een kwart miljoen; waarom zei de makelaar dan drie miljoen kronen? Waarin zat het verschil tussen deze twee bedragen?

Ze hadden het huis niet gekocht.

De barsten bleven over de voorruit lopen, haakten in elkaar vast, werden dieper, losten op, en toen was de ruit op een gegeven moment weg. Hrafn kreeg vol zicht op de zwarte, enigszins glanzende rots, die alsmaar dichterbij kwam in dat langzame, bijna slaapverwekkende tempo.

Hij zat niet alleen in de auto.

Hij draaide zijn hoofd, het ging langzaam, alsof hij erg zijn best moest doen voor die beweging, maar toch was het net of hij alleen maar toeschouwer was bij alles wat er gebeurde. Er zat iemand op de passagiersstoel naast hem zachtjes te kreunen. Langzaamaan kwam Egill in beeld, of beter gezegd, wat er van hem over was. Het onderste gedeelte van zijn gezicht was één gapende, rode wond, zijn onderkaak en tong waren helemaal weg, alsof een roofdier hem had aangevallen en zijn gezicht had aangevreten. Egill keek hem aan en trok een grimas, alsof niets er meer toe deed. Ze barstten in lachen uit en Hrafn knikte en knikte en kon er niet meer mee ophouden, zijn kaak hing ineens zo te bungelen dat hij bang was dat hij hem eraf zou schudden en er net zoals Egill uit zou komen te zien.

Waar zijn de meisjes? vroeg Hrafn, of dat dacht hij bij zichzelf, en hij realiseerde zich meteen dat ze op de achterbank moesten zitten, zoals ze de hele tijd al hadden gedaan. Hij wilde zich omdraaien, maar voelde dat dat buiten zijn macht lag, hij werd door een of andere kracht de hele tijd naar voren geduwd en zijn lijf kwam langzaamaan los van zijn stoel. In de achteruitkijkspiegel zag hij de contouren van een klomp die vermoedelijk Anna was, en naast haar zat Vigdís. Uit haar hoofd staken witte hoorns, die zich rank en delicaat vertakten in de lucht, bijna alsof ze geslepen waren. Haar ogen waren kogelrond en glanzend en ze keken omhoog, de uitdrukking op haar gezicht was vol onschuld en sensualiteit. Waar eerst haar borsten zaten, waren nu de witte beenderen van haar borstkas te zien, her en der zag je gele vetparels, en er liep een heldere vloeistof uit haar borstholte.

Hrafn knipperde met zijn ogen en kwam steeds verder los van zijn stoel. In zijn ooghoeken zag hij iets bewegen en hij wist dat ook Anna de lucht in was gevlogen. Haar hoofd raakte de rugleuning van de passagiersstoel waar Egill vanaf was geslingerd, dwars door de sponning waarin de voorruit had gezeten. Hij hield zijn armen stijf langs zijn lichaam, en zijn bovenkaak stak uit zijn gezicht als een omgedraaid balkon, wat hem er komisch uit deed zien. Hrafn realiseerde zich ineens dat de enige persoon in de auto wiens verwondingen hij niet kon zien, hij zelf was, en datzelfde gold voor de anderen, wat waarschijnlijk een soort genade was. Hij had alles nodig wat hem toebehoorde. Zoals in de laatste dagen, maanden, jaren of seconden was gebleken was hij niet sterk genoeg om door te gaan; hij was een samenstelling van verschillende bestanddelen die niet samengingen, een onbegrijpelijke mix van leugens en waarheden, die bedekt moesten worden. Met elke stap die hij in zijn leven zette, verergerde hij zijn eigen lijden en dat van alle anderen in zijn omgeving. De wereld was beter af zonder hem.

Hij voelde hoe iets warms zich tussen zijn benen verspreidde, en hij had het vage gevoel dat de wereld kleiner werd, dat zijn gedachten en gewaarwordingen dichter naar elkaar toe dreven en dat alles in één stroom zou samenvloeien. Zonder iets anders te zien dan de rots voor zich, wist Hrafn dat het landschap om hem heen vreemd plat en stil was, als bij het begin der tijden toen er nog geen beweging had plaatsgevonden.

Hij schudde zijn hoofd, alsof hij iets wilde ontkennen waarvan hij evenwel niet zeker wist wat het was. Zijn lichaam voelde vreemd verdoofd, bijna alsof het niet langer van hem was. Hij zag de rots dichterbij komen, het metaal verwrong ertegen en werd erdoor afgeplat, hij hoorde glas breken en het gesis van hete olie in het zand. Ten slotte kneep hij zijn ogen dicht, voelde hoe de rots zijn hoofd raakte, in hem werd gedrukt en hem doorboorde.

VIGDÍS

37

Eerst was het donker, maar toen verscheen er een streep die hemel en aarde van elkaar scheidde, een donkergrijze rand die langzaam uit elkaar werd getrokken. De wind ging liggen, de zandkorrels gingen dicht tegen elkaar aan liggen en even was het net of de aarde donkerder kleurde. Op dat moment daalde er een diepe stilte over de wereld neer, niet vol verwachting, maar van het soort dat in een kamer hing waarvan de deur net zo hard was dichtgegooid dat het hele huis in zijn voegen trilde. Als je goed luisterde, kon je een zacht gegons horen, of een toon, iets zo definitiefs en met wanhoop vervuld dat de materie het niet leek te kunnen bevatten, en de zintuigen richtten zich op de zijden, waar iets voorwaarts stroomde als een razende rivier over de rotsen van de wereld.

Het eerste wat van haar te zien was, was haar gezicht, glanzend en vies, alsof het door een gat in het donker naar buiten keek. Daarna volgde de rest van haar lichaam, het liep met horten en stoten door het zand, alsof alleen het toeval bepaalde of haar benen dezelfde kant op gingen. Ze keek niet naar beneden, maar recht voor zich, in de richting van de plek waar de gletsjer zich tegen de hemel aftekende. De top glansde, hoewel het beneden op de grond nog donker was, en ze stak haar hand uit alsof ze hem aan wilde raken.

In de lucht klonk gesuis en er kwamen twee zwanen aanvliegen, ze strekten hun halzen naar voren en hun vleugels naar achteren en verdwenen de gletsjer in. De wereld was vlak en glad, zacht als modder, maar toch liep ze verder. Ze wist niet meer waar ze haar kleren uit had gedaan.

De zon zweefde langs de hemel en Vigdís liep erachteraan. Bij elke stap die ze zette, wervelde fijn glinsterend stof op, dat als ware het een streep achter een auto achter haar bleef hangen. Ze was omgeven door mensen die over haar heen gebogen stonden, naar benzine roken en zeiden dat ze haar zouden helpen. Even later verscheen er een zwart puntje in de lucht dat steeds dichterbij kwam, tot het lawaai oorverdovend was. Ze werd opgetild, ze kreeg een masker op haar gezicht gezet en daarna vloog ze hoog boven een wit gebied – de gletsjer, of dat wat ooit haar leven was geweest.

Als ze eraan terugdacht, verbaasde het haar hoe hard ze in haar leven had gewerkt en hoeveel belang ze aan haar ellende of haar genoegens had gehecht. Waarom? Voor haar geestesoog verschenen beelden uit het verleden die zulke heftige emoties bij haar hadden opgeroepen, maar ze liet zich er niet meer door deprimeren, vatte ze niet meer zo persoonlijk op als vroeger. Er was een rust over haar gekomen. Ze haalde diep en rustig adem. Alles waaruit ze bestond was aan het verdwijnen en het concept van het individu werd steeds onwaarschijnlijker. Waar kwam die verdedigende houding tegenover de wereld vandaan?

Ze zag de steden, de gebouwen, al die vakken langs de straten die mensen hun leven lang probeerden te vullen met vreugde, gemis, verdriet, spullen, alles behalve zichzelf; omdat er geen andere weg was. De weg liep naar buiten en vandaar weer naar binnen, en daarom bestonden er materiële zaken, om je los te rukken, om te choqueren, om alles van je af te schudden wat in flesjes, blikken zat, op schermen en op wielen stond; spullen die glansden en bewogen, andermans lichaam, muziek, ideeën, woorden – gesloten, ingebeelde zakken in een ondeelbaar geheel.

'Natuur,' zei ze en ze keek om zich heen, ze zat in een wit

bed en iemand keek met een lampje in haar ogen. Haar borst was helemaal tot aan haar hals ingezwachteld. Ze zweefde weer in de richting van de gletsjer en zag de man met zijn oogverblindend witte kroon; hij wilde haar aanraken, maar ze probeerde te vluchten, stroomde weg als een beekje. Iets in haar was veranderd, eenvoudiger geworden.

Ze schrok op en keek om zich heen. De hele nacht had ze over de zandvlakte lopen dwalen, maar nu bevond ze zich in een lichte kamer. Haar polsen waren met riempjes vastgegespt aan de zijkant van het bed waar ze in lag. Ze had moeite met ademhalen en probeerde zich los te rukken en een van de apparaten aan de muur begon hard te piepen. Twee in het wit geklede vrouwen kwamen de kamer in rennen, een van de twee veegde met een lapje over haar voorhoofd en zei dat ze in het ziekenhuis lag.

Vigdís sloot haar ogen en deed ze weer open.

'Zij zijn er niet meer, maar jij bent er nog,' zei een man met een kraagje die naast haar zat en hij zei iets wat haar moest troosten. Later kwam er een andere man in een pak die haar vragen stelde die ze niet kon beantwoorden; hij haalde een paar foto's tevoorschijn en liet ze aan haar zien – foto's van een jeep die op een rots gebotst was, van plastic lint waar POLITIE op stond eromheen, van mannen in blauw op handen en knieën die zand in potjes deden. De man vroeg of ze zich kon herinneren wat er was gebeurd, maar ze gaf geen antwoord.

'Waar zijn uw vrienden gebleven? Wanneer hebt u ze voor het laatst gezien?' vroeg hij. En: 'Wat hebt u na het ongeluk gedaan?' Toen ze niet antwoordde zei hij dat ze haar ver van de rots in slechte conditie hadden aangetroffen; toeristen die toevallig voorbij waren gekomen, hadden de hulpdiensten gebeld, en ze had geluk dat ze nog leefde. Steeds maar weer vroeg hij of ze zich het ongeluk kon herinneren, maar Vigdís schudde slechts haar hoofd en de man ging weg.

Ze wilde dat ze kon uitleggen wat er was gebeurd, maar

ze had geen controle over haar mond en ze had moeite met haar handen aansturen en kon zich nauwelijks goed genoeg concentreren om een paar woorden op papier te zetten. Voordat ze de zandvlakte op ging, was ze iets ontvlucht, had ze geprobeerd iets te volgen of iets terug te vinden wat ze kwijt was. Toen verdwaalde ze in de rots, liep er steeds verder in tot ze geen adem meer kreeg en hem van zich af begon te scheuren en te trekken.

Ze wist niet wat er was gebeurd, maar soms was het net of ze een vermoeden had, een vreselijk raadsel dat het antwoord erop zelf in haar oor fluisterde of voorbijflitste in het licht van het raam in de kamer. Daarna verdween het weer. Als ze eraan terugdacht, voelde ze iets van angst, verdriet of woede, alsof een van hen een misdaad had begaan, de anderen had verraden, maar ze wist niet wie dat dan moest zijn. Ze probeerde zich de gezichten voor de geest te halen van degenen die haar hadden vergezeld, maar dat ging niet meer, ze herinnerde zich hun woorden, maar ze veranderden in zandkorrels die over het zand werden weggeblazen. Ze werd moe als ze eraan dacht en na een tijdje hield ze daarmee op.

Ze veegde over haar gezicht en ontdekte dat ze baadde in het zweet. 's Ochtends en 's avonds werd ze met een lepel gevoerd en ze rook de warme, zoete geur van het eten al voordat het de kamer in werd gebracht. Haar vriendin zat naast haar te huilen, iemand riep iets en haar handen werden van de rand van het bed losgetrokken. Haar moeder kwam op bezoek, zweefde boven het bed met een gele plastic tas in allebei haar handen en Vigdís wist dat alles goed zou komen.

Ze werd naar een ander ziekenhuis overgebracht, waar het eten beter was. Mensen kwamen op bezoek en brachten soms bonbons voor haar mee, hele dozen bonbons, die ze naar binnen werkte als niemand het zag. Overdag zat ze bij het raam naar buiten te kijken. Er speelde een glimlachje om haar lippen en ze had een vredige uitdrukking op haar gezicht. Ze keek toe hoe de zon aan de hemel klom, hoe een schaduw langzaam over een trottoir schoof en in een muur verdween.

Door het raam van het nieuwe ziekenhuis zag ze straten vol auto's, meestal voordat het 's ochtends licht werd buiten, en daarna nadat het donker was geworden. Ze produceerden een constant, slaapverwekkend geraas, en zelfs als er 's nachts geen auto's te zien waren, kon je in de lucht boven de stad een zacht verkeersgeraas waarnemen. Langs de straten stonden winkels vol producten, mensen gingen er met lege handen naar binnen en kwamen volgeladen met tassen weer naar buiten. Op het dak van een van de winkels kon je nog net het logo van een roze varken zien, hetzelfde varken dat op haar moeders tassen stond toen ze stierf. Behalve van het varken kwamen de enige kleuren in de buurt van de verkeerslichten bij het kruispunt, afwisselend groen, oranje of rood. Toen de doos bonbons bij Vigdís op de vensterbank kwam te staan, pakte ze er een paar, propte ze achter elkaar naar binnen en keek hoe de lichten van kleur versprongen.

Haar vrienden waren nog in de rots, maar binnenkort kwamen ze er weer uit.

Op een dag ontdekte ze een groene boom, hij stond ver weg aan de overkant van de breedste straat en was helemaal alleen, net als Vigdís zelf. Er stonden geen andere bomen bij hem in de buurt, geen struiken en geen bloemen. Vanaf dat moment hield ze de boom constant in de gaten, hij was mooi, en de hele dag en ook de hele nacht keek ze toe hoe hij zwaaide in de wind of helemaal bewegingsloos was, ook al raasde alles in volle vaart om hem heen. Soms ging hij helemaal op in zijn omgeving, sloeg daarna groen uit, verdween weer, sloeg weer uit en de bladeren wuifden in de wind, gracieus en allemaal op hun eigen plek.